CORRADO AUGIAS

QUEL TRENO DA VIENNA

OSCAR MONDADORI

I edizione Oscar bestsellers gennaio 2006

ISBN 978-88-04-55147-8

Questo volume è stato stampato
presso Mondadori Printing S.p.A.
Stabilimento NSM - Cles (TN)
Stampato in Italia. Printed in Italy

Ristampe:

3 4 5 6 7 8 9 10 11

2007 2008 2009 2010 2011

www.librimondadori.it

Prefazione

La prima idea di questo romanzo deriva dal grande interesse che hanno per noi gli anni che precedono la Grande guerra, uno in particolare: il 1911. Il Regno d'Italia era uno Stato di così recente formazione che nel 1911 si poté celebrarne il cinquantenario (il Giubileo, si disse allora) con una serie di festeggiamenti e di nuove costruzioni che la Capitale d'Italia offrì ai visitatori arrivati da altre regioni e dall'estero. Quello però fu un anno importante anche perché vide, in autunno, l'impresa di Libia con la quale il giovane Regno progettava di inserirsi con pari dignità in quello che si chiamava "il concerto delle nazioni europee".

I fanti con le uniformi coloniali, i caschi con gli occhialoni poggiati spavaldi sulla visiera, s'imbarcavano, mentre l'estate finiva, su nere navi di ferro cantando *Tripoli bel suol d'amore*. Di amore, in realtà, ce ne fu poco, al più qualche rapporto mercenario. La Libia fu un'impresa truce, come d'altronde lo erano tutte le guerre coloniali che le potenze europee andavano combattendo in Africa e in Asia. Più che amore, a Tripoli e dintorni incontrammo una guerriglia sporadica ma non per questo meno accanita, la rivolta dei senussi e dei beduini che portò a impiccagioni e massacri. Conquistammo a quel prezzo lo "scatolone di sabbia", come la Cirenaica veniva chiamata, ignari che sotto la sabbia si nascondeva un tesoro che nei decenni successivi sarebbe stato ferocemente conteso.

Anche i festeggiamenti per il Giubileo in primavera erano stati di natura controversa; da una parte alcuni notevoli lavori eseguiti per dare a Roma un volto più europeo: nuovi quartieri, un bel ponte sul Tevere, un ardito viadotto che scavalcava in quota il Muro Torto per unire Villa Borghese al Pincio, sedi per accademie straniere e gallerie d'arte; dall'altra turbolenze politiche così gravi che il presidente del Consiglio Giovanni Giolitti il giorno inaugurale delle celebrazioni dovette presentarsi dimissionario per via di un'improvvisa crisi del suo governo. Eterna Italia, verrebbe voglia di dire, probabilmente non a torto. Ci sono eventi che si ripetono con tale frequenza da far pensare che siano un connotato ineliminabile della fisionomia nazionale, un tratto così persistente da diventare immutabile, quale che sia il sistema politico o la maggioranza parlamentare del momento.

1911, dunque. In quell'anno contrastato da luci così forti e da ombre altrettanto dense, pensai di concentrare in una sola vicenda, comprimendoli come per effetto d'un teleobiettivo, i due avvenimenti principali: le feste per il Giubileo e la guerra italo-turca imminente. La storia di *Quel treno da Vienna* nacque in questo modo: un omicidio che sembra banale e invece apre su un caso di spionaggio legato al conflitto che sta per scoppiare. Personaggi misteriosi e tenebrose vicende con quei risvolti inaspettati che questo tipo di storie esige. Principali teatri dell'azione, un villino nell'elegante quartiere del Macao, il solo vero *Residential District* che Roma abbia mai avuto, la grande mostra delle Regioni d'Italia tirata su con il cartone e il gesso nella zona dei cosiddetti Prati di Castello che di lì a poco sarebbe diventata il quartiere intorno a piazza Mazzini.

Il protagonista, colui che investigando mette in moto la vicenda e la risolve, è il commissario di pubblica sicurezza Giovanni Sperelli. L'ho immaginato fratellastro di un altro Sperelli molto più noto (e parecchio più anziano) di lui: il conte Andrea Sperelli Fieschi d'Ugenta, protagonista della storia raccontata da Gabriele d'Annunzio nel *Piacere*, forse il suo romanzo più bello. Anche Giovanni, come il più celebre Andrea, ha qualche tratto di distinzione e una certa inclinazione alla raffinatezza e agli agi. Però se li può permettere solo nei limiti piuttosto ristretti consentiti dal suo stipendio di funzionario dello Stato, e questo, come il lettore vedrà, crea qualche attrito nella sua esistenza. Giovanni, potremmo dire, è nato dal letto sbagliato e al contrario di Andrea non può nemmeno avvicinarsi ai lussi che quello si concede, a cominciare dal *buen retiro* di via Gregoriana con vista su Trinità dei Monti e il Pincio. Egli ha però sul fratellastro Andrea il vantaggio di una mentalità pratica, che lo mette in grado di sciogliere nodi intricati là dove l'altro potrebbe sì e no buttar giù un acquerello, o un sonetto.

Anche se l'avventura contenuta in questo libro è compiuta in se stessa, il lettore che volesse seguire le successive imprese di Giovanni lo ritroverà, nel romanzo *Il fazzoletto azzurro*, ambientato negli anni della Grande guerra, valoroso combattente al fronte contro gli Imperi centrali; lo vedrà infine agire nel sanguinoso periodo del dopoguerra intento a indagare su un piano segreto di finanziamento del movimento fascista alla vigilia della Marcia su Roma. Lì finalmente i due fratelli s'incontreranno e sarà per loro un momento di dura chiarezza. Andrea è perso dietro il sogno estetizzante di un fascismo idealizzato, Giovanni presagisce i pericoli di quel torbido movimento. Furono anni orribili quelli del dopoguerra, con centinaia di morti e atti di inaudita ferocia reciproca. Per il nostro Sperelli sarà *L'ultima primavera*, questo il titolo del romanzo con il quale le avventure di intrigo e di spionaggio guidate dal fratellastro meno fortunato e meno famoso degli Sperelli, (per il momento) si chiudono.

La trilogia cui ho accennato è stata pubblicata per la prima volta rispettivamente nel 1981, 1983, 1985. Qualche anno più tardi il regista Duccio Tessari l'ha trasformata in tre film per la Rai andati in onda con l'interpretazione, nei ruoli principali, di Marisa Berenson e di Jean Rochefort.

Potrei chiudere questa nota con una domanda che ci riguarda tutti, al di là di ogni fantasia romanzesca. Gli accadimenti così drammatici che si sono succeduti nel decennio tra il 1911 e il 1921 possono essere considerati la "normalità" per il nostro paese? Bene o male credo di poter rispondere di sì. Quelle lacerazioni, quelle violenze, l'incertezza politica estesa a ogni piega del funzionamento statale non riguardano purtroppo soltanto quegli anni. Ecco perché le vicende in apparenza così lontane raccontate in questa "trilogia italiana" continuano ad avere, credo, un certo aspro sapore d'attualità.

Corrado Augias

Roma, dicembre 2005

Quel treno da Vienna

Qualche volta passavo dinanzi al villino decorato a graffiti in via Varese, dalle persiane solitamente chiuse, aduggiato da alberi lieti, pini e palme, che qui paion mesti e solenni come alberi del Nord, e nessun'altra scena sapevo pensare più acconcia per un romanzo poliziesco...

MARIO PRAZ, *La Roma dannunziana*

Il fatto che gli avvenimenti descritti in questo racconto non siano riportati da alcuna cronaca dell'epoca non può far escludere che essi si siano effettivamente svolti. Anzi, è presumibile che episodi simili a questo siano stati segretamente numerosi.
Il rispetto che si deve alle convenzioni impone tuttavia di precisare che ogni riferimento a persone realmente esistite, o a episodi noti, deve ritenersi un caso. Complesso e discutibile, comunque fortuito.

1

Si svegliava tardi, il quartiere del Macao. Nelle prime ore del mattino non si vedevano in giro che qualche infreddolito domestico, cariche le braccia delle prime commissioni della giornata, e alcuni animali, cui anche competeva la qualifica di domestici, intenti a sbrigare, con un certo sussiego, le loro necessità.

Le strade avevano nomi di battaglie e di vittorie, Gaeta, Solferino, Palestro, Castelfidardo, indirizzi eleganti di dame e di signori, villini e palazzine ornate di cupolette, bifore severe, slanciati torrini, tutte le forme di un fittizio passato, quasi a riequilibrare la spregiudicata modernità della zona.

Quando il maresciallo Marchisio e l'appuntato Cocchia arrivarono in piazza dell'Indipendenza, erano da poco passate le otto e il quartiere era deserto. L'aria di marzo, insolitamente fredda per la stagione, raggelava il respiro. Quell'anno l'inverno era stato molto crudo. Era nevicato perfino in Sicilia e nelle Calabrie, e il mare un po' ovunque aveva infranto moli e inghiottito barche. Ora, nonostante fosse già trascorso il tempo dell'equinozio, pareva che la primavera non riuscisse neanche a stiepidire l'aria, lucente di tramontana.

Quel nome cineseggiante che sapeva di gioco d'azzardo e di fumeria, il Macao lo doveva alla villa del noviziato dei gesuiti che vi istruivano i loro missionari per le Indie e l'Estremo Oriente. Anche se quasi nessuno ne ricordava l'origine, tutta la zona che aveva come limiti il Castro Pretorio, la stazione Termini e la porta San Lorenzo ne era rimasta battezzata.

Venendo dalla grande stazione delle ferrovie, via Varese è l'ultima a destra prima che il rettangolo chiaro della piazza Indipendenza, elegante di giardini, si restringa a riprendere la sua normale dimensione di strada. Villinetti s'affacciano sui lati circondati e quasi nascosti da siepi di bosso, cespugli ben potati d'oleandri e, più in alto, dalle cupole irsute delle palme che danno all'intera zona un'aria curiosamente coloniale.

Marchisio e Cocchia che procedevano di buon passo, muti e appaiati, non faticarono a trovare il villino che cercavano, sia perché ne conoscevano il numero sia perché era il solo che avesse aperto a mezzo il cancello nero sulla strada e addossata a questo, stretta al battente socchiuso, una donna scarmigliata che aveva subito cominciato a richiamarli con le braccia.

«Di qua, venite, Dio mio» gemette precedendoli mentre giungeva le mani, le portava al capo e poi le scuoteva a mezz'aria quasi cercasse di suscitare in quei due impassibili funzionari uno sgomento identico al suo. Facendo strada nella casa, indicò la prima stanza a sinistra del piano terreno: «Là dentro, là dentro». E non si mosse più.

La stanza aveva ancora serrate le imposte ed era quindi completamente oscura, specie per chi veniva dalla gelida luminosità dell'esterno. Un profumo lieve e freddo di Vétyver era fermo nell'aria. «Apra le finestre,» disse Marchisio mentre si liberava della bombetta «ma non tocchi altro.»

Il cadavere della giovane donna giaceva ai piedi di un piccolo divano in stile giapponese. Cadendo aveva trascinato con sé un nero tavolinetto moresco ricoperto di scaglie di madreperla e l'abat-jour che probabilmente lo sormontava. Indosso non aveva che una veste da camera anch'essa in stile giapponese. Nella caduta s'era aperta, risalendo fin quasi alla vita.

Tutto questo Marchisio lo colse con un'occhiata mentre già sentiva salire dentro di sé quel senso invincibile d'irritazione che ogni volta, nonostante gli anni, lo coglieva davanti a quelle morti scomposte, e al sangue.

Anche in questo caso ne era sgorgato in abbondanza, aveva intriso il tappeto, era dilagato sulla graniglia in una pozza che le connessure del pavimento avevano ironicamente sagomato in forma di cuore.

L'appuntato Cocchia s'era accomodato obbediente su una seggioletta. Avendo slacciato due bottoni del soprabito e sollevato appena il copricapo sulla fronte, attendeva l'inevitabile. La vista di quelle membra, così esposte, gli aveva però acceso lo sguardo.

Non si trattava di uno stimolo propriamente sensuale. La sua lieve eccitazione veniva piuttosto dalla consapevolezza di star godendo il poliziesco privilegio d'uno spettacolo esclusivo. E questo bastava a far avvampare la striscia di pelle che il copricapo aveva cinto fino a poco prima. Avrebbe desiderato una sigaretta.

«Venga dentro, lei!» ordinò il maresciallo rivolto alla donna. Dal corridoio rispose uno stridio d'animale strozzato:

«Dentro non vengo.»

Non pareva il caso d'insistere. Fu pertanto Marchisio a muoversi a lunghi passi esitanti per tenersi ai bordi di quel pantano.

«Lei chi è?»

«Sono la donna della signorina. Ero appena arrivata alle sette, ed ecco qua.» Accennò col braccio verso l'interno della stanza, e quel movimento istintivo rimise in moto tutta la meccanica pantomima del dolore.

«Adesso stia calma» le fece Marchisio con tono più brusco di quanto avrebbe voluto. «Visto che non vuole venire dentro, vada fuori, e quando arriverà il medico della polizia lo faccia entrare subito. Cocchia, intanto diamo un'occhiata.»

L'appuntato estrasse un calepino dalla tracolla. Muovendosi guardingo nella stanza Marchisio cominciò a scrutare intorno, mantenendo una distanza si sarebbe detto ostentata dai numerosi oggetti, ninnoli e soprammobili disseminati nell'ambiente. Intanto dettava: «Oggi, sabato 25 marzo 1911, alle ore otto e quindici del mattino, noi sottoscritti, recatici al suo domicilio, abbiamo rinvenuto il cadavere di tale Battiferri Amelia...».

La stanza era arredata con opulenza. Un raso lucido rosso cupo era teso sulle pareti; una panoplia d'armi da punta e da taglio ornava quella di fondo. Parte del mobilio scompariva sotto drappi di broccatello adorno di frange pesanti. Da un gran vaso *cloisonné*, l'ampio ventaglio d'una palma arrivava a celare un intero angolo.

Su una mensola di noce intagliata in stile Rinascimento s'allineavano conchiglie, sfere di cristallo, pentolini dipinti col Vesuvio, San Pietro, il duomo di Milano, il campanile di Pisa, la mole Antonelliana, sorta d'allegoria dell'unità d'Italia ridotta a *bibelot*. Dappertutto cuscini di piume coperti di seta purpurea.

«La vittima giaceva prona...» A queste parole Marchisio s'arrestò di colpo, attraversò la stanza e prese a fissare la panoplia. «Cocchia, qui manca un pugnale o un coltello. C'è ancora l'impronta sul tessuto» l'indicò col dito: «Qui!»

«Sembra una fotografia, maresciallo» esclamò l'appuntato dal suo seggiolino puntando anche lui addirittura la penna, come una lancia. «Sarà l'arma del delitto?» E poi, senza interrompersi, come avesse di colpo trovato il coraggio di dar voce ai suoi più cocenti dubbi: «Ma quella era puttana?».

«Chi sa» sussurrò Marchisio.

«E lì che tiene?» Cocchia puntava ora con la penna la mano della vittima nella quale s'intravedeva, tra le dita, qualcosa di bianco. Il maresciallo s'inchinò, distese le falangi che s'opposero mollemente, estrasse un foglietto.

«È una carta del Grand Hotel. C'è scritto: stanza 179.»

«È una traccia?»

«Per il momento tutto è possibile. Comunque, metta agli atti.»

Vittorio Marchisio provava a volte l'impressione di star parodiando il suo mestiere. Perché quei minimi gesti, quel cieco procedere a tastoni, quell'attenzione a non compromettere tutto fin dall'inizio con un frettoloso preconcetto del quale sarebbe stato arduo liberarsi, tutto questo era esattamente ciò che ci si attendeva da lui.

Ma ogni volta lo assaliva il dubbio che chiunque, perfino Cocchia, dovesse rendersi conto che nell'affrontare l'enigma di un'indagine lui, il maresciallo Marchisio, si comportava né più né meno come quei mediocri attori che fanno conto solo sulle imbeccate del suggeritore per trascinare bene o male il proprio personaggio fino in fondo alla commedia.

Avrebbe sbagliato mestiere? A questa domanda, che immancabilmente seguiva la prima considerazione, il maresciallo si sentiva sprofondare nel ridicolo. Poiché aveva 56 anni e stava assaporando l'amaro degli ultimi bocconi prima del sollievo definitivo. E quando capita di porsi domande come quella all'antivigilia della pensione, potrebbe anche darsi d'aver sbagliato ben altro che il solo mestiere.

Il medico entrò sbuffando e, dato che non voleva fare nulla per dissimulare il suo malumore, si strappò di dosso la mantella e salutò solo a mezza bocca, mentre già inforcava stetoscopio e *pince-nez*.

"Ecco un altro povero commediante" pensò Marchisio.

Ciò che temeva era avvenuto. La chiamata urgente era stata raccolta da Umberto Piersanti, medico anziano e caparbio. Sul suo volto si poteva leggere il torvo fanatismo dell'innocente che, avendo subito infiniti affronti dalla vita, abbia finalmente la possibilità di rimettere in equilibrio la bilancia della Giustizia. Un imbecille.

Le espressioni "ti mando Piersanti", "ti affido a Piersanti" erano diventate negli ambienti della polizia uno di quei giochi ricorrenti e sempre uguali con i quali le burocrazie d'ogni tipo amano confermare, anche nell'umorismo, il loro amore per le consuetudini. E quanto più consumata, polita, ottusa dalle ripetizioni la battuta, tanto più certa l'irresistibilità dell'effetto.

Ma Umberto Piersanti aveva un'altra particolarità. Consisteva, questa, nella sua clamorosa mancanza d'intuizione clinica. Si raccontava che quand'era medico militare, quindici anni prima, ai tempi della sventurata impresa di Adua, avesse ammazzato più fantaccini lui che la fucileria di Menelik e dell'imperatrice Taitù.

Si raccontava anche che lo avessero trasferito alla polizia perché avesse almeno a che fare con corpi già resi cadaveri da altri.

Marchisio tentò di rompere il ghiaccio: «Il freddo quest'anno non va più via» fece con il massimo di cordialità consentita dalle circostanze.

«Datemi una mano, maresciallo!» replicò brusco il Piersanti.

A gambe divaricate per non pesticciare nella pozza, girarono il cadavere ponendolo supino.

«Il sangue è quasi completamente coagulato» constatò con sicurezza il medico.

«Col freddo che fa» commentò sottovoce Marchisio quasi a congelare l'embrionale conversazione sul tema inoffensivo del tempo. Ma quando abbassò gli occhi vide lo squarcio.

Una ferita netta, sottile, da esperto, o quanto meno inferta da una mano che non aveva tremato. Quella linea appena slabbrata, la si sarebbe detta dipinta sulla pelle, non fosse stato per l'orrore vermiglio che ne era sgorgato inondando la base del collo fino al seno. Anche il coltello era là. Era rimasto nascosto dal corpo, ricoperto da un velo denso che bruniva interamente l'acciaio d'un cupo smalto.

«Cocchia,» chiamò Marchisio «prenda quel coltello, dalla parte della lama, e lo incarti, ma delicatamente.» L'arma proveniva dalla panoplia della parete. Anche a occhio si vedeva che la sua sagoma corrispondeva esattamente all'ombra rimasta sul tessuto.

Si trattava del resto d'una lama particolare, a un solo taglio, ricurva, completata da un'impugnatura in cuoio, sicuramente una di quelle inutili memorie africane che ogni sottotenente si sentiva spinto ad acquistare in qualche miserabile suk immaginando di perpetuare, al prezzo di poche monete, il rito della spoliazione dei vinti.

Il dottore, che ansimando s'era intanto accosciato accanto al cadavere, aprì con uno strappo la vestaglia. A parte le calze, fermate a mezza coscia da due elaborate giarrettiere rosa, il corpo giaceva ora interamente scoperto. Due anelli d'oro con pietre lucevano debolmente all'anulare della mano destra. Gli occhi erano aperti e vitrei. Marchisio riuscì dopo un attimo a distoglierne lo sguardo.

Aveva mai fissato prima quelle pupille? Per un breve attimo le iridi brune gli avevano comunicato un senso irragionevole di familiarità, certo favorita dal turbamento che la scena, nonostante le sue radicate convinzioni, suscitava anche in lui.

«Ferita d'arma bianca alla gola, da sinistra a destra.» Il Piersanti amava proclamare ad alta voce le sue deduzioni. «La morte risale a otto, dieci ore fa. Coltello...» ripeté fissando con intenzione i due investigatori perché s'imprimessero bene nella mente qual era stato lo strumento dello scempio. Si sbarazzò dello stetoscopio con un gesto più ampio del necessario.

«Questo non serve più.»

Di nuovo si chinò verso il cadavere, avvicinando il suo volto a quello della vittima come se volesse scrutarlo nel profondo. Parve non bastargli, si chinò ancora di più, sicché la sua bocca giunse quasi a sfiorare quella dell'esanime Battiferri, aspirando più volte profondamente. Quindi, allontanandosi, sillabò con gli occhi semichiusi nella concentrazione: «Liquido incolore, limpido, mobilissimo, sapore bruciante, odore caratteristico: etere solforico, o etilico. Ma forse alcol etilico rettificato o officinale».

Provò la base del cranio, mise a nudo un braccio sollevando verso l'omero il viluppo della manica. Quindi si ritrasse, divaricò le gambe della salma, estrasse un tampone dalla borsa e dopo averlo assicurato a un paio di pinze chirurgiche, spinse verso l'alto, rotando. Marchisio lo osservava immobile, tornando di tanto in tanto a fissare le smorte pupille, ora lievemente divergenti, della povera Battiferri.

«Maresciallo, un'altra mano.»

Il cadavere venne ancora girato. Di nuovo prona, la donna giaceva ora quasi al centro della stanza per metà sul tappeto, per metà sulla gelida graniglia del pavimento. Nella doppia rotazione i capelli assai lunghi s'erano completamente sciolti avvolgendo il volto nella gran massa scura.

Il medico continuò l'esame "a tergo". Gli ci volle del tempo e si udirono domande e risposte, un dialogo sussurrato con se stesso che quasi certamente voleva alludere alla solitudine dell'uomo di scienza. Infine s'alzò: «Potete proseguire. Inoltrerò il referto dopo l'autopsia».

Riponeva guanti, strumenti e tamponi nella borsa sdrucita.
«Delitto passionale?» chiese il maresciallo.
«Non possiamo ancora dire se sia un delitto» replicò brusco il dottore. «Allo stato non possiamo escludere il suicidio.»
«Suicidio? Ma guardi lì.»
«Maresciallo, non ho detto delitto e non ho detto suicidio. Dal punto di vista anatomico tutte le ipotesi sono possibili.»
Era un rimprovero? Sì, lo era. Marchisio dovette ricorrere a una domanda più esplicita.
«C'è stata violenza?»
«Violenza sì,» rispose il medico già sulla porta «ma non quella che avete immaginato. È stata sodomizzata.»
«E cioè?» esclamò di slancio l'appuntato Cocchia con sincero interesse.
Ma il dottor Piersanti non rispose, uscì dalla stanza. Lo si udì gridare dal corridoio: «Appuntato, un catino d'acqua! Mi vorrei almeno lavare le mani».
Solo con la salma, Marchisio andò alla finestra. Il giardinetto appariva ombroso, mediocremente curato. Al di là della recinzione s'intravedeva un tratto breve di strada, e su in alto un mobile frammento di cielo sfrangiato dalle ramaglie delle palme. Passò un garzone fischiettando, la gerla del pane caricata come uno zaino. Si fermò a ridosso del muro. Marchisio udì lo scroscio col quale si liberava, ma allegro, senza interrompere la sua melodia. Un attimo, e aveva già ripreso la via delle mattutine consegne. Udì anche, senza vedere, la carrozza del medico che s'allontanava battendo il selciato con i cerchi di ferro delle ruote.
Dalla cucina, sull'altro lato del corridoio, arrivava la voce di Cocchia che stava verbalizzando le risposte della fantesca. Avrebbe dovuto muoversi di lì, avviare, secondo procedura, la perquisizione. Non c'era ragione di restare a quella finestra bassa a fissare la ghiaia del vialetto qua e là sommersa dalla gramigna. Si risolse.
Qualcuno, probabilmente Cocchia, aveva gettato sul corpo un lenzuolo. Evitando la porta della cucina, salì al piano superiore. Sul piccolo pianerottolo s'aprivano tre porte. Uno studiolo, un bagno e, ultima, la stanza da letto dove si diresse.

L'aria era pesante, impregnata. Anche qui erano chiuse le imposte. Aprì, il letto grande aveva ancora la sua sovraccoperta di raso giallo oro tirata e intatta. Di fronte alla finestra una toletta a forma di fagiolo, "o di rene" pensò Marchisio, sormontata da uno specchio a tre luci.

Gli oggetti erano in ordine. No, non erano in ordine. Pettine e spazzola erano stati evidentemente gettati in fretta. I denti del pettine trattenevano ancora dei lunghi capelli, neri. Il maresciallo doverosamente li estrasse, li compose in cerchio attorno al dito con una certa ripugnanza, li infilò nel taschino del panciotto. Una boccetta di profumo s'era rovesciata aperta. Ecco da dove veniva quell'afrore. Toccò con la punta del dito il centrino di lino che rivestiva il piano della toletta. Umido.

Il comò, anch'esso sormontato da una specchiera, era esattamente di fronte al letto. Aprì il primo cassetto, frugò tra la biancheria senza guardare, affidandosi al tatto. Pile ben ordinate, una scatola tonda di legno verniciato. Dentro, ninnoli di poco valore. La rimise dov'era. Nel secondo cassetto ancora biancheria. Camice ricamate. E poi, negli altri, busti, calze, pezzuole di lino, stringhe...

Chiuse l'ultimo cassetto direttamente col ginocchio. Si guardò intorno. Sollevò il guanciale del letto. Sotto c'era soltanto una camicia da notte, lunga, di mussola bianca. Non era ciò che s'aspettava. O forse aveva un senso anche quella. Perché quando l'assassino era arrivato, un assassino, nonostante la reticenza del Piersanti, la donna era seduta lì, col pettine in mano, sola. Qualcuno aveva bussato...

Che cosa distingue i cassetti d'una persona onesta da quelli d'un criminale? E il comò d'un assassino da quello della sua vittima? Dalla sua lunga esperienza Vittorio Marchisio aveva ricavato il concetto che un elemento accomuna i delinquenti confessi alle vittime predestinate, ed è il disordine degli effetti personali. Un anno prima, quando aveva fatto irruzione nella stanza dell'hotel Rebecchino per scoprirvi il cadavere scomposto della principessa di Sant'Orsola, aveva avuto immediata la sensazione che il caso fosse lampante. Non era con quella biancheria indosso che una dama di compagnia della regina madre prende alloggio in albergo, se ha intenzioni oneste. Lo stato deplorevole delle lenzuola era di per sé un atto d'accusa e la valigia dell'assassino, tralasciata nella fuga, già prefigurava l'ineluttabilità del crimine. Aveva contenuto, come si poté constatare, un attrezzo vergognoso. Infatti il colpevole era stato arrestato nelle quarantotto ore.

In questa stanza da letto invece, la regola riceveva una vibrante smentita. A giudicare da ciò che vedeva intorno e dagli oggetti intravisti o palpati, Amelia Battiferri, la morta, avrebbe potuto benissimo giacere al centro di quel comodo letto intenta a riprendere languidamente contatto con la nuova giornata.

Dunque, il caso era difficilissimo perché se la Battiferri non aveva per così dire preparato il suo ruolo di vittima, l'omicidio era derivato da un'alterazione improvvisa, da un accidente imprevisto che quasi certamente non aveva lasciato traccia riconoscibile.

Lasciò perdere. Scese. La familiarità tra l'anziana fantesca e l'appuntato aveva già raggiunto la soglia del caffè. Un bricco stava bollendo sul fuoco a beneficio esclusivo di Cocchia: una sola la tazzina, uno il cucchiaino.

Erano bastate mezz'ora e un fornello per far sentire l'appuntato come a casa sua e restituire la mercenaria alla naturale concatenazione dei suoi gesti. Se n'era giovata evidentemente, perché ora non sollevava le mani che per ricomporre di tanto in tanto la crocchia grigia trattenuta sulla nuca da qualche forcina.

Era possibile? Era mai possibile che quel gesto rivelasse un residuo di lusinga femminile? E che l'imminente tazza di caffè ne fosse il suggello? La messa a verbale, per esprimersi in termini polizieschi? O si trattava d'un tranello?

Questo pensava Marchisio immobile sulla soglia della cucina, ma lo interruppe la donna.

«Prende un caffè, maresciallo?»

«No, grazie» rispose secco.

Cocchia lo fissò per un attimo riprovando muto l'inutile sgarbo. Ma l'appuntato era di Avellino, e cinquant'anni d'unità nazionale non avevano ancora convinto il piemontese

Vittorio Marchisio che l'incapacità di adeguarsi a una parte necessariamente sgradevole fosse il requisito migliore per condurre un'indagine di polizia.

Affidare la severità e il prestigio d'un inquirente a una tazzina di caffè poteva sembrare, e anzi decisamente era, esagerato. Ma si viveva ormai in un paese nel quale espansioni d'ogni tipo erano diventate il metro usuale dei rapporti. Marchisio aveva l'impressione che nella quadriglia, nella sarabanda dei favori fatti e resi, nessuno sapesse più con esattezza ciò che avrebbe dovuto fare né i limiti entro i quali avrebbe dovuto contenersi.

«Cocchia, quando verranno gli agenti per la perquisizione» disse Marchisio sempre sulla soglia «cominciate dal piano terreno. Cercate di rimettere tutto a posto.» Materassi sventrati, pile di biancheria ricacciate a forza nel posto sbagliato, ovunque una quantità di pezzi di carta. La brutalità d'una perquisizione produceva, secondo l'esperienza del maresciallo, effetti paragonabili solo alla fretta scervellata d'un ladro famelico.

Giunsero i barellieri. Il rituale, guidato da Cocchia, si svolgeva secondo la sua ufficialità immutabile e dimessa. Sarebbe arrivato anche il magistrato, per la rimozione. E quando tutti se ne fossero andati, la fantesca avrebbe cominciato forse a riassettare come in un qualsiasi altro giorno. Non aveva più né padrone, né obblighi, né salario. A meno che non ci fosse qualcun altro. Ecco un punto: chi, eventualmente?

Marchisio mise finalmente piede in cucina.

«Signora, che mestiere faceva la vittima?»

«Artista, maresciallo.»

«Artista di che?»

«Artista di pittori. L'ho già detto all'appuntato.»

«Avrei un altro paio di domande.»

Riprese a smaniare. «Dio, quant'era bella, quant'era brava, quanti ritratti le hanno fatto.» Andava avanti variando a soggetto sempre sullo stesso tema, appoggiata una mano al tavolo, stretta l'altra alla fronte quasi a coprire gli occhi. Marchisio la fissava attendendo, ma quel gesto che si ripeteva identico l'aveva già nella memoria.

Qualche settimana prima aveva visto la compagnia italiana del Grand Guignol recitare al Tiberino il dramma *L'uomo misterioso* di André De Lorde. Era esattamente così che Alfredo Sainati raffigurava la pazzia del protagonista. Anche il tavolo era più o meno lo stesso, e i lampi dello sguardo. Ma se era così, se non si trattava d'una coincidenza, c'era dunque un metodo in quel melodramma.

Per qualche ragione, l'anziana domestica voleva far intendere a lui, e forse anche a se stessa, che le risposte le venivano in certo modo carpite. In pratica, che ci si era dovuti insinuare nel suo turbato delirio per strapparle qualcosa.

«Insomma, era una modella» fece il maresciallo.

Roma era piena di ragazze come quella. Per i preparativi del Cinquantenario erano arrivate dal viterbese e dalla Ciociaria, in un primo momento, poi, a mano a mano che la domanda aumentava, anche dalle città del Nord e perfino dall'estero.

Vivevano tutte allo stesso modo, abitando le piccole pensioni tra il corso Umberto e il Babuino. Quel villino signorile, quella strada nel cuore del Macao, non facevano parte, era il caso di dire, del quadro. Una modella assassinata in via della Vite era un conto, in via Varese era decisamente un altro.

Per la seconda volta nel volger di mezz'ora, Marchisio ebbe l'inquietante certezza che il caso si presentava con connotati molto eccentrici. Fissò cupo la donna cercando d'immaginare se all'occorrenza si sarebbe prestata anche al ruolo di mezzana e di *femme-de-chambre*. Si sarebbe, decise subito. E la grossolana ipotesi di Cocchia sulla professione della ragazza forse non era da scartare.

«A che ora è andata via ieri sera?» domandò.

«Alle sette, come al solito. Chi avrebbe immaginato...»

«Lasci perdere. Aveva preparato la cena?»

La fantesca scuoteva sconsolata la testa fissandosi le scarpe.

«Perché non aveva preparato? La signorina mangiava a casa la sera?»

La donna continuava a muovere la testa ma con un certo qual ritmo. Poteva trattarsi di un preparativo per la nuova crisi, ma volendo lo si sarebbe anche potuto interpretare come un secondo no.

«Comunque ieri sera ha mangiato fuori?»

«Dio, dio» gemette quella. Fu giocoforza tornare alle domande brutali ma innocenti.

«Lei stamattina ha rigovernato qui?»

«E chi ci ha pensato, povera signorina, tutto quel sangue...»

Era chiara una cosa: quella rispondeva soltanto delle proprie azioni. Della sua ex padrona non era disposta a dire neanche il colore degli occhi. Era preoccupata o spaventata. O tutt'e due. Sicuramente stava coprendo qualcuno.

Per sapere chi, si doveva preoccuparla o spaventarla ancora di più. Ma prima bisognava sapere come fare. Le persone oneste si lasciano preoccupare con facilità. I fior di mascalzoni hanno invece nervi d'acciaio e dormono in genere tra due guanciali. Se ne sarebbe riparlato.

«Si tenga a disposizione. Dovrà venire a deporre in questura.»

«In questura?»

«In questura!»

Chissà, si chiese il maresciallo mentre la lasciava sola in cucina, chi era il beneficiario di quella recita, a chi avrebbe riferito con strisciante fierezza: «Non ho detto niente ai questurini. Niente». La finta ingenua. Per una mancia, probabilmente.

Fuori, al sole, i barellieri e Cocchia discorrevano serenamente nei loro dialetti pesanti, fumando. Da quelle teste brune, da quelle boccucce rosse, si levava verso il cielo, come da un turibolo, la colonna azzurrina. Stringevano con cura le labbra coralline attorno al cilindretto di carta, le dita macchiate di bruno, e aspiravano forte, sputando direttamente a terra, ora l'uno ora l'altro, bruscoli di tabacco.

Marchisio si tenne alquanto in disparte ma per due o tre volte, quando gli sguardi casualmente s'incrociarono, sorrise. Arrivò il sostituto procuratore del re, la ricognizione fu attenta e rapida. Si ebbe la fortuna che la strada fosse ancora deserta quando la salma irrigidita venne maldestramente caricata.

Visto che gli altri agenti ritardavano, bisognava pur cominciare. «Cocchia,» ordinò il maresciallo «perquisisca il pianterreno. Io torno su.»

La stanza da letto. Era lì il cuore della tragedia: nascosto nel candore bugiardo di quei lini, di quelle mussole. Non si sarebbe fatto ingannare da un mazzetto di spigo. Chissà cos'altro c'era da trovare, ricominciando tutto daccapo.

Aprì bruscamente la porta. Ai piedi dell'armadio, rattrappita sulle ginocchia, c'era la fantesca. Quando sentì lo scatto ebbe un soprassalto, ma non si girò, continuò, volgendogli il dorso tirato e i fianchi inverecondi, ciò che stava facendo.

«Che sta facendo qui?»

Solo a quella domanda l'anziana mentitrice accennò a tirarsi su.

«Che faccio? Pulisco.»

Vittorio Marchisio le andò accanto, la scostò col braccio come si fosse trattato d'un uomo, dovette inginocchiarsi a sua volta. Informe, spiegazzato, con le maniche a metà arrovesciate, estrasse da sotto l'armadio un abito a tailleur blu scuro, e poi una blusa, e poi uno stivaletto di vitello nero. E il tacco della calzatura si tirò appresso un paio di mutandine. Anche nere, di taglio insolito.

«La signorina si spogliava sempre sotto l'armadio?»

Quell'ironia non l'aveva calcolata. Era venuta da sola, forse per reazione, forse per scaricare il senso d'irritazione che la donna gli aveva subito suscitato. Non aspettava risposta poiché alle domande ironiche pochi sanno replicare a tono. Comunque la risposta non venne. Chiese tutto d'un fiato.

«Chi ce li ha messi quegli abiti là sotto?»

«Li stavo mettendo a posto.»

«E come sapeva che c'erano?»

«Si vedevano.»

Ardiva fissarlo negli occhi. Certo non le era sfuggito che lui in quella stanza era già salito prima. Sostenere che gli abiti in qualche modo sporgevano da sotto l'armadio equivaleva a un ammonimento: lei non sa fare il suo mestiere, io sì. Marchisio giocò subito il suo estremo *atout*.

«Se la facessi arrestare?»

«E che ho fatto io?»
«Nascondeva quelli.»
L'involto era rimasto a terra, in cima lo stivaletto.
«Ma come nascondevo, se li stavo tirando fiori?»
«E l'altro stivaletto dov'è?»
«Sarà rimasto là sotto.»
«Lo tiri fuori.»
Obbedì prontamente. Era intimorita? No, cercava una conferma alla sua versione.
«Eccolo qua.»
Effettivamente sotto l'armadio c'era anche l'altra calzatura, ammesso che volesse dire qualcosa.
«Porti tutto giù e ne faccia un pacco. Non dimentichi niente.»
Come era stato ricevuto il visitatore quella notte? Cioè l'assassino? Già in vestaglia? Oppure la vestaglia era venuta dopo? Quando l'udì scendere la scala ciabattando, Marchisio si chinò a rovistare personalmente in quel polveroso metro quadrato. Avrebbe dovuto farlo già prima. Avendolo fatto, avrebbe saputo adesso se la megera aveva mentito.
Comunque era venuto fuori il primo indizio. Sia che la donna li nascondesse, sia che li tirasse fuori, era evidente che di quegli abiti la signorina s'era liberata in fretta. Quindi l'omicida non era giunto inaspettato. Era davvero così? Ebbe l'impressione d'essersi perduto nella sua stessa logica.
Distese un braccio sentendo subito nelle narici la pungente asprezza della polvere e fra le dita una consistenza serica e pesante. Arpionò l'oggetto con un dito e lo estrasse: un'altra vestaglia giapponese, identica a quella che la vittima aveva indosso.
"Signorina viziata," pensò con rancore il maresciallo "due capi di tutto. Corredo da principessa, o da cocotte."

2

Finalmente, Elena gli sussurrò umile umile: «Mi perdoni?». Egli le posò le mani sul capo, un momento. Subito dopo si alzò, le propose di andare sul macigno proteso sul fiume, di fianco al sostegno di pietra. Sedettero là nel rombo dell'acqua che traboccava in un tremolo arco vitreo, dall'orlo del sostegno alla spuma sonora, e correva via tutta gorghi e fremiti verso il sole. Là davanti la valle aperta era tutta una luce, un verde giù fino al cielo. «L'ultima volta...» disse Elena.

Giovanni Sperelli chiuse un momento il libro, *Daniele Cortis* del Fogazzaro, e si passò una mano sugli occhi. Perché aveva ripreso quel romanzo vecchio d'un quarto di secolo? Certo, per la morte dello scrittore, avvenuta pochi giorni prima. Ma forse, ancor più che per la morte, per le parole con cui Pascoli l'aveva commentata all'Università di Bologna, appena gli avevano portato in aula la notizia. «Fu buono» aveva detto il poeta. «Oggi, in questa povera Italia maltrattata da un vento di odio che ci spinge gli uni contro gli altri, vale assai di più la lode di bontà che di grandezza.» Giudizio pascoliano, a doppio fondo, letterariamente feroce. L'aveva incuriosito e forse se n'era lasciato influenzare più di quanto credesse, lui che aveva amato in Donna Marina la femmina fatale fin-de-siècle, e che stimava *Malombra* uno dei pochi grandi romanzi italiani contemporanei.

Ma rileggendo *Daniele Cortis* non vi aveva più ritrovato che la storia d'un mezzo adulterio, uno o due baci.

S'alzò dal divano, e giunto davanti alla portafinestra del suo studio s'accorse che il sole inclinava ormai sulla linea irregolare dell'orizzonte. Una lama appena di quell'ultima luce lambiva vagamente il vetro della finestra.

Giovanni Sperelli era alto, glabro, muscoloso e soffriva di frequenti mal di capo. Nel complesso poteva ricordare un Amleto che, scansato il colpo fatale, fosse arrivato alla quarantina. Da quando, anni prima, s'era dimesso dalla polizia, aveva preso alloggio in un piccolo attico all'estremità del Borgo Angelico, verso piazza Risorgimento.

Gli piaceva quella sua posizione di confine, come la definiva, tra la Roma secentesca e gli edifici nuovi che i piemontesi stavano erigendo dov'erano una volta i prati di Castel Sant'Angelo. Il suo palazzetto, vecchio di tre secoli, non aveva che quattro piani. Le mura, tirate su col tufo e la pozzolana, rubavano la metà dello spazio. Restituivano, in cambio, quiete assoluta.

Di quell'appartamento piccolo-borghese, aveva rivestito quasi per intero le pareti di libri, e a chi glielo chiedeva rispondeva talvolta che la casa aveva assunto così un aspetto di calma, lusso e voluttà. Sperando che si cogliesse l'intenzione scherzosa.

Ma alla terrazza, dopo anni, non s'era ancora interamente abituato. Sulla destra aveva i giardini della piazza, sul lato opposto l'immane cupola michelangiolesca. Gli occhi tondi dei lucernari, le nervature, le giunzioni dei rivestimenti gli facevano l'effetto d'una pelle che offra al microscopio i segreti dei suoi nervi e dei suoi pori. Alle spalle, lontana, la terrazza del Valadier, i pini alti di villa Medici e l'estrema sommità dell'obelisco della Trinità dei Monti che in lui evocava, per personalissime ragioni, un vago sentimento di rancore.

Uscì all'esterno per muovere le gambe. Quella domenica, come quasi tutte le altre del resto, l'aveva trascorsa in casa evitando i passeggi troppo affollati, il viavai inconcludente delle carrozze, le gelaterie gremite di popolani e di forestieri. Aveva scritto due lettere, ascoltato il fonografo, provato al flauto l'allegro d'una invenzione di Bach, fin quando non gli erano sembrate sciolte e incisive a sufficienza le cascatelle di semicrome puntate. Il tramonto l'aveva colto sulla pagina di quell'eterno addio.

Il sole, scomparso alla vista, continuava però a smangiare i contorni dei colli vaticani. Gli oblò della cupola parevano attraversati dal dardo d'un incendio. Nonostante la primavera fosse in ritardo, la luce già più tenera preannunciava i nuovi germogli, i boschi rinverditi tutt'intorno alla città di cemento e di pietra.

Per intanto Sperelli dovette constatare che i suoi gerani languivano e che stava gelando. Entrò in cucina per controllare che cosa avesse previsto la governante per la sua cena.

La Roma ufficialmente festevole di quei giorni lo innervosiva. Tra poche ore, a mezzanotte, si sarebbero aperte le celebrazioni per il giubileo dell'Unità nazionale. La città era piena di viaggiatori, di delegazioni diplomatiche, di artisti che partecipavano alle esposizioni e, naturalmente, di lestofanti.

Eppure, rifletteva Sperelli, nonostante i cilindri e le marsine, questa non sarà mai una vera capitale europea. Quest'aria cosmopolita è una mano di tinta leggera che la prima pioggia slaverà. Sotto c'è la Roma di sempre, plebea, indolente, feroce, lurida, incastonata di gioielli. Tra poche settimane, forse tra giorni, si riaffaccerà con la primavera quel sentore d'Oriente, i gelsomini, i sambuchi, i gerani odorosi e la folla eternamente nelle strade, come ad Atene, come al Cairo.

La sua piccola cena era depositata in bianche fondine di porcellana coperte da altri piatti rovesciati. Così si accolgono, nel popolo, gli ospiti poco desiderati, i nottambuli. Mangiò in salotto. Sulla mensola in pietra serena del camino, incorniciata in argento, c'era una sua foto che lo ritraeva giovinetto.

Lo scenario era agreste; infatti Sperelli compariva in tenuta da campagna, accanto a un cavallino nero e mansueto. L'abito troppo ampio accentuava la magrezza del corpo. Ma le gote erano tumide e infantili, appena ombreggiato il labbro superiore da una tenue peluria.

Attorno al colletto alto e crudelmente inamidato, girava un nastro nero che ricadeva sul petto in un nodo morbido e irregolare. Nelle sue intenzioni di allora doveva rappresentare un omaggio a Baudelaire.

Qualcuno aveva attribuito l'esposizione di quel vecchio ritratto alla vanità d'una precoce vocazione equestre. Ma Sperelli conservava quella memoria solo perché lo stupiva sempre constatare la superiorità d'una fisionomia virile sulle incerte e trasognate fattezze dell'adolescenza.

Un amico aveva chiesto il suo parere su un sauro di cinque anni, enigmatica bestia. Avrebbe dovuto scriverlo; Paolina non sarebbe arrivata che più tardi. Dalla strada però udiva salire, attenuato, un romorio confuso misto a belati.

Uscì di nuovo sulla terrazza, si sporse. Lungo la via Angelica stava avanzando un gregge. Dall'alto, nell'oscurità che ormai s'addensava, non si scorgevano che il tumulo dei dorsi lanosi, i fianchi deformati delle bestie gravide, l'assorto andirivieni dei cani.

Due pastori venivano in coda, le gambe strette da un intrico di legacci. Procedevano indifferenti, al passo del gregge, fischiando a tratti, picchiando i bastoni sul selciato.

La mandria aveva appena raggiunto l'altezza di Borgo Angelico quando ebbe uno scarto improvviso. Alcuni animali si dispersero, altri rimasero immobili nel mezzo della via. Dall'angolo di piazza Risorgimento era comparso improvviso un diverso corteo.

Due, forse trecento uomini, chi indossando un paletot chi spavaldo in giacchetta, avanzavano in file contorte che continuamente si rompevano mescolandosi. Una voce, strozzata dall'urlo, intonava degli evviva e degli abbasso alternati. Rispondeva il coro, con un grido dissonante, agitando sulle teste i bastoni, le mazze, le canne da passeggio, perfino i cappelli.

Dall'alto non si riusciva ad afferrare, nel disordine delle voci, a favore e contro chi quella piccola massa di uomini intendesse manifestare. Giovanni attraversò in diagonale la terrazza per affacciarsi sul lato opposto.

Ora sovrastava direttamente il punto nel quale i due diversi cortegi si sarebbero incontrati. I pastori stavano tentando di dirottare gli animali per Borgo Angelico, i cani latravano impazziti, il corteo continuava ad avanzare. Giovanni finalmente capì. Gli abbasso erano per papa Pio X, gli evviva per Giordano Bruno e per Podrecca.

Una manifestazione anticlericale era nell'aria da tempo. Già da mesi si sapeva che durante i festeggiamenti per il giubileo, e anzi per l'intero anno 1911, il papa avrebbe sospeso tutte le visite di Stato e perfino i concistori. Una decisione drastica che aveva già impedito di sostituire monsignor Granito di Belmonte, dimessosi in gennaio dalla carica di nunzio apostolico a Vienna.

Papa Sarto intendeva così dimostrare che la ferita del '70 non era ancora chiusa e che non erano certo bastati quarant'anni per legittimare gli usurpatori. Né si trattava della semplice riaffermazione d'un principio. L'atteggiamento pontificio stava creando i più gravi imbarazzi diplomatici alla corona e allo Stato italiani. Molti regnanti di fede cattolica avrebbero evitato di presenziare alle cerimonie del giubileo per non irritare il sacro soglio.

Dipendesse o no dalle decisioni di Pio X, era per esempio già noto alle cancellerie che a Roma non sarebbero venuti né l'imperatore Francesco Giuseppe né il kaiser Guglielmo II. L'austriaco si sarebbe limitato a qualche dono e a un cordiale telegramma, il tedesco avrebbe fatto sostare brevemente a Roma, nel corso d'un viaggio verso il Vicino Oriente, il Kronprinz e la Kronprinzessin. Singolare atteggiamento in due alleati che avvertivano, in pratica ogni mese, il bisogno di rinnovare voti di perenne e leale amicizia.

Nessuno dei due però se la sentiva, dovendo dispiacere o Pio X o Vittorio Emanuele III, di risparmiare quest'ultimo. Così, quei festeggiamenti che avrebbero dovuto suggellare l'immagine d'una moderna monarchia, orgogliosa di un bilancio pubblico in pareggio e protesa verso l'Europa, si aprivano invece pesantemente velati da un'ombra.

Si aveva l'impressione di partecipare a una festa da ballo data per dovere in una casa nella quale stia per consumarsi un lutto o che nasconda, in una stanza remota, un vecchio parente pazzo. Suona l'orchestra, scintillano i calici, volteggiano le coppie, ma ognuno sa che da un momento all'altro potrebbe udirsi il terribile grido della crisi o dell'agonia.

Allo stesso modo, il rancore di quel prigioniero, recluso

volontario nel cerchio delle mura leonine, pesava sulla letizia dei Savoia.

Le imprecazioni dei due pastori, nello smozzicato dialetto d'Abruzzo, giungevano ormai fino alla terrazza di Giovanni. E a ogni bestemmia, accompagnata da calci o da pesanti colpi sulle groppe, il corteo, che s'era finalmente arrestato in attesa che quel parapiglia finisse, rispondeva con un evviva. E di nuovo i bastoni si levavano e venivano agitate le bombette, e le grida si trasformavano in riso aperto, in ghigni e in belati che rifacevano il verso a quelli atterriti delle bestie.

Quando si vide che il gregge stava ormai avviandosi per Borgo Angelico liberando la strada, cinque o sei giovanotti tra i più accesi si staccarono dal corteo, si fecero attorno al pastore più giovane e tra grida di esultanza e manate cameratesche vollero issarlo sulle loro spalle come per portarlo in trionfo, fosse entusiasmo o caricatura. Ma il giovanotto non capì e quando si vide sollevato di forza a quell'altezza, gridò a sua volta, si divincolò, volle scendere.

L'altro pastore intanto accorreva roteando la sua mazza, urlando di metterlo giù. Ci fu uno scambio d'insulti, il pastore calò la mazza alla cieca, il gruppo si disperse, il pastorello restò a terra intontito da un pugno, mentre i cani gli saltavano intorno ululando.

Sperelli infilò una giacca e decise di scendere. Secondo un filosofo tedesco, che aveva appena letto, è sempre colpa propria quando c'è eccessiva differenza tra l'immagine che uno ha di sé e quella che ne hanno gli altri.

Giovanni si considerava, nonostante tutto, una natura appassionata ma sugli altri produceva in genere un'impressione di freddezza e di calcolo. Aveva deciso che il suo caso era l'eccezione che il filosofo non aveva avuto il tempo di soppesare, prima di finire abbracciato a un cavallo di piazza.

"Perché volle accorrere? Per dare in qualche modo una mano a quel giovanotto ferito" pensava scendendo le scale. "Ma forse anche perché riteneva d'aver esattamente valutato, dal suo alto osservatorio, da quale parte fosse il torto e da quale la ragione."

Appena schiuse il portone si rese conto, però, che in quei

pochi minuti la scena era profondamente cambiata. Il gregge, che s'era lasciato alle spalle un lastricato di sterco, trottava penosamente in fondo alla via. Il corteo ondeggiava incerto. A pochi metri s'era schierato un plotone di carabinieri sbarrando la via Angelica coi moschetti a piedarm.

Li comandava un tenente, forse ventenne, bianco in volto come la bandoliera che gli attraversava la spalla. Era evidente che i militi volevano impedire ai manifestanti di proseguire verso piazza San Pietro. Nessuno dei due schieramenti sapeva chiaramente che cosa sarebbe accaduto.

Giovanni s'arrestò sul portone accanto al battente socchiuso. I carabinieri restavano rigidi, i dimostranti si agitavano, formavano capannelli, cercavano di sopraffarsi con le voci perché nel gruppo di testa ognuno tentava di dare una diversa direzione alla colonna. E i primi erano incalzati da quelli dietro, spinti a loro volta da altri. Mancava solo un avviamento qualunquc pcr ridurre le parole ai fatti, e non tardò molto.

Dalla folla partì un sasso. Nessuno lo vide, neanche il carabiniere al quale fece saltare la lucerna dal capo. Con voce spezzata, in falsetto, il tenente dette ordine d'avanzare in fila di fronte, con le armi a bilanciere. Sparito il gregge, la strada era diventata deserta, le finestre erano quasi tutte chiuse, s'udiva qua e là, in lontananza, lo schiocco delle imposte che venivano serrate.

Il grosso dei manifestanti prese a correre disperdendosi, ma il gruppetto di testa restò compatto. Ci fu frastuono di grida di trionfo e d'imprecazione. Qualcuno incitava: «Avanti, avanti! Abbasso il papa, abbasso i carabinieri».

Fermo sul portone, Giovanni si trovava esattamente in mezzo ai due schieramenti. Pensò di chiudere e di salire in casa; pensò di aprire e di scendere in mezzo alla strada per impedire in qualche modo lo scontro. Non fece né una cosa né l'altra. Restò con l'occhio alla fessura avvertendo nelle ginocchia, leggermente molli, l'eccitazione dell'attesa.

L'impatto fu quasi a forze pari. Dei dimostranti non erano rimasti che qualche decina dei più agitati. Roteavano i bastoni da passeggio, gridando. I carabinieri replicavano in silenzio con il calcio dei moschetti impugnati a due mani per la canna. Giovanni Sperelli avvertì un moto d'ira per quell'irragionevole zuffa, per la sua impotenza.

D'improvviso si sentì spingere con forza all'indietro. Uno dei dimostranti si precipitò dentro il portone ansimando, la guancia arrossata come da un colpo di frusta, i capelli madidi. Sbarrò la porta pesante, ci si appoggiò con le spalle.

Si fissarono. C'era forse una certa reciproca diffidenza nei loro sguardi. Rimasero in silenzio e immobili fin quando non parve che le grida e i colpi si fossero allontanati. Allora Giovanni lo fece da parte, socchiuse di nuovo la porta. A meno di un metro passarono di corsa due carabinieri trascinando un uomo scalciante, la schiuma alle labbra. «Molla, molla!» gridava qualcuno più indietro. Ma erano gli ultimi. A terra era rimasto solo lo sterco delle pecore e la lucerna calpestata e irriconoscibile.

«Sarà meglio che s'allontani» disse Giovanni girandosi verso il giovane. Quello sgusciò tra i due battenti senza una parola, senza un gesto, e in un attimo era sparito.

Risalì, si versò un cordiale, sedette. "Bel modo d'inaugurare il giubileo" pensava. "Fogazzaro, povero illuso, povero morto." Giovanni era turbato, più che dalla violenza dello scontro, dal disagio, dal malessere profondo che quella scena selvaggia metteva a nudo. Dopo mezzo secolo di convivenza, pareva che gli italiani fossero già delusi da un'Unità fittizia, una monarchia irresoluta, governi senza pietà né fermezza, un parlamento dilaniato. Le cause della dissoluzione erano così legate le une alle altre, che quasi più nessuno s'azzardava a dire da dove si sarebbe dovuto cominciare a metter mano.

Ai cantieri navali di La Spezia s'era arrivati a far saltare con la dinamite le manichette antincendio e le tubature dell'aria compressa, per fermare il lavoro. I ferrovieri anarchici arrestavano i treni con falsi segnali di pericolo, per spaventare i deputati diretti a Roma. Nelle province meridionali il colera continuava a mietere, flagello senza rimedio.

Sperelli si sentì per un istante sopraffatto. La cattiva coscienza lo investì all'improvviso, ed egli cominciò a muoversi rapido per la stanza. Neanche lui, come la maggior parte degli italiani, aveva ben capito le ragioni per le quali, otto giorni prima, il governo Luzzatti era caduto quasi da un momento all'altro, alla vigilia delle celebrazioni. Aveva solo afferrato che si trattava di motivi allo stesso tempo complicati e futili e che proprio per questo adesso era difficile trovare non il successore, che era naturalmente Giolitti, ma una maggioranza che lo tenesse in piedi.

I radicali si scalmanavano per il suffragio universale, ma tutti sapevano che alla resa dei conti si sarebbero accontentati di molto meno. I socialisti non avevano ancora deciso se volevano o non volevano entrare nel governo.

Bissolati era salito al Quirinale, ma nelle camere del lavoro quell'udienza non era piaciuta. Anche se l'anziano esponente socialista, ostentatamente, s'era fatto ricevere dal re in giacchetta e cappello floscio. Si minacciavano scissioni e le fazioni più spinte indicavano nel parlamento il vero nemico.

La società era quella che era. Un'élite dalla quale Giovanni aveva una volta e per tutte deciso in cuor suo di estraniarsi. Infatti, non avrebbe saputo da che parte schierarsi nella contrapposizione fanatica tra il culto dannunziano dell'eroe superuomo e l'opposto culto socialistico dell'Egalité. Utopie entrambe di gusto impiegatizio. La sua sola certezza, in quel momento, gli parve quella di non sapere bene che cosa avrebbe dovuto fare. Era tra l'altro infastidito dalla sua emicrania.

«Si riceve così una signora?»

La voce di Paolina lo fece sobbalzare, ma si riprese all'istante. S'inchinò parodiando una riverenza di corte e sussurrò: «Perdonate, Altezza!».

Paolina scoppiò in un riso sonoro, un po' trafelata per le quattro ripide rampe.

«Com'è andata?» le chiese, liberandola dalla cappa.

«Non ti dico. Non so più quanti bis ho dovuto concedere.»

S'era gettata sul divano, muovendosi con disinvoltura.

«Non hai neanche acceso il fuoco.» Indicava il caminetto con i ceppi ben ordinati ma spenti. «Che devo pensare, Giovanni? È solo quello il fuoco che manca?»

Le parole erano dure ma il tono era scherzoso.

«Altezza, abbiamo avuto dei contrattempi.»

«Parli al plurale, adesso?»

«Li abbiamo avuti un gruppo di dimostranti, un plotone di carabinieri e io.»
«Tutti insieme?»
«Appunto.»
«Sai la novità?» lo interruppe la donna. «Il commendatore m'ha proposto una tournée a Venezia e a Vienna. Al più presto. Sei contento?»
«Certamente. Ma aspetta, ti do qualcosa da bere.»
«Accendi il fuoco, piuttosto.»
«Servirò i liquori e accenderò il fuoco.»
E mentre Paolina gli raccontava della proposta che aveva ricevuto, Giovanni preparò le coppe, i *fondants*, accese il fuoco, lo attizzò, abile, singolarmente sicuro in quei gesti quasi donneschi.
Il vero nome di Paolina era Francesca Chiodi. Alta, slanciata, piuttosto robusta, col viso aperto e illuminato dagli occhi nerissimi, Paolina Giorgi, canzonettista e *divette*, era la sua amante ormai da due anni. S'erano conosciuti al ballo di mezza quaresima nel villino Pierantoni. Paolina più giovane di Giovanni di dieci anni.
Era nata all'Aquila e aveva cominciato come stiratrice. Poi un barone siciliano l'aveva sedotta, come s'usava dire, ma era stato generoso. Un giornalista le aveva dato per sei mesi lezioni di francese in cambio di qualche abbraccio. E mentre i suoi due fratelli s'impiegavano uno come ebanista a Viterbo e l'altro come chauffeur da un signore di Milano, il barone le aveva anche fatto studiare un po' di canto, l'aveva introdotta nel bel mondo della capitale, le aveva affittato un quartierino in via Borgognona. In quell'appartamento Paolina ancora abitava, ma ora rispondeva in proprio dell'affitto.
Giovanni sapeva che non sarebbe mai diventata una grande artista del caffè-concerto. Ma finché avesse conservato quella sensualità vocale spontanea e irresistibile, le scritture non sarebbero mancate.
«Mi piace l'idea di Vienna» esclamò rientrando nella stanza con il servizio.
«Sai cosa è successo stasera? Mentre ringraziavo, alla fine, tre ufficiali di cavalleria si sono alzati in piedi e mi hanno sa-

lutato con la mano alla fronte, come se avessero avuto il chepì. Ha riso tutta la sala.»

Anche se si trattava solo di cantare qualche canzonetta e d'accennare due o tre movimenti, Paolina usciva sempre dallo spettacolo come accesa da una febbre. Sorvegliava l'esito d'ogni recita con lo stesso scrupolo del contabile che rivede i suoi conti. Attendeva i fasci di fiori in camerino, le audaci galanterie che le venivano sussurrate, il mormorio che accoglieva il suo ingresso nei salotti come la maturazione d'una cedola. Fino a quando le fosse stato utile, la ripetizione non la stancava, la volgarità del pubblico non l'offendeva.

La donna prese una coppa e l'alzò in segno di silenzioso brindisi. Stava semisdraiata sul divano e lo guardava, certo inconsapevole d'essersi atteggiata come l'altra e più impudica Paolina.

«Abbassa le luci» chiese. Rimasero assorti, illuminati quasi solo dal riverbero delle fiamme, sorseggiando le bevande. Si stava placando l'inquietudine dei nervi.

«Se partirò, che cosa farai?»

«T'aspetterò, Paolina.»

«E se stessi lontano a lungo?»

«Sempre t'aspetterò.»

«E se m'innamorassi d'un altro?»

«Mi pianterei una palla nella testa.»

Giovanni sorrise nel pronunciare quella frase, e Paolina lo guardò accigliata.

«Quando sorridi così è perché stai dubitando di qualcosa. È la mia domanda o la tua risposta?»

«Non sono cose di cui si possa parlare.»

Paolina era sedotta da quella casa così straordinariamente ricca di libri e dal sospetto che, tra le carte di cui era ricoperta la scrivania di Giovanni, stesse maturando qualche imprecisato capolavoro. Quell'appartamento aveva finito per diventare ai suoi occhi la versione rassicurante d'una soffitta bohémien.

A Giovanni invece accadeva di pensare che il loro legame fosse una versione appena più personale dell'amore borghese, fatto di molta vicendevole comprensione, qualche innocuo colpo di fioretto e alcune parentesi durante le quali gli occhi si fanno accesi e ci si comporta in modo irragionevole.

Paolina si levò d'impeto dal divano, lo raggiunse presso la finestra e lo baciò sulla bocca. Poi gli cinse il collo con le braccia e s'allontanò, per fissarlo negli occhi, rovesciando un poco all'indietro il capo con un gesto che a lui parve involontariamente professionale.

Nel suo intimo, la donna si riteneva in grado di tenere rigorosamente separate le impudicizie del suo mestiere dagli slanci privati, mentre in Giovanni queste due sfere, che s'avvalevano d'una mimica identica, tendevano talvolta a sovrapporsi.

Lo fissò ancora un poco poi di nuovo rise, si rovesciò su di lui e baciandolo pazzamente e come per scherzo ripeteva: «Ti voglio vivo, vivo ti voglio». Incapace di ricambiarli, Giovanni amava quei trasporti improvvisi. Si sentiva coinvolto in una passeggera spensieratezza, una fatuità eccitante che credeva di non aver mai provato prima.

Prese Paolina per mano, la condusse al divano e le sedette accanto. Lei gli mise un braccio dietro le spalle e lo attirò a sé. Bastò quel leggero avvicinarsi dei corpi per racchiudere entrambi nella parentesi desiderata. Giovanni le strinse il volto nella mano aprendole la bocca. Aveva splendidi denti sani. Dopo il bacio ella si scostò da lui e prese ad armeggiare con i ganci sul retro del corpetto. «Aiutami» gli chiese con la sua voce un po' velata dal canto e dal fumo respirato per ore.

Giovanni le scivolò alle spalle, infilò le dita sotto la gran massa dei capelli e tentò anch'egli alla cieca. Lentamente, con metodo, con le sue mani fredde, slacciò tutti i fermagli del corpetto dal collo fino alla vita e, quando l'ebbe sfilato, Paolina emerse, discinta fino alla cintura.

Sul seno eretto e pesante depose un bacio. Ma uno solo, perché un rombo di cannone, fortissimo, li fece sussultare insieme. Corsero alla finestra.

Lontano, sull'altura del Gianicolo, una batteria aveva aperto il fuoco a salve. Si scorgevano distintamente le lingue di fiamma, per un attimo contro il nero degli alberi, e dopo qualche secondo arrivava lo sparo che scrosciava rimbalzando su mille muri e su mille tetti.

«Dev'essere mezzanotte» bisbigliò Giovanni. «È cominciata la festa.» Paolina gli si strinse al fianco, rabbrividendo.

3

Dopo una notte insonne, alla quale il rombo lacerato del cannone aveva però aggiunto una nota di marziale allegria, Vittorio Marchisio uscì di casa di buon'ora. Nella generale atmosfera di giubilo, il maresciallo non era contento. Quel lunedì 27 marzo, il centro della città appariva interamente coperto di vessilli. Alle finestre, sui balconi, sui pennoni appositamente innalzati, anche tra le orecchie dei cavalli, ovunque garrivano tricolori. E le rare case che ne erano prive si diceva fossero quelle dei papisti più irriducibili.

L'aria era sempre tesa e fredda. Il che giovava allo sventolio, ma infastidiva i passanti. Scendendo a piedi lungo la via Nazionale e poi, dopo villa Aldobrandini, per quel ripido tratto che colma, con due strette curve, il dislivello tra la parte alta dell'urbe e le bassure secentesche, Marchisio imprecava tra sé in strettissimo dialetto. Non ne alleviava l'umore neanche lo scudo sabaudo esposto agli occhielli di molti soprabiti.

Solo in piazza Venezia sostò un poco a guardare lo schieramento imponente che avrebbe fatto ala al passaggio delle reali carrozze. Alle dieci, Vittorio Emanuele e la regina Elena avrebbero inaugurato in Campidoglio il giubileo.

Granatieri, lancieri, bersaglieri, marinai e fanti erano stati disposti in doppia fila a formare un ininterrotto corridoio d'uomini. Perché i cavalli non sdrucciolassero, i selci erano stati coperti di sabbia di fiume che la luce ancora radente faceva sembrare d'oro. E già alle otto s'andava addensando alle spalle dei soldati qualche gruppo di persone in attesa.

"Ci voleva il giubileo per farli alzare un po' prima" pensò Marchisio sempre irritato. "Proprio qui dovevamo mettere la capitale" aggiunse dentro di sé il povero maresciallo. Ardentemente avrebbe desiderato in cuor suo un po' meno di grandiose rovine e un po' più di *veuja ëd sgobé*.

Quando l'avevano trasferito dalla sua regione, aveva tremato. Tempo qualche mese, però, s'era reso conto che a Bologna si può ancora sopravvivere. Dopo due anni, quando la pena cominciava a scemare, qualcuno al ministero, pensando magari di fargli piacere, l'aveva proposto per un comando di distaccamento nelle Calabrie. Aveva usato quel po' d'influenza di cui poteva disporre per dirottare quella condanna verso un collega.

In cambio aveva dovuto accettare la questura di Roma, prendendo alloggio in via principe Amedeo, dalle parti di piazza Vittorio, perché lì era bene che risiedessero i servitori dello Stato.

Riprese veloce il passo per via del Plebiscito. Il giubilo ufficiale, per le polizie, vuol dire superlavoro; la metà di quei popolani erano agenti distolti da altri incarichi e comandati all'esultanza. Intanto, il caso di via Varese era praticamente a zero.

Al saluto del piantone rispose con un cenno del capo. L'edificio della questura, in piazza del Collegio romano, aveva pochi piani e poche stanze. Per fortuna conteneva anche un organico insufficiente, per cui la limitazione degli ambienti era compensata dalla scarsità degli uomini.

Vittorio Marchisio, maresciallo di prima, doveva dividere la stanza con l'appuntato Cocchia e con l'agente Verde, ischitano. Entrambi fecero il loro ingresso quando lui aveva già siglato tutta la corrispondenza preparata il giorno prima.

«Cocchia, allora questa Battiferri.»

«Obbedisco» replicò con prontezza l'appuntato.

«Non usi queste formule.»

Marchisio aveva la perenne sensazione che Cocchia lo giudicasse con il suo metro. Ciò che segretamente avrebbe desiderato era scorgere negli occhi dei suoi subordinati quel trasporto, quella beatitudine di cui deve traboccare una recluta insignificante assegnata senza merito al più brillante dei reggimenti. Ma questo non era mai avvenuto; né era capace d'immaginare come si sarebbe potuto farlo accadere. Dovette ripetere.

«Questa Battiferri, allora?»

«Abbiamo lavorato a tappeto. Ecco il rapporto.»

Gli mise davanti un paio di cartellette vergate con bellissima calligrafia.

Battiferri Amelia, vi si leggeva, era nata a Capranica nel 1884 ed era arrivata a Roma giovanissima. Prima saltuariamente, poi con regolarità professionale, aveva cominciato a posare come modella. Le sue forme piene e regolari, si poteva dedurre, le avevano assicurato un certo favore in quel piccolo esercito di pittori, scultori, decoratori in stucco, che sugli intonaci o sul marmo stavano erigendo le allegorie civili della Terza Italia.

Così, Amelia aveva prestato busto opulento, vita sottile, fianchi generosi a infiniti trionfi floreali della Giustizia e del Progresso, delle Ferrovie e della Luce Elettrica. Di alcuni tra gli artisti, secondo le dicerie di portinai e rivendugliolі, era stata l'amante. E i suoi proventi, sempre secondo le stesse fonti, non s'erano limitati ai soli compensi professionali.

Secondo altri, la Battiferri aveva raggiunto l'apice del successo quando lo scultore palermitano cavalier Mario Rutelli l'aveva scelta, trasformandola in naiade, per la nuova fontana di piazza dell'Esedra, proprio all'ingresso della via Nazionale.

«Tutto qui?» chiese Marchisio quando ebbe scorso i foglietti.

«Maresciallo, ieri era domenica. Con la confusione che c'è...»

«Avete convocato i testi?»

«Ecco la lista.»

Vi figuravano: Bacchetti Luigia, cameriera; Cristofari Serafina, anch'essa modella e amica della morta; Gasparelli Romeo, pittore, che doveva essere stato l'ultimo a vedere viva la vittima.

Si trattava d'un catalogo striminzito. Ma il maresciallo non volle irritarsi ancora di più. Anche perché covava un pensiero, anzi una decisa speranza: che quel misterioso messaggio su carta intestata del Grand Hotel, si rivelasse una traccia risolutiva. Non poteva affidare un accertamento di quella delicatezza né a Cocchia né a Verde. Appena possibile sarebbe andato di persona.

«Chi è la prima?»

«Bacchetti, la cameriera.»

«Fate entrare.»

Ci vollero una decina di minuti perché Cocchia tornasse, atteggiato a lutto.

«La Bacchetti non c'è.»

«Come, non c'è.»

«Non s'è presentata.»

«Ma non s'era detto di farla pedinare?»

«Certamente.»

«E allora rintracciate il segugio.»

«Monta alle nove. Di là c'è però il Gasparelli.»

«E chi è?»

«Il pittore, maresciallo.»

«Facciamo entrare il Gasparelli. Lei, Verde, si metta di piantone. Appena compare il segugio, lo mandi qui.»

Romeo Gasparelli era magrissimo, di carnagione giallastra, con zigomi impressionanti. Tossiva in continuazione. Non corrispondeva in nulla al suo romantico nome.

«Gasparelli, s'accomodi.» Marchisio gl'indicò una seggiola di legno chiaro che per caso s'intonava perfettamente al colorito del teste.

«Posso fumare?» chiese questi con insospettabile gravità baritonale. Mentre accendeva il maresciallo notò il tremito delle mani. Ne dedusse che l'uomo era ubriaco o intimorito.

«Gasparelli, la signorina Battiferri è stata trovata morta. Sembra che lei l'abbia vista nei giorni scorsi. Ci può dire in quali circostanze?»

Cocchia sedeva attentissimo alla sua scrivania, tormentandosi la scriminatura con un pennino.

«Veramente, io la Battiferri non la vedo da mesi.»

Marchisio rivolse una speciale occhiata all'appuntato che alzò le spalle a dire: non è colpa mia.

«Gasparelli, lei è qui come testimone. Vorremmo solo sapere quali erano le attività della povera signorina e quando l'ha vista l'ultima volta.»

Così dicendo Marchisio scrutò il pittore avendo cura di lasciare un certo spazio tra sé e lui. Anche per via di quella tosse.

«La Battiferri faceva la modella, come tante. L'ultima volta l'ho vista...» Gasparelli s'immerse in una sua dolorosa riflessione. «L'ho vista nello studio del principale: sarà stato dopo Natale, verso gennaio.»

«E chi è il suo principale?»

«Gioja Edoardo, il pittore. Lo studio è a via Margutta.»

«Non è pittore anche lei?»

«Io facevo diciamo l'imbianchino. Adesso faccio il decoratore.»

«Che cos'è esattamente un decoratore?»

«Un decoratore è quello che quando c'è un fregio, una cornice, una colonnetta la fa. Poi il pittore dipinge.»

«Allora: vide la Battiferri in gennaio. Che cosa faceva?»

«Posava.»

«Per che cosa posava?»

Di nuovo l'espressione di Gasparelli si contrasse come se un'amarezza infinita gli venisse da quelle memorie. Accese una seconda sigaretta ai resti della prima.

«Stavamo preparando un affresco per la mostra a piazza d'Armi.»

«E la Battiferri posava.»

«Sì.»

«E che cosa doveva raffigurare?»

«Faceva l'Italia, mi pare.»

«Nuda?» chiese gelidamente il maresciallo.

«Proprio nuda no. Aveva un velo qui alla vita che poi passava sulla spalla.»

«Il seno era scoperto?»

«Uno solo.»

Il maresciallo tentò un vecchio saltafosso di repertorio.

«Risulta che lei ha avuto una relazione con la morta.»

Gasparelli interruppe per un attimo i colpi di martello della sua tosse.

«Ma lei pensa che una come Amelia si mette con uno come me?»
«Perché no?»
«Perché aveva altro per la testa. Puntava alto, con rispetto parlando.»
Tacque un attimo; poi, col tono con cui si tentano gli spiragli dell'anima, insinuò: «L'hanno ammazzata, vero?».
«Se fosse così, lei immagina chi avrebbe potuto farlo?»
«E chi lo sa. Quelle ragazze fanno una vita. Gli uomini vanno e vengono. E i soldi pure...»
Vittorio Marchisio fu attraversato dal sospetto che anche Gasparelli stesse recitando a suo danno. Possibile che quel drammatico sfinimento, quella dantesca magrezza, tutta quella tosse, nascondessero una moralità così scontata?
«E dopo gennaio non l'ha più vista.»
«No. E anche quando l'ho vista a gennaio, non la vedevo da tanto tempo. Ma il nome mio chi ve l'ha dato?»
«Gasparelli, lei è qui solo per rispondere.»
La sua replica era stata da manuale. Ma anche la domanda di quell'esausto Romeo non era del tutto immotivata.
Chi gli aveva portato quello stordito di Cocchia? Perché gli facevano perdere tempo con quel disgraziato? Una risposta aveva colpito il maresciallo. Una donna come la Battiferri con quel villino, quel mobilio, quella biancheria, non si sarebbe mai messa...
Cocchia chiese se poteva far firmare il verbale d'interrogatorio. Ma il maresciallo non rispose, colpito da un nuovo sospetto. E se proprio per questo, se proprio l'impossibilità d'arrivare a quelle membra proibite, a quel corpo di lusso, avesse scatenato la furia, il raptus del Gasparelli?
Non si rese conto che stava fissando il decoratore come un nemico. Ma il teste sì. Portò una mano all'ossame del petto e con le note più gravi del suo registro affermò: «Giuro che non ho fatto niente».
«E se convocassimo il suo principale? Il pittore Gioja?»
«Sta lavorando all'esposizione. Hanno fatto nottata anche ieri. La mostra apre oggi, ci deve andare anche il re.»
«Pensa di lasciare Roma in questi giorni?»

«E dove devo andare?»

L'agente Verde e un altro individuo di minima statura erano entrati senza bussare. Purtroppo doveva trattarsi del segugio. Gasparelli firmò il verbale, ringraziò, salutò, uscì. Tossendo.

«Agente Bruno a rapporto» esclamò entusiasta il nano.

«Bruno, s'è fatto seminare.»

«Signornò, signor maresciallo. Ho seguito l'indiziata fino al Lungotevere in Sassia. Poi lei è scesa di corsa per la Lungara ed è sparita. Allora mi sono recato a casa sua, in via dei Banchi Nuovi, e mi sono disposto all'attesa. Ma per la giornata di ieri non ha fatto ritorno.»

«Insomma s'è fatto seminare. Adesso chi c'è lì?»

«Zilli.»

«Continui l'appostamento al domicilio. Se ci sono novità, telefoni.»

Dopo neanche un quarto d'ora arrivò la signorina Cristofari Serafina, di anni ventisei, romana. Se con il Gasparelli s'era introdotto un campione d'umanità fosca, dolorante, straziata, con la Cristofari ci si spostò di colpo all'estremo opposto: una giovane donna eterea, immacolata, fulgente. Un grande cappello nero le ornava il capo. E sul davanti, là dove gli stilisti militari prevedono un piccolo rapace, falcone o aquila, a rappresentare l'attitudine guerresca, Serafina esibiva una dolcissima tortora.

Era adagiata sul feltro con le ali spiegate, gli occhietti rossi di vetro luminoso, un minuscolo becco socchiuso fatto solo per le punture d'amore. Il volume considerevole del copricapo e del volatile che lo guarniva nascondeva buona parte del volto.

Marchisio tuttavia ebbe modo di notare le due pupille color del cielo. Si sentì turbato. Iridi così a Roma non ne aveva in pratica mai viste. Tanto meno in questura, dove si sarebbero potuti censire tutti gli occupanti senza spendere più d'un aggettivo per i loro occhi. "Un angelo," pensò il maresciallo "una madonna."

Serafina sedette al suo cenno, le gambe ben strette e parallele. Raccolse le mani in grembo, abbassò gli occhi verso il pavimento sconnesso che non la meritava, e attese. Mite, obbediente, pura.

«Signorina Cristofari, l'abbiamo scomodata per via della povera Battiferri.»

«È morta, vero?»

La notizia non era stata divulgata anche perché, fortunatamente, i giornali avevano altro di cui occuparsi in quei giorni. Serafina però sapeva. Come mai?

«Come fa a saperlo, signorina?»

«Non lo sapevo, maresciallo. Ma appena lei ha detto "povera Battiferri" ho capito che era successo qualcosa. È morta?»

«Sì, signorina. È morta.»

«E come è stato?»

«I medici non lo hanno ancora stabilito. Ma forse lei può dirci qualcosa.»

«Sono mesi che non la vedo, povera Amelia. L'ultima volta sarà stato lo scorso autunno, forse in settembre.»

«Ricorda in quali circostanze?»

«Avevano chiamato lei per un lavoro, ma non aveva il fisico adatto: troppo forte. Invece il pittore voleva un tipo angelico. Così Amelia ha passato il lavoro a me.»

Marchisio sussultò e per la prima volta da quando la Cristofari era entrata nella stanza ebbe l'impressione di riprendere il pieno dominio di sé. Dunque la teste sapeva. Anzi, sapeva a tal punto, da potersi definire "tipo angelico" con la stessa indifferenza con la quale avrebbe detto "lunedì".

Quei lineamenti s'atteggiavano a stupefatto candore solo per esigenze di mercato, e quegli occhi verginali erano tenuti bassi non per pudicizia, ma per spuntare compensi orari più alti. Questa era dunque la Cristofari.

«Così, da allora non l'ha più vista.»

«Non si vedeva più tanto in giro. Forse aveva anche cambiato ambiente.»

«E prima la vedeva spesso?»

«Abbastanza, anche se non stavamo sempre insieme. Dopo quella volta lei forse pensa, crede, che facessimo coppia fissa, ma non è così.»

Il maresciallo avvertì alla radice dei capelli la scossa della cattiva coscienza. Di quale volta stava parlando la teste? Anche se si trattava d'un tranello decise però di caderci dentro. Non più per amore, perché quell'amore era ormai finito per sempre, ma per gelido calcolo inquisitorio.

«Effettivamente, lo credevo.»

«No, maresciallo, quello fu solo uno stupido incidente.»

«E da allora...»

«Non pensavamo proprio che sarebbe andata a finire così.»

«Ha avuto qualche conseguenza?»

«No, per carità. A me preme soprattutto il lavoro.»

«Minacce?» Tentava ormai alla disperata.

«No, davvero.»

Purtroppo doveva uscire allo scoperto. Pensò di cominciare dai contorni.

«Mi aiuti a ricordare. A che ora avvenne il fatto?»

«Ma come? Dovette tornare apposta in questura!»

Le iridi celestiali erano state attraversate dal lampo del sospetto. O almeno così gli parve.

«Sapesse quante volte succede... A proposito, qualcuno le mancò di rispetto in quell'occasione?»

«Nessuno.»

Osò il tutto per tutto, vergognandosi.

«Cocchia, lei quella notte dov'era?»

«Sul posto, maresciallo. All'hotel Splendid.»

Si sentì incenerito. Ecco dove aveva già visto Amelia Battiferri: lì, in questura. Ecco perché il volto della vittima di via Varese gli aveva messo addosso quell'inquietudine e quel fastidio: lui con la Battiferri aveva già parlato, quando ancora era alla squadra del buoncostume.

Dall'altro lato della scrivania, nascosta a metà dal paralume verde della lampada da tavolo, Serafina sorrideva incantata. Marchisio finalmente ricordò tutto.

Un anno prima, forse più d'un anno, avevano mandato a chiamare dall'hotel Splendid, in corso Umberto. La squadra aveva trovato, in due camere comunicanti del terzo piano, due coppie irregolari. Una delle due ragazze, completamente ubriaca, aveva semidistrutto l'arredamento, lacerato le lenzuola, infranto i quadri alle pareti, era uscita nuda nel corridoio esigendo champagne.

La cameriera del piano, che tentava d'avvolgerla in un lenzuolo, era stata schiaffeggiata. Due anziani coniugi tedeschi, che rientravano dal teatro dell'Opera, s'erano visti minacciati con una bottiglia vuota.

A quel punto era arrivata la polizia. I quattro erano stati trascinati in questura e interrogati. Ma solo l'ossessa era stata trattenuta in camera di sicurezza. Più che altro perché non la si poteva mandare in giro in quello stato. Già all'alba qualcuno aveva provveduto a risarcire i danni, i coniugi bavaresi erano partiti per Pompei, la cameriera non s'era querelata.

E Marchisio aveva scortato personalmente la ragazza dal capo della buoncostume, per la paternale di rito prima del rilascio. Quella ragazza era la Battiferri. E nell'altra stanza... Recuperò splendidamente.

«Già! Lei si trovò coinvolta nello scandalo dello Splendid insieme alla Battiferri, signorina. Ma non è per questo che l'abbiamo mandata a chiamare.»

Dunque, la Battiferri nuda nel corridoio e, nella stanza accanto, certamente nello stesso stato, quel concentrato di purezza.

«Volevo bene alla povera Amelia. Ci aiutavamo...»

Serafina parlava, Cocchia stendeva a verbale, ma Vittorio Marchisio voleva essere altrove. Per l'esattezza, avrebbe voluto trovarsi nel seminterrato, in archivio, per consultare di persona il fascicolo che in quell'occasione era certamente stato intestato a Battiferri Amelia. Tra l'altro vi dovevano figurare i nomi dei due mascalzoni che avevano accompagnato le ragazze. Altro che Gasparelli.

Così, quella deposizione che s'era iniziata sotto auspici ultraterreni, finì male. Finì tra saluti imbarazzati e raccomandazioni inutili. Serafina scomparve, trasportata non dalle ali della sua tortora, sulle quali era giunta, ma da quelle tanto più pesanti della sua sfacciata giovinezza.

Nel seminterrato faceva un freddo da galera. Gli addetti vi si muovevano lividi, indossando il cappotto e i mezzi guanti di lana. Marchisio passò svelto, salutando a cenni, puntando alla lettera B. Basevi, Basini, Basucci, Becchi, Bitonti... Ricontrollò. Andò avanti. Tornò indietro. Nessuna Battiferri, nessuna Amelia.

Si recò al registro delle pratiche in visione. Risalì indietro di giorni. Niente anche lì, nessuno aveva chiesto notizie della Battiferri. Chiese al capo archivista, trent'anni d'esperienza. Controllarono daccapo insieme. Scorsero di nuovo tutti i registri. Della Battiferri non c'era traccia.

Il maresciallo tentò di stendere un logico percorso mentale. Il dirigente della buoncostume era stato trasferito. Ma qualcuno che ricordasse il fascicolo ci doveva pur essere. Se c'era l'avrebbe trovato.

«Maresciallo, è tornato Bruno.» Era entrato Cocchia, festante.

«S'è portato dietro la Bacchetti.»

«La Bacchetti?»

«Luigia, la cameriera della morta. Era a casa, a letto. Adesso è su, nella sua stanza.»

Marchisio risalì con qualche speranza le scale. Un fascicolo sparito, un testimone ritrovato. Non tutto dunque andava perduto.

Sul pianerottolo del piano terreno dovettero fermarsi, farsi largo tra il fumo delle sigarette, nella ressa di poliziotti d'ogni grado e d'ogni età che affollavano l'atrio tendendo le orecchie. Di lontano s'udiva arrivare l'eco fievole di ordini secchi, di zoccoli di cavalleria, di squilli argentini.

La signora Luigia, avvolta in un cappottino bordato di gatto, aspettava in piedi, sorvegliata a vista dall'agente Bruno che, memore dello smacco, la guatava con ferocia sproporzionata.

«Vi prego di lasciarmi solo con la teste» disse Marchisio dopo averla salutata contegnosamente.

«E il verbale maresciallo?» domandò Cocchia.

«Lo facciamo dopo. O forse non lo facciamo affatto. Voglio avere una conversazione amichevole con questa simpatica signora.»

Perché se ne fosse uscito nella battuta d'una parte che non

era la sua, francamente non avrebbe saputo dire. L'ingannevole vecchietta, aveva tentato d'averlo per una tazzina di caffè. Fatta ogni debita proporzione, non doveva valere molto di più d'un piatto di lenticchie. Ma anche se non l'aveva confessato neanche a se stesso, Marchisio era deciso a provarsi nel metodo Cocchia: quattro chiacchiere disinvolte. Le stesse che l'appuntato aveva già intrecciato nella cucina stessa della vittima.

Cocchia non ne aveva tirato fuori granché. Anzi, da quanto il maresciallo aveva potuto capire, aveva prevalentemente parlato lui, invece di far cantare la teste. S'era speso nel confidare alla Bacchetti le sue pene di scapolo nella grande città ostile, le cene in latteria, le domeniche al Pincio. Ma il metodo Cocchia, unito all'esperienza Marchisio, avrebbe forse dato risultati più consistenti.

«Cara signora, dove era finita?»

«A casa mia, a letto, dormivo.»

«Non oggi, sabato. Cioè: l'altroieri. Voglio sapere dov'è andata quando è uscita da casa Battiferri.»

«A casa mia.»

«Dove abita?»

«Lo sa benissimo, in via dei Banchi Nuovi.»

«Ed è andata subito a casa.»

«Certamente.»

«Certamente un corno! Se cominciamo così non siamo più amici, Luigia.»

Stava sbagliando, era già fuori parte, lo sapeva. Non avrebbe dovuto scattare subito. Ma per certi ruoli bisogna esserci nati. Come a teatro. Uno si fa scorciare i baffi, si atteggia benevolmente, fa scivolare una nota di ilare levità nella sua voce. Ma se è scritto che deve impersonare la parte del *vilain*, *vilain* resterà. E appena fa la sua sortita in palcoscenico, la platea comincia a volerlo morto.

«Maresciallo, perché mi fa tutte queste domande?»

«Perché le debba fare delle domande lo capisce da sé. Mi sembra evidente. E poi tutte queste domande sono una sola, e la ripeto: dov'è andata sabato, quand'è uscita dal villino?»

La signora Luigia parve scossa da quella logica. O forse temette che Marchisio la sapesse più lunga del previsto. Fatto sta che qualcosa cominciò a ricordarla.

«Adesso mi ricordo. Sono prima andata a trovare mia cugina e poi a casa.»

«E dove abita sua cugina?»

«Dopo la Chiesa Nuova.»

«Molto dopo?» La cosa rischiava di diventare lunghissima.

«Sì, parecchio.»

«Cioè oltre il Tevere?»

«Sì, dopo il Tevere. Dall'altra parte.»

«Perché non mi dice tutto in una volta? Per esempio: nome e indirizzo. Lei capisce che dovremo trattenerla, convocare sua cugina, chiederle di confermare eccetera.»

Fece una pausa studiatissima perché quelle parole avessero il tempo d'agire, come un veleno. Poi le chiese brusco: «Perché ha paura? Di chi?».

«Io non ho paura di nessuno.»

«In questo caso non si offenderà se cominciamo a fare qualche ricerca su di lei, sul suo passato, sulla sua famiglia e via dicendo.»

Le parole erano tremende ma il tono con il quale venivano pronunciate era disteso e comprensivo. Aveva tentato quella frase tanto per uscire dall'impasse, ma s'arrestò stupefatto quando vide che la signora Luigia cambiava colore. Esitò un attimo, poi si gettò di volo nello spiraglio.

«Noi sappiamo tutto, Bacchetti Luigia, e se le faccio queste domande è solo per vedere fino a che punto ci possiamo fidare di lei.» S'addolcì, eroicamente, nel finale. «E restare amici.»

«Maresciallo non gli fate niente, lui non c'entra, giuro che non c'entra niente.»

S'era scoperta finalmente. E adesso addirittura piangeva, raccontando di come suo fratello, il Bacchetti Remo, fosse stato arrestato proprio il giorno prima del delitto e rinchiuso a Regina Coeli con l'accusa di furto con destrezza. L'avevano pizzicato al ballo serale all'Aventino, una specie di popolaresco antipasto dei festeggiamenti veri e propri, con una mano nella tasca. Altrui. E lì era andata quel sabato, non dalla cugina. E lì il nano l'aveva persa. E l'aveva persa perché aveva guardato in tutti i negozietti e in tutti i portoncini. Tutti, meno quello del carcere giudiziario.

Pianse per dieci buoni minuti. Maltrattò un moccichino che conservava nel manicotto. Rognoso anch'esso, come le bordature del cappottino. Implorò aiuto. Se avesse saputo quanto poco il maresciallo avrebbe potuto dargliene, anche volendo, si sarebbe risparmiata di più.

Vagamente promise: «Per suo fratello cercherò di parlare con il giudice. E adesso andiamo un po' a spasso».

«Che vuol dire a spasso?» Tutta la commozione l'aveva abbandonata di colpo. Reagì come davanti a una proposta sfrontata. Ammesso che conservasse memoria di proposte di quel tipo, e che vi avesse mai reagito. Quell'essere infido, e anche lagrimoso, indispettiva il maresciallo qualunque atteggiamento tenesse.

«Il verbale non lo facciamo. Per ora almeno. E siccome devo andare verso San Bernardo, se ha un po' di tempo mi potrebbe accompagnare.»

Di proposito, per colmo di prudenza, Vittorio Marchisio prese giù per il Corso e su per il Tritone. Intendeva girare alla larga dal percorso reale non sapendo come la squilibrata, perché con ogni probabilità la Bacchetti era anche un po' matta, avrebbe potuto reagire alla vista degli augusti sovrani, o anche solo dei corazzieri a cavallo.

Cara signora, le fece intendere più o meno mentre risalivano verso piazza Barberini, la povera Battiferri è stata uccisa, e su questo non c'è dubbio. Ora o lei c'entra o lei non c'entra. Se c'entra, prima o poi lo scopriremo e allora per lei, anzi per lei e per suo fratello Remo, saranno guai. Se invece non c'entra, come io credo, lei ci aiuti e noi aiuteremo lei. Oltre che suo fratello, naturalmente.

Camminavano lentamente verso la bella fontana del Bernini, assordati di tanto in tanto dal fragore d'una carrozza, separati a tratti dalla malagrazia d'un passante sbadato. A Roma, osservò tra sé il maresciallo in una pausa di silenzio, basta l'irrequietezza del traffico per capire che si tratta d'una città che vive di piccoli commerci ingiustificati, quando non loschi.

Concluse così: possiamo contare solo su pochi dati certi per il momento. La signorina Amelia ha cenato fuori e ha fatto ritorno verso le nove o le dieci. Forse qualcuno l'ha accompagnata fino alla porta, ma in casa è certamente entrata da sola. Ha letto un po' di quel libro che abbiamo trovato aperto sul suo scrittoio, quindi s'è preparata per andare a letto. Da sola, bisogna dedurre da piccoli particolari.

Verso le undici però qualcuno ha bussato. Lei ha aperto di sua volontà, nessun segno di scasso. L'uomo è entrato nel salottino a piano terreno. Non è salito di sopra, non ci sono tracce. E a un certo punto, forse dopo averla narcotizzata con etere, ha preso uno dei pugnali dalla panoplia e l'ha sgozzata. Ha anche fatto un'altra cosa, ma di questo non c'è bisogno di parlare.

La signora Luigia che l'aveva ascoltato in silenzio nel corso di quella ricostruzione, proprio mentre attaccavano la salita di San Nicolò da Tolentino, prese la parola. Non parlò molto, ma una cosa in più la disse.

«La signorina Amelia non ha mangiato fuori. Ha mangiato a casa un piatto che avevo preparato io. Ha mangiato da sola. E non è uscita. Anzi m'ha anche detto d'andare via un'ora prima perché aspettava qualcuno.»

«Qualcuno chi? Un amante? Un collega di lavoro?»

«Non lo so.»

«Ma aveva un amante fisso?»

«Perché me lo chiede? Una donna bella così.»

«E chi era, signora Luigia?»

La striminzita signora non l'aveva mai visto o comunque così sostenne. La salutò in via Flavia; la guardò allontanarsi sulle sue scarpe sbilenche. Capace di stare incollata all'uscio, mentre la bella Amelia...

L'aveva portata volutamente un po' fuori strada perché non voleva che indovinasse la sua vera meta. Il Grand Hotel, finalmente.

Quell'imponente costruzione era diventata in pochi anni uno dei luoghi deputati dell'Italia che scavalcava nelle intenzioni la barriera delle Alpi, mirando all'Europa. Era uno dei ritrovi di un cosmopolitismo ancora impacciato che intendeva però dimenticare le memorie anguste, agricole e parrocchiali di un governo ecclesiastico che aveva riservato unicamente al sacro i suoi splendori.

Priva dei maestosi boulevard parigini e dell'atmosfera imperiale londinese, la nuova capitale del Regno poteva contare al momento solo sulle inedite destinazioni, secolari e laiche, di antichi palazzi pontifici e sulla costruzione di edifici d'uso pubblico che assumessero allo stesso tempo valore funzionale e simbolico.

Il Grand Hotel era uno di questi luoghi. Sorto accanto al Museo nazionale delle Terme, nella zona più alta e più salubre di Roma, vantava fin dalla nascita la luce elettrica in ogni stanza. Marchisio ricordava perfettamente che per costruirlo era stato necessario abbattere un vecchio e malsano istituto per sordomuti, frutto della cristiana pietà dei papi.

Fino a qualche anno prima la zona era fitta di minuscole botteghe addossate direttamente ai resti ciclopici delle Terme di Diocleziano. E non solo botteghe. Tutto ciò che poteva offrire un riparo, un appoggio, un sostegno a una qualsiasi costruzione era stato impiegato ai fini più diversi. In poco tempo, la massa rossiccia e corrosa delle mura era stata stretta da un agglomerato di casupole, granai, magazzini, locande, stalle, ricoveri, miseri alberghetti. Il maresciallo ricordava ancora quando, al comando del commissario Giovanni Sperelli, aveva dovuto fare irruzione nell'Osteria del frascatano, diventata un centro di scandalosi traffici notturni che fortemente dispiacevano al sovrano...

Così riflettendo, fece il suo ingresso nell'albergo. Dopo una breve attesa venne ammesso in un ufficio minuscolo dove l'attendeva un signore dall'imponente aspetto d'un tonno. I suoi modi avevano un'aria di sufficienza ostentata, di distaccata condiscendenza. Ma il maresciallo era lì per uno scopo preciso, e nulla lo rendeva più imperturbabile del potersi muovere sapendo dov'era diretto. Estrasse dal panciotto il biglietto gualcito strappato alla mano della vittima e chiese:

«È vostra questa carta?»

Il tonno rigirò alquanto il biglietto tra le dita guarnite di ori. Lo palpò, se il verbo potesse piegarsi alla materica inconsistenza d'un pezzetto di carta. Finalmente emise il responso.

«Direi di sì.» E rimase muto a fissarlo godendo, una volta tanto, il privilegio di poter scandire lui i tempi della conversazione.

«Mi vuole favorire il nome del cliente di quella stanza?»

«La 179?»

«Appunto.»

«Abbiamo consegnato ieri le ultime schede all'agente.»

«Lo so,» rispose Marchisio con una lama, un'ombra, di calcolatissima durezza «ma questa è un'indagine particolare. Abbia la compiacenza.»

«Vediamo.» L'omone si chinò apparentemente vinto sui suoi registri.

«Alla 179 alloggia il conte Anton von Flussenberg. Un diplomatico austriaco.»

«Un diplomatico» sussurrò Marchisio.

«Appunto.»

«Allora non posso interrogarlo.»

«Direi proprio di no.»

Ci fu una pausa durante la quale le rispettive pupille si fronteggiarono come fazioni in armi.

«E quand'è arrivato?» chiese il maresciallo.

«Venerdì 24, alle diciassette e quaranta, con treno di lusso da Vienna. Abbiamo fatto ritirare noi il bagaglio. Questa è la bolla del facchino.»

Da un immenso portafogli a più scomparti che troneggiava sullo scrittoio estrasse sicuro un tagliando e lo sventolò come uno stendardo.

«Lei è sicuro della data d'arrivo?»

«Il treno da Vienna arriva a Roma, dopo essersi unito a Bologna con l'espresso di Berlino, tre volte alla settimana: martedì, venerdì e domenica. A Roma vengono attaccate le carrozze provenienti da Parigi e tutti insieme, Vienna, Parigi e Berlino, scendono verso Taormina e Palermo. Non c'è alcuna possibilità d'errore.»

Quella lezione venne impartita con la scorrevole e quasi

dimessa semplicità che consegue all'applicazione lunga e paziente. In sé e per sé, alludeva al concetto di come anche un capoportiere d'albergo possa contribuire alla trasmissione del sapere.

Marchisio apprezzò. Anche se la traccia sulla quale aveva fatto più affidamento stava illanguidendo a vista d'occhio.

«Chi le ha dato quel biglietto?» chiese il capoportiere.

«L'abbiamo trovato nelle tasche d'un ladruncolo. Chissà mai perché lo aveva addosso.»

«Lui che dice?»

«Lui non dice niente: è morto.»

«Roma ormai è piena d'avventurieri. Non bastano più gli occhi, maresciallo.»

Stanco d'interpretare il carattere del signorile sussiego, appagato e forse sfinito dalla prova di competenza ferroviaria, il colossale impiegato stava planando verso terra. Dopo aver condotto in piedi quel colloquio, aveva ora l'aria di dire: adesso sediamoci un po', facciamo quattro chiacchiere tra noi. Ma Vittorio Marchisio temeva l'avvolgente familiarità che sentiva imminente, non voleva sapere né il nome dei figli del tonno, né l'importo del suo stipendio, né l'ultimo sgarbo inflittogli da un cliente altezzoso.

«La carta è certamente vostra, vero?»

«Senza dubbio. Ma chiunque può procurarsela. Anzi, cerchiamo di farne circolare il più possibile. Come réclame. Il vostro ladro, maresciallo, non era per caso una ladra?»

«Perché me lo chiede?» replicò Marchisio stupito.

«Perché, si trattasse d'una ladra, avrebbe potuto essere un appuntamento diciamo galante.»

E qui il tonno accennò un esperto sorriso accompagnandolo inaspettatamente con un gesto indecente. Marchisio esitò. Quell'uomo avrebbe potuto essergli utile? Forse, ma non adesso. Date le sue scarse conoscenze, sarebbe stato quello a condurre la conversazione insinuando ipotesi di fantasia, confondendo le poche certezze messe insieme in quarantotto ore di fatiche. Quasi nulla è più eccitante che azzardare giudizi a vanvera. Non adesso. Dal tonno sarebbe tornato quando ne avesse saputo di più.

«Grazie signor...»

«Bucciarelli. Se posso essere utile...» S'inchinò leggermente, costringendo Marchisio a fare altrettanto, quasi che l'aver evocato quel nobiluomo austriaco li obbligasse a una signorilità nel commiato che chiaramente non competeva né all'uno né all'altro.

«Sperelli!» il maresciallo, che era giunto in piazza San Bernardo, s'arrestò di colpo esattamente di fronte alla statuona del Mosè che indica sdegnato l'acqua della fontana ai suoi piedi. Il nome del suo ex commissario gli era venuto improvviso alla mente. E se gli avesse chiesto consiglio in maniera riservata? I loro rapporti erano stati sempre ottimi; inoltre, era noto che Giovanni Sperelli continuava a lavorare come consulente della polizia per gli affari più delicati.

Poteva osare? Decise che, in via assolutamente personale e amichevole, poteva senz'altro.

4

Il *groom* attendeva, rigido come un alfiere. Con l'attitudine militaresca contrastavano soltanto i sommessi bramiti, tra labbra e gola, che rivolgeva di tanto in tanto al cavallo e che la bestia sembrava apprezzare grandemente. Infatti, dopo aver scosso una o due volte la testa, prendeva a fissare con straordinaria intensità il suo scudiero in attesa della successiva replica.

Le ultime brume si stavano levando dalla piana dell'Acqua Acetosa e lo sguardo poteva spaziare lungo tutto l'anello chiaro della pista, sugli alberi, le siepi, le palizzate, gli svincoli del maneggio. A destra, dalla parte delle tribune, alte colonne esili sostenevano l'ampia tettoia che verso oriente disegnava delicati arabeschi di trine ferrigne contro lo sfondo luminoso del cielo.

Il nuovo ippodromo, costruito subito al di là delle colline boscose dei Parioli, a ridosso dell'ansa del Tevere tra la via Flaminia e il ponte Milvio, aveva avuto immediata popolarità. Gli oltre duemila metri della pista, l'efficienza degli stallieri e dei servizi garantivano il risultato delle gare; la relativa vicinanza alla porta del Popolo permetteva a un pubblico sempre più numeroso di assistervi.

I concorsi ippici stavano diventando di moda presso la borghesia romana. Nessuno avrebbe saputo dire se, su questa passione collettiva, avesse più influenza una certa emulazione con quanto avveniva nelle lontane capitali europee o altre abitudini equestri, legate alle attività agricole nel contado, con le quali buona parte di quel ceto conservava una certa memoria di passato famigliare.

In ogni caso, proprio l'ippodromo dei Parioli avrebbe ospitato il grande concorso internazionale del Cinquantenario cui dovevano partecipare cavalieri giunti perfino dalla Cina.

Giovanni Sperelli uscì di buon passo dagli spogliatoi, afferrò le redini, si issò con agilità in groppa. Salutato il *groom* con il manico del frustino portato alla visiera, avviò la bestia con un delicatissimo colpo di speroni. Entrò dapprima nel recinto del dressage con l'intenzione di provare alcune volte al trotto di scuola. Non andò male. Sempre tendendo il trotto, tentò qualche allungata; quindi dette una volta intera al galoppo cadenzato.

Il cavallo, un anglo-arabo molto sensibile, molto nervoso, pareva sentire la mano e rispondeva bene. Quando fu certo che l'animale s'era un po' riscaldato, Giovanni fece cenno al *groom* d'aprire il varco nella palizzata e uscì sulla pista vera e propria. Negli ultimi giorni la bestia non era stata bene e non voleva stancarla.

Partì al trotto accelerando con regolarità. Da come il cavallo teneva il passo credette di capire che la guarigione era completa. Fu tentato di spingere ancora. Dopo la prima curva gli inservienti avevano cominciato a montare gli ostacoli. Trovatasi davanti la gabbia già pronta, formata da un dritto e da un oxer non molto impegnativi, Sperelli incitò l'animale al galoppo, si protese in avanti, si preparò allo stacco.

Sul dritto però, gli zoccoli posteriori toccarono rudemente l'ultima stanga. L'urto fece restare Giovanni per un attimo in sospeso, perse di concentrazione, non spinse a tempo e il cavallo giunto davanti all'oxer scartò, rifiutando nettamente il secondo ostacolo. Non ebbe il coraggio di ritentare. L'animale tremava, schiumando, dopo neanche trecento metri di trotto. Lo mise immediatamente al passo tranquillo e rientrò per consegnarlo all'uomo di scuderia.

«Strano animale» commentò Giovanni che raramente s'ingannava nelle sue diagnosi «al dressage sembrava perfetto e invece...»

Giovanni Sperelli frequentava sia il maneggio militare di Tor di Quinto sia il nuovo ippodromo dei Parioli. Colto in un momento di sarcasmo, era disposto ad ammettere che era quella la sua sola attività professionale. Sta di fatto che pur non disponendo di una cavalcatura propria, era tale la fama della sua abilità, che doveva solo scegliere tra le molte offerte che di continuo riceveva. Lo si invitava a provare un nuovo acquisto o, come era appunto accaduto quella mattina, la forma d'un convalescente. Oppure lo si richiedeva per una battuta alla volpe nella deserta campagna circostante.

A tutti Giovanni Sperelli sapeva offrire il conforto d'una appassionata esperienza. In cambio di denaro. Così facendo aveva non solo alleviato alcuni problemi d'ordine pratico, ma anche riequilibrato l'immagine che aveva di se stesso evitando il rischio di tirarsi appresso aggettivi antipatici come frivolo, stravagante, immaturo.

Confrontandosi agli autorevoli personaggi con i quali era di continuo in contatto, Giovanni s'era reso conto infatti di non svolgere nessuna di quelle attività che giustificano ufficialmente un'intera giornata trascorsa a cavallo nella campagna o in poltrona con un libro. Anche lui era convinto del resto che la democrazia moderna divide gli uomini in due sole categorie: i lavoratori e i fannulloni. Non è attrezzata per coloro che semplicemente non hanno tempo per lavorare.

Trasformando l'equitazione in una specie di lavoro, aveva mangiato con una sola mossa due pedine in quella partita con gli occhi del mondo nella quale, passata una certa età, si sentiva impegnato. Anche la passione della letteratura ne era stata infatti rivalutata, passando dalla sfera dell'ozio a quella delle attività ricreative sulle quali perfino un *nouveau riche* è disposto a chiudere un occhio.

Alle persone influenti e danarose che avevano preso a frequentare ippodromi e maneggi, Giovanni Sperelli avrebbe potuto opporre, per la verità, un'altra occupazione, anche se più saltuaria e ancora meno definibile di quella cavalleresca. Si trattava dei suoi sfuggenti rapporti con il ministero degli Interni a palazzo Braschi e con la questura di Roma in piazza del Collegio Romano.

Nella sua vita c'erano un passato non breve, anche se ormai lontano, nella polizia, e il titolo di commissario. Costretto, l'aveva preferito agli ordini ecclesiastici che erano la sola alternativa offertagli da un padre smarritosi tra la pietà e i rimorsi e un fratellastro, Andrea, invasato della propria legittimità e soprattutto di sé.

Aveva lasciato il servizio non appena le circostanze glielo avevano consentito. Ma aveva mantenuto i suoi contatti, o meglio, i suoi ex colleghi li avevano mantenuti con lui chiamandolo a dare la sua consulenza per quei casi nei quali lo scatto dell'intuizione o l'impiego di fantasiosi accorgimenti veniva giudicato indispensabile.

E poiché lo Stato è più generoso con chi lo serve saltuariamente che con chi gli dedica una vita di pigrizie, anche l'apparente avventura delle dimissioni s'era col tempo trasformata in un intermittente ruscelletto di denaro.

Sperelli ordinò un tè e cominciò a sfogliare i giornali che un inserviente gli aveva subito portato al tavolo. Dalla vetrata grande poteva vedere quasi per intero la pista che s'andava animando con l'andar del giorno. Poco più lontano, chiudeva l'orizzonte la parete delle alture dei Parioli che da quel lato scendeva scoscesa, coperta da un velame di cespugli solo qua e là interrotto dal fusto d'un albero.

Dal lato opposto, sulla sinistra, nel finestrone s'inseriva l'altra collina, villa Glori, coronata di pinete e idealmente dedicata al sacrificio dei fratelli Cairoli.

L'ampio pianoro sul quale sorgeva l'ippodromo aveva una curiosa fisionomia. Una distanza minima lo separava dalle ultime case abitate e dalla stessa piazza del Popolo; eppure lo pervadeva un'atmosfera di remotezza, di distanza mai valutata. Forse dipendeva dal fatto che la vista non poteva superare i cigli delle due alture intricate di verdura, perdendosi nei tortuosi sentieri della valletta che le teneva separate. Forse anche dallo stato di quiete, più che di quiete d'abbandono, della campagna circostante che digradava, coperta da una vegetazione bassa e da canne, fino alla massiccia torre quadrangolare di ponte Milvio.

Fosse l'una o l'altra cosa, o fossero entrambe, l'ippodromo

dei Parioli offriva ai suoi frequentatori un'illusione supplementare: che la città, allargatasi con furore in ogni direzione, volesse risparmiarlo. Quasi sempre ci si stupiva di poter vedere a meno d'un miglio dall'uscita, sul fondo della via Flaminia, le mura e gli archi di Roma.

«Buongiorno, commissario.»

«Marchisio, che cosa fa qui?» Anche se sorpreso, Sperelli fu capace di rispondere con prontezza.

«Sono venuto a trovarla.»

«S'accomodi.» Il maresciallo sedette, accaldato, sul divanetto di fronte a quello di Giovanni. Si passò una mano sui capelli rigidi e brevi, tagliati alla Umberto.

«Vengo a piedi dal capolinea del tramway.»

«Grande giornata per camminare.»

«Alla mia età non penso che ci siano più giornate di quel tipo.»

Risero.

«Le darò un po' di tè, è ancora caldo.»

Ci furono dei convenevoli, delle piccole parole d'assaggio, quelle con cui due persone non legate che da una vaga simpatia reciproca, tentano di vedere se sarà possibile andare avanti almeno di qualche frase sulla stessa intonazione.

Fu Marchisio a dare il *la* portando d'improvviso la conversazione sul solido terreno della cronaca nera.

«Commissario, ho bisogno del suo consiglio.» Così dicendo prese dal tavolo la copia del «Messaggero», l'aprì alla pagina cittadina e segnò col dito una breve notizia.

Il titolo recitava: *Nota modella viene trovata morta nel suo alloggio*. Le informazioni erano scarse. La noticina non precisava né la data né le cause del decesso. Con ogni evidenza il cronista non aveva gettato l'intero animo suo in quelle righe.

«E allora?» chiese Sperelli dopo aver letto.

«Impaccio grosso» rispose il maresciallo. «Amelia Battiferri è stata uccisa nella notte tra venerdì e sabato. L'abbiamo trovata sabato mattina, alle otto circa. Oggi è mercoledì e non sappiamo ancora da quale parte cominciare.»

«Marchisio, lei ha detto che questa ragazza è stata uccisa. Le faccio due domande: come mai i giornali questo non lo dicono? Secondo, come mai la notizia è uscita soltanto oggi?»

«Alla seconda richiesta non posso rispondere, lei sa che ci è proibito parlare con i cronisti. Quindi non lo so. Per la sua prima domanda posso tentare. Il sopralluogo è stato effettuato dal dottor Piersanti...»

«Ho capito» lo interruppe Sperelli, partecipe anch'egli del vecchio gioco sul medico.

«A me è sembrato subito evidente che si trattava di delitto, ma Piersanti ha detto di non poter escludere alcuna ipotesi fino a dopo l'autopsia. Dipenderà forse da questo.»

«E lei vorrebbe che io...»

«Solo un consiglio. Lei sa che non siamo autorizzati.»

«Di quello non si preoccupi, Marchisio. Invece mi racconti tutto dal principio.»

Vittorio Marchisio si sentì spinto ad allentare un bottone della giacca. Cominciò dall'accoglienza della signora Bacchetti sul cancello del villino di via Varese, concluse con la notizia che la stanza 179 del Grand Hotel era occupata da un diplomatico austriaco. Quando ebbe finito tacque, e poiché Sperelli faceva altrettanto tra i due scese un prolungato silenzio.

Il maresciallo non sapeva risolversi ad affrontare la parte più impegnativa di quella visita. Cammin facendo aveva immaginato due o tre sagaci attacchi per la sua richiesta. Ma seduto di fronte a quell'uomo, nella concreta possibilità d'aprire bocca e di parlare, non era più sicuro di quale fosse il più adatto a quello spirito superiore.

Nella visione del mondo del maresciallo Vittorio Marchisio regnava un ordine meticoloso per tutti gli uomini e quasi tutte le cose. Alla sommità erano poste l'augusta persona del sovrano e della sua consorte. Soli. Al piano immediatamente inferiore erano gli ufficiali generali, i grandi pensatori e letterati e tutti gli scienziati in blocco, poiché per Marchisio bastava aver meritato in qualche modo il titolo di uomo di scienza per essere senz'altro ammessi in quell'empireo.

Si arrivava quindi a un livello molto gremito nel quale convivevano alla rinfusa i ministri del sovrano e i guidatori del tramway, i funzionari di ministero e i poliziotti, gli uomini oscuri, che ripulivano le caldaie e le città, e i medici. Insomma tutti coloro che comunque consentivano alla nazione di levarsi al mattino e di trovare monde le strade, il latte nella sua bottiglia, i soldati in piazza d'armi, i malati in ospedale e i ladri in prigione.

Ancora più giù venivano gli avvocati, gli uomini politici eccettuati i ministri, gli scrittori non di chiara fama e, in unico stock, tutti i napoletani che per un qualunque accidente non fossero finiti in uno dei piani superiori. Questo piano ospitava, in poche parole, coloro che impiegavano essenzialmente la voce e la parola senza che si capisse bene a che scopo.

Nelle cantine e nelle segrete di questo edificio immaginario, grande come l'Italia intera, languivano i bricconi, i sovversivi e la categoria dei cosiddetti giovani anch'essa al completo. Anime purganti, queste ultime, alle quali solo il tempo avrebbe consentito, forse, di accedere a uno dei piani superiori. Una sola rilevante categoria vagava per l'edificio incerta sulla sua collocazione ed era quella dei sacerdoti. Il maresciallo era stato colpito da troppi rovesciamenti di giudizio. Gli sarebbero occorsi anni per riprendersi e riacquistare l'impressione d'avere una propria idea sulla valutazione del sacro.

Quale livello occupava Giovanni Sperelli in questa maresciallesca cosmogonia? Altissimo. Marchisio aveva tutte le ragioni per credere che il suo ex commissario appartenesse alla classe dei grandi pensatori e letterati. Anche se da un punto di vista propriamente poliziesco mancava ancora di prove certe.

«Un altro tè?» domandò Sperelli all'improvviso.

«No, commissario, grazie.»

«Che cosa dobbiamo fare, insomma?»

Misteriosamente l'anziano sottufficiale arrossì. Con quella domanda Sperelli pareva avergli letto nell'anima poiché era la stessa che stava ponendo a se stesso. Ruppe gli indugi.

«La mia intenzione sarebbe d'andare a controllare l'ultimo ritratto della Battiferri.»

«A che cosa si riferisce?»

«All'affresco fatto dal pittore Gioja per l'esposizione. Quello di cui ha parlato il Gasparelli.»

«E io allora verrò con lei.»

Dunque il commissario acconsentiva a occuparsi del caso, il suo consiglio non gli sarebbe mancato.

«Ma prima voglio farle vedere io una cosa» continuò Sperelli che, salutati i camerieri, s'avviò verso le scuderie.

Giunto al terzo box fece aprire lo sportello ricavato nella parte superiore della porta.

«Guardi che meraviglia.»

Appaiati alla mangiatoia, con i dorsi lucidi, il muso affilato, le lunghe gambe nervose, c'erano due eccezionali lipizzani.

«È il dono dell'imperatore alla nostra regina. Alla partenza da Vienna si chiamavano Betalka il maschio e Malaga la giumenta. Li abbiamo ribattezzati Laveno e Novella. Esemplari degni d'una vittoria.»

«Stupendi» commentò Marchisio convinto più dalle parole che dalla sua diretta osservazione. Fecero richiudere il box e s'avviarono a piedi sotto i platani ancora spogli della via Flaminia. Senza rendersene conto avevano assunto lo stesso passo rapido e militaresco. Fu Sperelli a prendere cortesemente la parola per primo.

«Come si trova ora a Roma?»

«Il servizio non va male. Ma lei sa che io a Roma non mi sono mai trovato veramente bene.»

«Non s'è ancora adattato alla città?»

«Non mi disturba tanto la città, francamente, ma i romani.»

Sperelli lo fissò un attimo. Non aveva scherzato. Fu tentato di farlo lui.

«Ma i romani, caro Marchisio, non sono mai esistiti. È proprio la città che conta. Roma è sempre stata un albergo, anche ai tempi della repubblica e dell'impero. Cicerone era di Arpino, Catullo di Sirmione, Virgilio di Mantova, Ovidio abruzzese, Orazio delle Puglie, Livio di Padova, Catone di Frascati e Seneca addirittura spagnolo.»

«Ma io dico sul serio» obiettò il maresciallo. «Io qui non capisco mai come devo muovermi né come mi devo contenere. E proprio perché so di potermi muovere più o meno come voglio, finisce che non mi muovo affatto.»

Il cielo, che durante la notte era stato lavato da uno dei bruschi e impetuosi temporali della primavera romana, risplendeva ora lungo tutto l'arco dell'orizzonte. Sarebbe rimasto sereno almeno fino al tramonto.

«La verità, Marchisio,» disse Sperelli singolarmente partecipe «è che lei non conosce abbastanza la città. In giornate come questa io sento invece che non potrei forse vivere altrove.»

E poiché erano giunti all'incrocio della via Flaminia con la nuova strada costruita sul fondo della valle Giulia, Giovanni Sperelli poté accompagnare queste parole con un gesto ironicamente maestoso della mano che comprendeva i pini alti di villa Balestra, lo smalto del cielo e, in fondo, le luci a tutto sesto della porta del Popolo.

«Vede, Marchisio? Anche Roma ha tre colori. Sono il verde, l'azzurro e il bruno rossiccio delle mura. Lei non li scambierebbe con il verde il bianco e il rosso, ma io sì.»

«Roma veramente di colori ne ha quattro.»

«E quale sarebbe il quarto?»

«È il nero dei rifiuti sparsi, che s'affianca ovunque agli altri tre.»

Risero entrambi, ma si sentiva che l'ilarità di Vittorio Marchisio era un omaggio obbligato all'andamento semischerzoso della conversazione.

«Una capitale non s'inventa» continuò infatti il maresciallo. «Perché capitale, magari piccola, si diventa a poco a poco e ci vogliono secoli. Questa ormai sarà per sempre la città dei papi, città di bugiardi e di pigri, di bugiardi per pigrizia.»

Ormai nessuno dei due sorrideva più, e a Giovanni accadde di chiedersi se il maresciallo sapesse d'essere andato vicino alla parafrasi di un giudizio su Roma di Émile Zola, un controverso autore francese. «Una Roma che non ha fatto l'Italia e di cui l'Italia ha fatto la sua capitale solo per lo sforzo del proprio desiderio. Roma non è altro finora che lo splendido scenario della gloria dei secoli. E non ci ha dato altro.»

Ma il sottufficiale, preso lo slancio, già proseguiva: «Da una città così verrà una politica anch'essa bugiarda. Guardi Giolitti: fino a ieri strizzava l'occhio ai clericali e oggi vuole i socialisti nel governo. Le pare serio? Che dovrebbe fare il re?».

Il tono con il quale quest'ultima domanda era rivolta, sottintendeva che il re avrebbe potuto benissimo farlo impiccare.

«Non sia così acceso contro Giolitti» replicò Giovanni questa volta serissimo. «Giolitti è la nostra morfina, serve per tirare avanti. Non si rende conto che quell'enorme massa di deputati comincia subito a disgregarsi quando lui non è al potere? Nel nostro parlamento abbiamo oltre trecento delegati del popolo divisi su tutto e concordi su una cosa sola: invocare la presenza di Giolitti. Quando lui non c'è, ciascuna corrente tende a prendere la sua strada per conquistare la supremazia. Così il governo diventa impossibile, perché governare, cioè decidere e fare, è impossibile se si deve ricorrere ogni volta a tanti accomodamenti.

«No, caro Marchisio, la sua antipatia per i romani posso capirla. Ma Giolitti lo lasci governare con chi vuole, tanto l'uomo non cambierà, stia tranquillo.»

«Con tutto il rispetto non sono d'accordo. Il giorno in cui Sua Maestà deve ricevere al Quirinale un possibile ministro in giacchetta, perché Bissolati non dico il cilindro ma neanche un paio di guanti ha comprato per recarsi all'udienza, quel giorno, mi perdoni commissario, vuol dire che qualche cosa è finita o sta per finire. Il che è lo stesso, per gli anni che mi restano da vivere.»

Sperelli non s'aspettava una tale veemenza dal mite sottufficiale che aveva conosciuto. Anche quando ebbero ripreso il cammino, Marchisio continuava la sua protesta come parlando a se stesso e non tutte le sue parole potevano comprendersi.

Ma quando furono giunti al nuovo ponte Flaminio, il maresciallo ancora una volta s'arrestò e guardando Sperelli fisso negli occhi esclamò vibrante: «La verità è che il parlamento italiano ha conferito a Giolitti una dittatura. A cinquant'anni di distanza, Giolitti è diventato l'antagonista di Cavour. Mi vengono i brividi».

«Non si governa senza forza Marchisio, e la forza bisogna andarla a cercare dove sta.»

Mentre pronunciava queste parole, Giovanni Sperelli guardava il maresciallo che non parlava più ma appariva congestionato o dall'imbarazzo o dalla collera. E si stupiva che il cambiamento d'indirizzo politico, che forse il nuovo gabinetto avrebbe segnato, potesse influire a tal punto sui sentimenti e sugli umori di un galantuomo come quello, che di politica non s'era mai occupato salvo nelle occasioni strettamente previste dallo Statuto e dai regolamenti.

«Io, se proprio vuole saperlo, quest'Italia non l'avrei fatta, illustre commissario. Non posso convincermi che l'appuntato Cocchia e io siamo cittadini dello stesso paese quando non parliamo neanche la stessa lingua. Io non l'avrei fatta. Ma dal momento che c'è, vorrei che fossimo tutti un po' più d'accordo per mandarla avanti. Invece, ancora ieri s'è sparato a Ravenna perché il pane era aumentato di 10 centesimi al chilogrammo. E intanto ai ferrovieri che hanno interrotto il servizio con lo sciopero daranno l'amnistia per festeggiare il giubileo. A me, scusi, che cosa hanno dato?»

Sperelli continuava a guardarlo, così paonazzo, con una punta di commozione e una di mal di capo. Sentiva ciò che il maresciallo avrebbe voluto dirgli, il malessere profondo di cui era preda e che sapeva esprimere solo con quelle concitate ingenuità, mescolando a caso i temi generali e quelli insignificanti delle sue personali delusioni.

Eppure non era così, caoticamente, che la maggior parte delle persone ragionava? E non era a quella maggioranza di persone che poi tutti, a cominciare da Giolitti, andavano a chieder voti per eleggere i parlamenti? Forse Marchisio aveva torto, ma sarebbe stato difficile spiegargli perché. E dargli torto significava insinuare che quel patto statutario che bene o male teneva tutti insieme, era in definitiva fondato su un malinteso, se non su una fraudolenta riserva mentale.

Le prime ventate della democrazia materialistica che s'avvertivano nell'aria avevano evidentemente preso Marchisio come in un vortice, e ora gli facevano confusamente rincorrere, quasi gli fosse stato strappato il berretto dal capo, l'idea di un simbolo certo che fosse per tutti un monito e un invito a ritornare indietro.

Attraversarono in silenzio, dopo quello sfogo di cui il maresciallo era già pentito, il ponte Flaminio appena inaugurato: un unico arco sottile teso tra una sponda e l'altra che le cronache avevano descritto come una meraviglia della moderna ingegneria.

Le acque verdissime del fiume scorrevano lente sotto di loro tra la doppia parete di canneti, di giunchi, di salici. Sul greto, un gruppo di giovinetti rivestiti da abiti di adulti, sproporzionati alle loro membra, comparivano e scomparivano da un folto di canne. Si vedeva la sommità degli arbusti ondeggiare quando il gruppetto s'inoltrava.

Quindi alcuni di loro si riaffacciavano in una radura guardando in alto, come in attesa. Ciechi a tutto, eccetto che a quel loro gioco. O forse precoce e sordido commercio.

Quella che fino a poche settimane prima si chiamava la piazza d'armi, la grande distesa pianeggiante racchiusa tra le caserme di viale delle Milizie, la riva del Tevere e il monte Mario, era stata occupata per quasi la metà dell'area dall'esposizione. Imponente la scalea d'ingresso fiancheggiata da file di colonne, gruppi allegorici, statue, zampilli d'improvvisate fontane.

Le intenzioni erano state imperiali e romane, il risultato dava piuttosto corpo al mito di un mito, cioè all'eco illanguidita, e calligrafica a un tempo, di quello stile neoclassico che un secolo prima aveva contagiato l'Europa. Tacitamente, da quelle colonne, dalle statue, dagli archi s'effondeva così un inconsapevole sapore di parodia, tanto più forte quanto più remoto e altisonante aveva voluto essere l'iniziale riferimento.

«Guardi la freccia» esclamò Marchisio non appena ebbero oltrepassato l'arco trionfale che segnava l'ingresso. Sagomato nel ferro, romano anch'esso, il segnale indicava: "Padiglione delle feste, a trenta metri". Lo raggiunsero senza difficoltà. Ideato e costruito da Marcello Piacentini, il padiglione constava di due ambienti: una sala sontuosa arredata classicamente, un ampio vestibolo dal soffitto a cupola.

Fecero cenno a un custode, che s'avvicinò senza entusiasmo. Chiese il maresciallo: «Ci sa indicare il dipinto del pittore Gioja?».

«Eccolo là» sempre guardandoli in volto, l'uomo si limitò a sollevare con fatica il braccio destro verso il cielo, non si capì se per stanchezza o per amore della sorpresa. Infatti il fregio li sovrastava direttamente senza che se ne fossero avveduti.

L'immenso affresco girava intorno all'intero basamento della cupola grandiosamente estendendosi per gli oltre cinquanta metri della circonferenza. Fitto di figurine, rutilante di colori, gremito di allegorie spesso enigmatiche.

«E adesso come farà a riconoscere la sua Battiferri?» chiese Giovanni.

«Secondo il Gasparelli, la morta doveva raffigurare l'Italia.»

«Ma qui di Italie ce ne saranno almeno venti» replicò Sperelli ruotando su se stesso, la testa levata.

«L'Italia e il genio o il genio dell'Italia, una cosa del genere.»

«Avranno una guida?»

La guida, stranamente, c'era. Per pochi centesimi, stampato su brutta carta, si poteva acquistare un opuscoletto che spiegava quadro per quadro ogni figura, ogni allegoria: le Alpi, gli Appennini, il mar Tirreno, il fiume Po, la gloria di Roma, la sapienza di Bologna, la serenità di Venezia. Non si finiva mai d'imparare, di riconoscere.

In quei cinquanta metri era condensata l'immagine d'una liturgia civile che con l'eccesso dei colori, delle muscolature, degli attributi muliebri e virili, voleva smentire che l'anima e la società borghesi fossero incapaci di vibrazioni generose e anzi sublimi. Un ininterrotto rullo di tamburi, un clangore di cembali, il passo marziale delle legioni parevano accompagnare quella radiosa processione di metafore. La storia e anche la geografia, così conciate, dovevano infondere la trascinante sensazione della verità eterna.

A Giovanni venne invece in mente l'ouverture a una *Fedra* composta da Pietro Canonica, che era musicista oltre che scultore. Una serie di accordi errabondi dove le sonorità gagliarde degli ottoni contrapposte a quelle belanti e sospirose dei legni, e gli intervalli sempre brevissimi tra le note, volevano evocare un'arcana squisitezza. E invece evocavano la semplice domanda: ma insomma, dove s'andrà a finire di questo passo?

Trovarono anche la Battiferri, cioè il riquadro cui il Gasparelli aveva accennato. S'intitolava: *L'Italia, appoggiata al granito dei suoi monti si volge al suo genio e ne riceve l'ulivo*. Fu Marchisio a riconoscerla: «Eccola là, è lei, ha anche un seno scoperto, come ha detto il testimone».

Era un'Italia magnifica, bruna, altera, dagli occhi di fiamma e dalle anche possenti, sembrava appena emersa da un'alcova. Un signore prestante, anch'egli seminudo, la sovrastava sulla sinistra porgendole un ramoscello argenteo.

«È lei commissario, la riconosco. È la terza volta che la vedo, ormai.»

Sperelli sorrise: «Ora non le resta che rintracciare il pittore».

«Lo troveremo, lo troveremo» rispose calmo il maresciallo.

«Speriamo che serva a qualcosa, piuttosto. Sono passati quasi sei mesi da quella posa.»

Uscirono di nuovo sul piazzale. L'inaugurazione ufficiale c'era già stata, ma i lavori non erano ancora del tutto finiti. Qua e là, a malapena celati da siepi e da verdure di serra, s'accumulavano collinette di mattoni, calce e pozzolana. Alcuni sentieri erano sbarrati da profonde trincee. Dalle impalcature di qualche padiglione in ritardo, s'udivano i colpi di cento martelli con un ritmo rapido e sonoro in quella città di legno e di stucco.

Passando accanto a un possente bugnato fiorentinesco, Giovanni sostò un istante e vi batté con le nocche. Risuonò l'eco del vuoto scheletro di legno e di rete metallica.

«Quanto durerà, Marchisio?» domandò.

Ma Marchisio era distratto, non rispose. Seguendo la direzione del suo sguardo, Sperelli si rese conto che fissava il segnale del "Padiglione Piemonte". Lo invitò.

«Andiamo a dare un'occhiata alla sua regione.»

Secondo la guida, il Padiglione Piemonte riproduceva uno dei più suggestivi monumenti valdostani, il priorato di Sant'Orso costruito da Giorgio di Challant. Erano stati eretti tre corpi di fabbrica, circondati da un praticello quasi vero e sormontati da una bella torre ottagonale con il tetto a piramide.

All'interno, al centro di un piccolo orto, era stato innalzato un albero di melograno in ferro battuto. Sugli archi, sulle volte e sulle bifore era riprodotto più volte lo stemma dei signori di Challant con il motto "Dieu est tout, le monde n'est rien".

«Vede, Marchisio, anche quello stemma le dà ragione. S'è dovuto ricorrere al francese.»

«Qui siamo in Val d'Aosta» s'affrettò a spiegare il maresciallo che temeva d'aver ecceduto.

Il secondo edificio era quasi del tutto deserto. Al fondo della sala un gruppo di ragazze in costume erano intente a scremare autentico latte. Alle loro spalle una grande vetrata traslucida lasciava intravedere in trompe l'oeil, con intensa illusione di verità, un lembo di campagna valdostana con alti pioppi che ombreggiavano un sereno verziere.

Marchisio si avvicinò a bere un bicchiere di latte che una delle ragazze gli offriva. Anche Sperelli bevve e anche lui, come il maresciallo, prese poi un secondo bicchiere. Salirono fino al cammino di ronda del finto maniero. Ai piedi avevano praticamente l'intera distesa posticcia dell'esposizione. Lontano, Roma si stendeva tutta imporporata dal sole ancora obliquo. Chiudevano l'orizzonte gli alberi del Gianicolo con la loro cinta verde, mentre la cupola di San Pietro, scolorita dalla luce troppo viva, era d'una azzurra pallidezza. Poi veniva la città bassa, la città rossiccia, come cotta da secoli di estati roventi, la città assai blanda allo sguardo.

Quasi sotto di loro, da un'uscita secondaria e nascosta verso monte Mario, usciva lentamente una fila di carri, carichi di calcinacci e di pietrisco, affondando nel polverone fino a mezza ruota. I carrettieri sedevano disfatti, a cavalcioni d'una delle stanghe, scuotendo appena le redini di corda perché le bestie avevano imparato da mesi la via.

Il vento leggero sollevava uniformemente la polvere, facendone una sottile, altissima cortina bianca. E in uno squarcio di quella, lontano, apparve un drappelletto di soldati. Sperelli li indicò col dito. Marciavano in ordine chiuso verso sud, in direzione delle caserme, parevano anch'essi affaticati. Nella massa opaca dei lunghi pastrani, delle giberne pesanti, balenavano di tanto in tanto al sole, le lame minuscole, inoffensive, delle baionette.

5

Alle otto del mattino, non ancora completamente desto, Giovanni Sperelli apprese che il vicecapo della polizia, cavalier Salvatore Carramelo, lo attendeva nel suo ufficio al ministero degli Interni alle undici e trenta di quello stesso giorno. Apprese anche che i ministri Tedesco e Facta, gli stessi che nel precedente gabinetto Luzzatti s'erano dichiarati contrari a ogni allargamento del suffragio elettorale, s'apprestavano a tornare al potere con Giolitti, in un governo che aveva in programma un'estensione quasi universale del diritto di voto.

La prima notizia gliel'aveva fatta avere il suo portinaio Antonio, recapitandogli un inelegante biglietto ministeriale. Alla seconda davano ampio spazio i giornali di quel giovedì, 30 marzo.

Mentre sceglieva con cura la biancheria includendovi un paio dei suoi calzini preferiti in leggero cotone giallo, Giovanni pensava che se san Paolo avesse diretto il proprio destriero, invece che verso Damasco, verso Montecitorio, avrebbe accelerato certamente la sua conversione e le fortune del cristianesimo.

Era bastata una crisi di gabinetto perché due ministri del re, non due personaggi qualunque in definitiva, mutassero così radicalmente opinione da chiedere sì di tornare a reggere Finanze e Tesoro, ma con idee opposte a quelle professate dodici giorni prima. Tutti crederebbero di vedere le stesse figure, invece si tratterebbe di uomini affatto diversi.

In altre parole, pensava Giovanni provando allo specchio una possibile cravatta, in occasione del Giubileo anche alcuni membri del governo avevano voluto offrire una *attraction*. Una sorta di entrée con salto in avanti. Chissà se si sarebbe rivelato mortale.

La politica, concluse indossando un soprabito primaverile in anticamera, è soprattutto effetto scenico, questione di ritmo. Non contano le battute pronunciate durante l'atto. Come per l'azione teatrale, ciò su cui ci si misura è il tempismo delle entrate e delle uscite. Sotto questo profilo, Tedesco e Facta s'erano condotti in modo impeccabile. Erano usciti a testa alta, sdegnati. Rientravano a capo eretto, fidenti.

Uscì di casa alle dieci circa, avendo deciso di fare con agio la strada a piedi e alcune commissioni nel vecchio centro. Coltivava anche la segreta speranza di riuscire a dare un certo ordine, aiutato dal suo passo vigoroso, agli sparsi brandelli che il maresciallo gli aveva sottoposto alla rinfusa. Si trattava non tanto di stabilire un inizio, bensì un centro. Quando non esiste nulla di precisato, ciò che conta è l'idea che uno se ne fa.

Sorrise tra sé pensando che quella massima poteva applicarsi sia al mistero del caso Battiferri, sia alla sua relazione con Paolina dove di definito, effettivamente, non c'era quasi nulla. Quella sera l'avrebbe rivista.

Roma splendeva nel mattino di marzo ma attraversarla a piedi non era agevole. Quasi ovunque il selciato era stato sollevato per la posa dei tubi della posta pneumatica, delle rotaie del tramway, dei cavi elettrici che stavano avvolgendo la città in una ronzante tessitura di rame.

Il risultato di tutte queste opere era che i passanti si vedevano costretti a lunghe deviazioni, ad attraversamenti su precarie assi di legno. Nonostante gli impacci, Giovanni aveva però la sensazione di godere la sua passeggiata. A Roma persisteva una curiosa atmosfera, forse unica in Europa, mista di elementi borghigiani e cosmopoliti. Straniere, soprattutto svizzere e tedesche, erano quasi sempre le insegne delle nuove intraprese industriali. A stare alle réclame, certi tratti di strada, certe piazze avrebbero potuto trovarsi a Zurigo o a Francoforte.

I rumori e gli odori però rimanevano quelli di sempre: il rotolare dei carretti, il cielo di cristallo lucido, qualche spiraglio di campagna, gli artigiani spinti sui marciapiedi dall'umido delle botteghe e dalla voglia d'aria.

In pochi metri si passava così da Zurigo a un qualunque suk orientale, tuttavia impreziosito da certi sfondi che concedevano gocce della loro luce anche alle attività e alle esistenze più umili.

Attraversando la via del Corso s'arrestò incuriosito. Un silenzio incredibile era sceso su quella stretta e animata arteria cittadina. Tutti, anche i bambini nelle carrozzine e le severe guardie di città, sollevavano gli occhi.

Altissimo, un minuscolo aeroplano stava tagliando in diagonale la striscia sottile del cielo. E l'anima della folla pareva sospesa alla fragilità di quelle ali in un misto di stupore, d'ansia, di rispetto. Dalla sua rotta, Sperelli dedusse che il velivolo stava rientrando alla scuola di pilotaggio di Centocelle. Il giorno dopo i giornali avrebbero riportato che perfino Pio X s'era affacciato commosso alla finestra del suo studio e, per quell'ufficiale italiano, aveva pregato.

Sperelli raggiunse il portone cupo di palazzo Braschi alle undici e venti. Si fece riconoscere, salì in ascensore fino al terzo piano, percorse un lunghissimo corridoio, bussò alla porta dell'anticamera. Il cavalier Salvatore Carramelo lo accolse con un gesto di letizia, accennò un abbraccio. Quindi si riadagiò ansimando sull'immensa poltrona.

«Caro Sperelli,» ripeté per tre volte «caro Sperelli.»

I suoi capelli erano nerissimi, lucidi, tirati all'indietro, intrisi di gommina. La pelle era bianca e tesa, una pelle di bambina, sul volto privo di barba. Esilissime le sopracciglia. Nonostante questo il cavaliere appariva per così dire naturalmente vecchio. Le palpebre, allungate a forma di mandorla eran tenute per lo più socchiuse. Attraverso quelle cortine Carramelo lasciava filtrare uno sguardo che restava nascosto all'interlocutore. La voce aveva registro quasi sopranile; il volume in compenso era tenuto bassissimo, anche nella collera. Il mento, molle.

Seduto, anzi semisdraiato nella smisurata poltrona, poteva ricordare un oleografico sultano, preda di grandi e dolorosi pensieri. Esistono due tipi di siciliani. I magri, nervosi, crespi, con i tendini a fior di pelle. E i maestosi sedentari dai capelli distesi e dall'incarnato come un esangue olivo, benedetti, già in vita, da Allah.

«Lo dica, Sperelli, a un vecchio amico il suo segreto» sussurrò. E poiché la richiesta era retorica, continuò: «Il segreto della sua giovinezza. Come fa?».

Giovanni fu costretto al sorriso.

«Non le dirò niente. Ma, se vuole, uno di questi giorni la condurrò con me.»

«Lei mi vuole uccidere.»

«Al contrario.»

«Uccidere. Con una di quelle sue cavalcate.» Rise in anticipo della sua stessa battuta. «Lei cavalca Sperelli, al maneggio e fuori.»

Il riso divenne scroscio, trascinò nel tumulto parte dei bronchi.

Ma si fece serio di colpo.

«Che glien'è parso della mostra?»

«Avrei preferito costruzioni più durature, che restassero. L'effetto però è notevole. E a lei?»

«Alle inaugurazioni ufficiali si finisce per non vedere niente. Uno dei prossimi giorni tornerò da solo, in incognito.»

«M'hanno detto che a Vigna Cartoni è molto riuscito il padiglione austriaco.»

«Degli austriaci non mi fido.»

Cambiò improvvisamente tono e argomento.

«Come valuta la crisi di gabinetto?»

«Si dà per certo l'ingresso di Bissolati all'Agricoltura. Personalmente non lo credo. E lei?»

«Io aspetto. Giolitti va lasciato tranquillo. In un momento così, è un dovere. Ha già tanti fastidi. Se in queste giornate di festa mi si chiedesse, caro Sperelli, d'esprimere una raccomandazione, direi: lasciamo lavorare Giolitti.»

«E Bissolati?»

«Che cosa vuole che conti, Bissolati.»

«Sarà un segno di novità, cambierà gli equilibri del governo, forse.»

«Giolitti sa, Sperelli.»
«Ma anche lui deve fare i conti con la forza di cui dispone.»
Per qualche motivo pronunciò quell'obiezione in modo stentato. E la certezza che l'altro lo stesse giudicando tolse per un attimo a Giovanni ogni presenza di spirito. Era soprattutto incerto su dove quelle indistinte allusioni andassero a parare.
S'era presentato al colloquio pensando a una consultazione di routine. Si rendeva conto adesso che invece era stato chiamato in relazione al caso Battiferri. L'apertura di gioco era stata lampante. Carramelo gli aveva subito fatto sapere che il giorno prima, all'esposizione, era stato visto e seguito.
Dall'ampia finestra, alle spalle della scrivania, si scorgeva uno squarcio di piazza Navona inondata di sole. Piccoli marinaretti si rincorrevano attorno alle fontane, ai piedi dei signorili capricci barocchi di Sant'Agnese.
Raddrizzandosi impercettibilmente sulla poltrona e centrandolo col suo sguardo, il cavaliere bisbigliò finalmente la vera domanda:
«Che voleva da lei il maresciallo Marchisio?»
Mentre chiedeva, l'indice, costretto da un cerchio d'oro con un castone rosso sangue, batté una volta sul piano dello scrittoio. Fu un gesto tranquillo che inquietò Giovanni. Esprimeva un distacco allarmante. Seguì un silenzio caratterizzato, poiché anche le pause della conversazione come quelle musicali hanno un carattere, da una certa inesorabilità.
Sperelli ne ebbe quasi sollievo. "Alla fine" pensò "abbiamo raggiunto il cuore e si può solo proseguire."
«Avevo invitato il maresciallo ad ammirare i due cavalli dono dell'imperatore. Abbiamo preso un tè al mio circolo.»
«Le ha parlato del caso Battiferri.»
«Tra le altre cose.»
«Lei che ne pensa?»
«Mi sembra tutto così incerto. Posso chiedere a lei piuttosto che cosa ne pensa?»
«Io posso pensare solo con i documenti, Sperelli.» Il tono era umile ma il dito s'era abbattuto di nuovo sullo scrittoio, con distrazione.

Bussarono. Comparve un'ordinanza. Depose sulla scrivania di Carramelo un vassoietto di pasticcini salati. Poi una piccola caraffa di vino bianco ghiacciato, e due bicchierini d'argento.

«Prenda, Sperelli, prenda. Li preparano di là. Senta la fragranza.»

I minuscoli soufflé, insaporiti con pomodorini e acciughe, erano squisiti. L'ordinanza aspettava in silenzio un cenno. Arrivò.

«Oggi vi siete superati.»

L'uomo uscì senza una parola.

«Sa, Sperelli, che cosa vorrei veramente fare? Il cuoco. È come quando lei partecipa a un concorso ippico, più o meno.»

«Né più né meno.»

Ancora una volta il cavaliere si protese leggermente in avanti. Frugò tra le sue carte.

«Il primo referto del medico legale dice che non è possibile stabilire se la Battiferri s'è tolta la vita o è stata uccisa. Sa dell'affronto subito dalla vittima?»

«Me lo hanno detto, cavaliere.»

«Mi ascolti. Queste carte dicono che non è possibile stabilire. La sua esperienza che cosa le suggerisce?»

«Per il momento quasi niente.»

«L'esperienza le dice che la morta era tornata a fare il suo mestiere di cocotte. Ha ricevuto qualcuno in casa sua. Fu costretta o volle cedere all'atto contro natura.»

Ebbe un attimo di pausa, fu lambito dalla sofferenza.

«Consumato il rapporto, ebbe però un soprassalto di dignità, si rese conto. E si tolse la vita.»

La congettura si chiuse, appropriatamente, in "morendo". Dolcissima venne la domanda:

«Che gliene pare?»

Dovette trascorrere una sensibile frazione di secondo prima che Giovanni cogliesse il senso della richiesta. La sua famigliare semplicità gli si presentò allora con la forza d'un problema insolubile.

Nel silenzio della stanza s'udivano distintamente le campane di Sant'Agnese, dell'Aracoeli sul Campidoglio, di San

Bonaventura sul Palatino, che annunciavano il mezzogiorno. Il cavaliere era rimasto immobile, fissandolo attraverso la fessura degli occhi come da una feritoia.

A Giovanni si presentava una sola possibilità per non cedere subito, senza neanche aver davvero cominciato. Rimandare. Quello sul tavolo era solo il primo referto, il medico s'era limitato a scrivervi quanto aveva già comunicato a voce al maresciallo. Si poteva dunque prendere tempo almeno fino a dopo i risultati dell'autopsia.

Tutte e quattro le dita di Carramelo caracollarono sul piano di palissandro, come se il suo tempo fosse scaduto. Giovanni capì che da lui non ci si aspettava veramente una risposta.

Reclino, senza neanche più guardarlo, il cavaliere, confidenziale, aveva ripreso:

«Occorre enorme prudenza. Vengono a Roma come farfalle alla luce. Incontrano avventure più grandi di loro. Finiscono così.» Sospirò. «Basta un attimo di disattenzione per commettere errori senza riparo.»

S'alzò d'improvviso:

«La verrò ad ammirare Sperelli, molto presto.»

Lo accompagnò verso la porta, stringendogli un braccio. Aggiunse:

«Circola la voce che il sultano di Fez, in Marocco, abbia dato in pasto ai leoni tre concubine del suo harem, perché avevano offeso la favorita. I leoni non lasciano tracce.» Rise un po'. Poi gli sussurrò, quasi all'orecchio:

«Un giorno mi ringrazierà.»

Con un'ultima cordialissima stretta lo sospinse sul corridoio. Chiuse rapido la porta.

Giovanni ripercorse all'indietro androni e corridoi dagli arredi uniformi e senza tempo. Camminava rapido, ma si sentiva più o meno come un bambino che viene congedato dopo un rabbuffo con in mano un quadratino di zucchero d'orzo.

Questo smarrimento riguardava però solo il suo "io" in rapporto a quello così intricato di Carramelo, era la conseguenza di quell'inafferrabile colloquio. Ma finiva lì. Per suo conto, sforzandosi di allontanare la memoria dell'uomo che aveva appena lasciato, Sperelli si sentiva invece tentato di calarsi in quel gorgo allo stesso modo in cui ci si decide d'immergersi nelle acque d'un fiume sotterraneo. Rabbrividendo non tanto per il freddo quanto per lo sgomento. Fuori c'era un'aria indifferente, da giornata qualunque.

Fermò una vettura di piazza e ordinò di dirigersi a Campo Verano. Dunque, dal villino di via Varese si risaliva per segrete vie fino alla presidenza del Consiglio, canali sconosciuti collegavano la persona della morta a quella di Giolitti. Aveva immaginato un'indagine stanca e mal indirizzata. Invece ora doveva supporre che se Marchisio non riusciva ad andare avanti, era perché qualcuno voleva che restasse fermo.

Non di semplice delitto si trattava, bensì di cospirazione. Nell'avvertirlo Carramelo aveva probabilmente usato anche lui la consueta pozione d'ogni intrigo che prevede menzogne, diversivi e un grano, ma assai diluito, di verità.

Che cosa gli aveva detto Carramelo nella sostanza? Se avesse voluto proibirgli di seguire del tutto il caso, certamente sarebbe stato più esplicito. Sul tavolo avrebbe battuto la mano invece di un solo dito. Il cavaliere in realtà lo aveva solo esortato alla prudenza soprattutto "in un momento come questo". Cioè, verosimilmente, il momento della crisi di gabinetto.

Però gli aveva concesso la decisione finale. Non aveva neanche voluto ascoltarlo a proposito delle sue congetture sulla fine della ragazza, che del resto potevano contenere anche una certa dose di verità. Insomma non s'era trattato d'intimidazione ma di qualcosa di più sfuggente.

Un alibi, forse. L'allestimento di un'arma di difesa. In un domani avrebbe potuto replicare: lo Sperelli fu avvertito, io stesso lo convocai nel mio ufficio... Carramelo lo aveva afferrato un momento tra le sue mandibole ma senza stringere, solo per scuoterlo un paio di volte e ricordargli che dietro le labbra molli c'era la durezza d'avorio antico delle zanne.

Poi lo aveva lasciato a correre sul suo filo. Che cosa ci fosse alla fine di quel filo Giovanni non sapeva e dubitava che lo stesso Carramelo lo sapesse per intero. Forse il cavaliere non voleva che lui veramente si fermasse, voleva però che fosse consapevole di star giocando da solo e con le spalle contro il vuoto.

Si fece lasciare sul piazzale di San Lorenzo. Ora che sapeva d'essere stato seguito, insieme a Marchisio, intendeva prendere alcune precauzioni. Solo dopo molte deviazioni, soste guardinghe e qualche controllo, si decise a entrare nel cortile del basso e oblungo edificio della morgue.

All'ombra dei cipressi, seminascosto da un bel gruppo marmoreo, il custode stava facendo colazione. Si dimostrò cortese quando ebbe visto i documenti di Sperelli. Era un uomo giovane, d'insolita bellezza e, dal poco che si poteva scorgere al di sotto dello spolverino color grigio-ferro, anche di vistosa eleganza.

Il suo sguardo soprattutto colpì Giovanni: vellutato, umido, quasi femminile. Quegli occhi erano così fuori dell'ordinario che Sperelli ebbe qualche disagio ad affrontarli nel timore che l'altro potesse avvedersi della sua sorpresa.

L'uomo, che si muoveva con una certa affettazione in quel luogo d'orrore, aprì con garbo la cella frigorifera, fece scorrere la barella di zinco, strappò via il lenzuolo con un gesto che ricordava quello d'un prestigiatore.

Il cadavere nudo della Battiferri appariva ormai toccato dalla decomposizione. Nessuno avrebbe riconosciuto in quei lineamenti tumefatti dalla morte, il volto ardito che all'Esposizione dava sembiante all'Italia.

Lo sterno e l'addome erano stati ricuciti grossolanamente dopo l'autopsia, ma la ferita alla gola era ancora come l'aveva vista Marchisio quella mattina. Solo i lembi s'erano alquanto ritratti scoprendo un profondo meato violetto solcato da filamenti biancastri. A quella ripugnante fessura Giovanni dovette avvicinare lo sguardo. Poi si rivolse all'uomo:

«Copra pure, grazie.»

«La seppelliranno oggi» disse l'inserviente rinchiudendo la salma nella sua bara di ghiaccio. «È arrivato il permesso del giudice.»

Quell'adone lo accompagnò fino all'ingresso, intascò con un bel sorriso, riprese il pasto interrotto. Sul cancello di quella immensa città di morti, Giovanni sostò vagando con gli occhi. Ormai era certo anche lui non solo che la Battiferri non poteva essersi uccisa, ma che il delitto era stato opera d'un uomo forte e abile nel maneggiare lame.

S'avviò a piedi. Solo un vecchio somaro come il Piersanti aveva potuto permettersi dei dubbi. A meno che, alla luce che ora tagliava l'oscurità dell'accaduto, l'incerta diagnosi non fosse stata anch'essa il risultato d'un suggerimento, d'un ordine.

In definitiva, come gli era già accaduto talvolta in passato, Giovanni era consapevole di trovarsi di fronte a un bivio. Uno di quei piccoli momenti epici in cui si può disporre del corso della propria esistenza muovendo il passo successivo in una direzione piuttosto che in un'altra. Ma, insieme all'affiorare di questa fluida certezza, Giovanni capì che un ritorno indietro o uno scarto di fianco, erano ormai fuor di questione.

Con uno di quei pensieri apparentemente distaccati e astratti che così spesso acquistavano per lui valore pratico, gli venne in mente che la legge della sua vita non era se non quella dell'ordine narrativo, la stessa cioè di un eroe di carta che può solo procedere verso il capitolo successivo.

Quel capitolo si stava già profilando con la prossima mossa, purtroppo obbligata, sgradevole anch'essa, rischiosa. Se prima aveva immaginato di poter dare al maresciallo Marchisio una mano, adesso insomma si sentiva disposto a dargliene anche due.

Dovette vedere gente, subire incontri non voluti. Se ne ritrasse appena poté. Ma il risultato di quella giornata così piena di avvenimenti di peso diverso, fu uno stato misto di abbattimento e di eccitazione e quelle due condizioni contraddittorie non si annullavano a vicenda, anzi si peggioravano, facendolo sentire stanco e agitato, e col capo dolente.

Quando la sera fu inoltrata poté muoversi meglio. Pensò ad accendere un piccolo fuoco nel camino, controllò che ogni cosa fosse in ordine, o in un toccante disordine.

Quando Paolina lo raggiunse erano passate le undici. Roca, arrossata dall'aria, lo coprì di baci, eccitata. La causa di quella sua allegria era la firma, già avvenuta, del contratto, anzi di due contratti di scrittura, uno dei quali addirittura in tedesco.

In quello, commentò ridendo, la sola cosa comprensibile era la cifra del compenso. Giovanni aveva in casa del vino francese della Champagne, brindarono.

Nessuno dei due aveva mai chiesto all'altro quanto sarebbe durata quella relazione o che cosa avesse fatto durante i periodi, lunghi a volte, nei quali non s'erano visti. Accadeva a Giovanni di pensare a Paolina con la tenerezza che si ha per una sorella. Una familiarità analoga doveva suscitare lui nella giovane donna perché, da quel che poteva vedere, si comportava con lui con una cordialità semplice che non aveva con altri.

Erano pensieri inutili? Più probabilmente quell'equivalenza di sentimenti rappresentava il centro del loro rapporto, era cioè l'idea che se n'erano fatti e che lo teneva in vita. Anche la prolungata assenza che la tournée di lei comportava sarebbe rientrata in quel libero gioco. Giovanni si chiedeva soltanto come mai dovesse confermare così di frequente a se stesso l'innocuità della decisione che la firma del contratto aveva ormai suggellato.

«Stasera ho un'altra sorpresa per te» disse Paolina alzandosi dal divanetto sul quale avevano conversato e bevuto.

«Dimmela.»

«Non ora, e non è una cosa da dire, ma da guardare.»

S'avvicinò alla scrivania di Giovanni, finse di frugare tra le carte.

«Mi dirai un giorno che cosa stai progettando.»

«Ho molte anziane zie alle quali racconto le mie giornate» Paolina rise ma chiedendosi se lo scherzo avesse un suo significato.

«Vorresti dire, lettere? Ma queste non sono lettere, bugiardo.»

«Non sai che agli uomini è proibito scrivere altro?»

Lo guardò di nuovo perplessa.

«In poco tempo abbiamo perduto De Amicis, Carducci, Oriani, Fogazzaro, Rovetta. La letteratura sta per cadere in mano alle donne: Matilde Serao, Annie Vivanti, Grazia Deledda, Ada Negri, Neera. Quindi, lettere.»

«Il pericolo roseo» esclamò Paolina.

«Ecco, hai riassunto benissimo. Mando delle cartoline dagli ultimi avamposti.»

«Tu fai, come farei io, quello che ti piace di più.»

Lo disse improvvisamente seria, con l'aria di sottintendere che non s'aspettava da Giovanni troppi scherzi su quell'argomento.

Paolina aveva i capelli morbidamente raccolti alla sommità del capo secondo la moda più diffusa. Trattenuti solo in parte, formavano come una flessuosa corona tutt'intorno al volto. Bastava sfilare una o due forcine perché la massa spiovesse ricadendo sulle spalle. Tolse quelle forcine scuotendo la testa e bastò quel gesto perché la sua espressione mutasse.

C'erano state delle volte in cui lei gli si era rifiutata, ridendo, ma con ostinazione. Allora era stato necessario ricreare dal principio quella tensione galante che si crede in genere necessaria in un primo incontro. Giovanni aveva temuto che anche quella sera sarebbe stato così. Il movimento con cui aveva sciolto i capelli gli fece capire d'essersi sbagliato. Senza più parlare, Paolina si diresse verso la camera.

«Tu guarda» gli sussurrò con un lampo.

Sgusciò nello spogliatoio e ne uscì poco dopo con il seno avvolto da uno straordinario indumento color rosa, guarnito di trine.

«Si chiama *soutien-gorge*» disse levando in alto le braccia. «È l'ultima voga tedesca.»

Giovanni, divertito, la fece sedere sul letto. Non c'era niente di dozzinale in quel capo di biancheria che voleva sostituire il corpetto. Si sorreggeva con un minimo sistema di chiusure.

«Me l'ha portato una mia amica dalla Germania.»

Su una targhetta si poteva leggere il nome della casa che lo aveva fabbricato: Hautana.

«*Haut* in tedesco vuol dire pelle» disse Giovanni. «Si tratta d'ingegneria anatomica, Paolina. Ma ti sta molto bene.»

S'interruppe:

«Starai via molto vero?» le chiese massaggiandole la base della nuca.

«Non me l'avevi ancora chiesto.»

«È vero, chissà perché.»

«E tu, che cosa farai?»

«Quello che faccio lo sai.»

«Tu sei un artista» scandì Paolina puntandogli un dito contro, con un piccolo gesto irrequieto. Non aveva nessuno degli atteggiamenti ostentati e intollerabili delle donne moderne, ma quel gesto e il tono della voce esprimevano una tale fermezza che Giovanni sentì il bisogno di compensarli con un tenero armistizio.

«Pensa che non ho mai conservato troppo a lungo neanche le stesse idee. Forse è per questo che non riesco a prendere molto sul serio la vita. In fondo mi piace molto di più leggerla in un romanzo. Si evitano tutti i passaggi insignificanti.»

«E non c'è niente che non si trovi sui libri?»

Date le circostanze, la domanda aveva una sola possibile replica.

«Sai cosa è accaduto oggi?» le chiese poi Giovanni.

Sentì il bisogno di confidarle gli avvenimenti delle ultime ore. Era il solo essere con il quale potesse farlo. Le raccontò l'intera vicenda fino al colloquio con il cavalier Carramelo, vicecapo della polizia. Omise soltanto la visita alla morgue.

A mano a mano che procedeva Paolina si faceva più attenta. S'era tirata su, sedendo con le spalle contro la testiera del letto, e lo fissava partecipe. Fu anche sul punto d'interromperlo, ma si trattenne. Solo alla fine disse:

«Ma io so chi era quella donna.»

«Che cosa vuoi dire?» Giovanni temette una confidenza che lo avrebbe turbato.

«Quella donna posso averla incontrata. Certamente l'ha incontrata una mia amica. Non molto tempo fa, forse in gennaio. È stato in un albergo, l'hotel Bristol, a Vienna. Lo so esattamente perché la mia amica scende sempre lì e l'ha consigliato anche a me. Ne abbiamo parlato proprio per questo.»

«Dimmi tutto con ordine» la esortò Giovanni.

«La mia amica Anne Marie stava discutendo con il portiere quando ha udito qualcuno che parlava in italiano. S'è girata istintivamente e s'è trovata faccia faccia con Amelia Battiferri. Si sono salutate, ma Amelia non l'ha presentata all'uomo che era con lei. Anne Marie mi riferì che Amelia sembrava nervosa, forse soltanto per averla incontrata o forse anche per altre ragioni. Comunque s'è congedata in fretta e s'è allontanata con quel signore.»

«E sai chi era quel signore?»

«Aspetta, non ho finito. La mia amica era rimasta un po' offesa per non essere stata presentata e chiese al portiere chi fosse quell'uomo. Il portiere non le ha detto il nome ma ha detto un'altra cosa.»

«Cioè?» Giovanni s'era levato in piedi.

«Ha detto che quel signore era un funzionario molto importante del ministero degli Esteri.»

«Puoi descrivermelo?»

«Non posso farlo perché questi particolari Anne Marie non me li ha detti. Però se t'interessa posso chiederglielo.»

Molto calmo, Giovanni le si sedette accanto.

«Voglio spiegarti bene perché m'interessa. I testimoni che sono stati interrogati hanno dato una sola risposta che a me pare degna di valutazione. Da parecchi mesi la Battiferri non si vedeva quasi più, non posava più, faceva vita a sé. Se questa vita fosse l'uomo che la tua amica ha incontrato sarebbe forse un passo avanti.»

Paolina lo fissava silenziosa nella gradevole quiete della stanza. Poi disse con indifferenza solo apparente:

«Ho capito. Ti capisco sempre molto bene. Capisco anche che in questo momento già non t'importa più molto del fatto che presto dovrò partire.»

«Qui ti sbagli» le sussurrò Giovanni con la maggiore tenerezza possibile.

6

Già alle dieci, Paolina gli aveva fatto giungere le notizie che lo interessavano. L'uomo che a Vienna aveva accompagnato la Battiferri era alto, dall'espressione simpatica, naso diritto, sicuramente non vecchio. Portava all'asola della giacca una fettuccia nera che sosteneva un monocolo. A Sperelli bastò qualche controllo per risalire da quei connotati al nome. Si trattava di Achille Galignani di San Cenobio, direttore generale del ministero degli Esteri, braccio destro e consigliere molto ascoltato dello stesso ministro, marchese Antonino di San Giuliano.

Un'altra informazione aveva aggiunto la diligente Paolina. L'indomani, sabato primo aprile, nel villino De Ambrosis ci sarebbe stato un ricevimento al quale avrebbe partecipato tutto il bel mondo romano. Compreso, con ogni probabilità, lo stesso Galignani. Lei aveva già ricevuto il cartoncino d'invito.

Giovanni Sperelli pensò di provvedere di conseguenza. Uscì di casa prima delle undici e si diresse verso il centro, anche questa volta a piedi.

Dunque questo Galignani sarebbe stato l'amante della Battiferri. Ammesso che fosse vero, era stato lui, verosimilmente, a farla uscire dal giro di pittori e delle modelle, assicurandole un appannaggio e un domicilio signorile. Si potevano già tentare alcune deduzioni anche se ipotetiche. O quanto meno ci si poteva concentrare su alcune domande. Possibile che il Galignani avesse voluto disfarsi, uccidendola, di un'amante di cui s'era stancato? Improbabile. Un uomo in quella posizione non rischia l'ergastolo per una mantenuta. Avrebbe potuto assoldare un sicario? Sicuramente. Ma perché mai sarebbe dovuto arrivare a una decisione del genere?

Ci sono cento modi incruenti per troncare uno stanco rapporto. Ma non si poteva neanche escludere che la Battiferri lo ricattasse o che, per esempio, minacciasse uno scandalo se l'uomo non si fosse ufficialmente stabilito con lei. In uno stanco rapporto ci sono anche cento complicazioni che lo minano come falde sotterranee.

Le compagne dei sensi e delle spensieratezze anelano in genere ai borghesi affanni e alla complicata coerenza della condizione di moglie. La maggior parte di loro, se interrogate, direbbero che questo desiderio scaturisce dall'innamoramento, la verità essendo invece che l'amore errabondo e illegittimo si rivela, col tempo, faticosissimo.

Per di più la compagna d'elezione è anche la compagna dei momenti d'ombra, dei piccoli locali fuori mano, degli alberghi di lontane capitali. Tutto ciò ha poco a che vedere con il romantico contrabbando della sensualità. È soprattutto poco pratico. Tra l'altro, se erano attendibili le informazioni di Paolina, proprio durante uno di questi *voyages-de-noces* clandestini, Galignani e la Battiferri erano stati sorpresi.

Giovanni si rese conto di star divagando. Si costrinse a tornare all'argomento per concludere che non credeva Galignani esecutore diretto o indiretto dell'omicidio. Pur non avendo mai visto l'uomo, riteneva di conoscere abbastanza il tipo.

Ma allora chi? Era una domanda prematura. Meglio e quasi certamente meno difficile, tentare di rispondere all'altra: per quale motivo? E qui, cioè nell'intreccio delle ragioni, anche il Galignani avrebbe forse potuto trovare una sua parte.

Alla posta centrale di piazza San Silvestro, dove si faceva indirizzare parte della corrispondenza, spedì con la posta pneumatica un messaggio al maresciallo Marchisio. Ritirò due o tre lettere che, dai nomi dei mittenti, giudicò prive d'interesse immediato. Aveva, dopo quella breve sosta, una sua meta. I locali del Lyceum, un circolo assai singolare aperto di recente in un ex appartamento nobiliare di via del Tritone.

Stava per svoltare in via del Pozzetto quando si sentì improvvisamente trattenere per il braccio. Qualcuno gli stava gridando: «Indietro, indietro!». Il primo stimolo fu di reagire con un pugno al mento, ma bastò un attimo perché si rendesse conto che lo sconosciuto lo aveva soltanto salvato da una pietra.

Questa infatti colpì il muro esattamente nel punto dove, proseguendo, si sarebbe trovato. Volle ringraziare, ma quello s'era già allontanato di corsa. Solo allora s'avvide che la strada era febbrilmente animata.

Passanti lo rasentavano urtandolo, guardandosi di continuo alle spalle, alcuni chiamandosi l'un l'altro. «Corri!» implorava una voce. Dalla via del Pozzetto giungeva intanto un brontolio concitato, rotto da urla, da altissimi scoppi di risa.

Si mosse con cautela, contrastando il flusso. Attraversò la via, si pose con le spalle al muro in modo da cogliere d'infilata con lo sguardo una zona piuttosto ampia di là dell'angolo. La scena, anche se non insolita a Roma, era sorprendente. Una quantità di uomini, forse cento, s'ammassavano davanti a un portone sbarrato urlando congestionati e contemporaneamente ridendo e parlandosi con animazione.

Nella massa si potevano riconoscere garzoni di bottega con indosso i camici e le zimarre del loro mestiere, giovanotti eleganti in ghette e bombetta, non pochi signori in età, d'aspetto dignitoso. Tutti parevano fondersi nel medesimo stato d'animo.

Alcuni ragazzi, ancora con i pantaloni al ginocchio, accrescevano la confusione sgusciando tra le gambe degli altri, rincorrendosi eccitati e come in preda a un'inesprimibile felicità. Tra di loro ce n'erano che avevano preso a lanciare sassi raccogliendoli da uno dei cumuli innumerevoli che ingombravano anche quella strada.

Da una di queste pietre Giovanni aveva rischiato d'esser colpito. Ma per la maggior parte volavano al di sopra di quel coacervo e finivano sul portone sbarrato, facendolo rimbombare come se si fosse abbattuta una gigantesca mano irata.

Accanto a lui due o tre giovanotti azzimati osservavano

muti, le mani guantate intorno al pomo della canna, sul volto un'espressione divertita. Ricordò a Giovanni quella dei ciechi che, non avendo modo di controllare i propri lineamenti, paiono a volte sorridere senza ragione.

Mettendo insieme mozziconi di frasi e d'ingiurie, senza chiedere niente a nessuno, Sperelli riuscì a capire nel giro di pochi minuti qual era la causa di quel tumulto.

Due signore, forse una madre e una figlia, erano state additate e derise ad alta voce perché s'era creduto che indossassero la *jupe-culotte*. Quella della gonna a pantalone, o *jupe-culotte*, come veniva anche chiamata, era un'effimera moda nata a Parigi durante l'ultimo inverno e che ora stava cominciando a diffondersi nell'Europa meridionale, in Italia e in Spagna.

Ma, per ragioni inesplicabili, la *jupe-culotte* suscitava al suo apparire commenti salaci e una riprovazione quasi unanime. A Firenze, quando Lyda Borelli era entrata in scena al Politeama Nazionale indossandone una di raso nero, s'era levato un tale mormorio dalla platea, che la recita s'era dovuta sospendere. In strada, come ora si vedeva, le conseguenze rischiavano d'essere anche peggiori.

Le donne, spaventate dal codazzo vociferante che andava ingrossando, s'erano rifugiate in quel portone che la portinaia aveva subito sbarrato. E ora la folla ne reclamava la comparsa, certo senza sapere bene a che scopo. Sperelli aveva già deciso di proseguire verso il circolo, ma s'arrestò dopo neanche due passi. Il portone stava socchiudendosi.

Nel varco comparve un sergente di fanteria che alzò le braccia per invitare al silenzio. Alle sue spalle s'intravide un anziano signore. Ondeggiando paurosamente, mentre tratteneva con una mano il cilindro e con l'altra stringeva al petto un fascio di garofani bianchi, il rispettabile vegliardo venne sollevato dalle braccia del sergente e d'altri volenterosi. Affidò i fiori a qualcuno e, riunite le mani attorno alla bocca a portavoce, gridò: «Abbiamo potuto constatare che le due signore non indossano la *jupe-culotte*».

Venne inghiottito, scomparve. Ma le sue parole caddero come olio sul fuoco. «Non è vero» urlava la folla. «Bugiardo», «Puttane.» Il clamore s'estendeva diventando brontolio sordo e incomprensibile che attraversava la massa in successive ondate. Quasi nessuno rideva più, mentre il lancio dei sassi infittiva e aumentava di forza. Su molti volti Sperelli poteva ora scorgere autentico odio.

"La psicologia delle folle" pensava Giovanni "ha una sua barbarica potenza. Dispiega una forza brutale, transitoria ma immensa, sorretta da sentimenti semplici ed esagerati che si propagano come un contagio."

Nessuno o pochissimi tra quegli uomini eccitati, avrebbero saputo spiegare con parole la propria avversione verso l'indumento chiamato *jupe-culotte*. Ma certamente tutti si sarebbero detti convinti d'aver adempiuto a un dovere, partecipando a quel tumulto.

Decise d'allontanarsi. E poiché s'era costantemente mantenuto, arretrando, ai margini dell'assembramento, poté sfilarsi senza difficoltà.

A quell'esecrazione senza motivi, concluse tra sé, corrisponde d'altra parte la celerità nella sottomissione. Il tipo dell'eroe caro alle folle avrà sempre la struttura d'un Cesare. Bisogna che il suo pennacchio seduca e che la sua sciabola incuta paura.

Girò in direzione di via del Tritone. Sul marciapiede opposto vide venirgli incontro una versione molto ridotta dello splendore cesareo. Quattro guardie di città si stavano dirigendo di corsa alla via del Pozzetto in un allegro tintinnio di bandoliere e di pendagli assai simile a quello dei cavalli sospinti al trotto.

Giovanni intimamente credeva che il diavolo non è quasi mai così brutto come lo si dipinge e che in genere basta dare tempo al tempo perché ogni esasperazione collettiva trovi un suo mediocre punto d'equilibrio sul quale adagiarsi. Tuttavia era evidente che Roma soffriva d'una profonda malattia. Quella facilità alla violenza ne era uno dei sintomi. La scena lo aveva scosso ancora più del tumulto cui aveva assistito giorni prima dalla sua terrazza. Lì si poteva risalire, volendo, a motivi d'ordine politico. Qui non s'era di fronte che a un turbamento delle passioni.

La folla di via del Pozzetto non voleva sovvertire né riconfermare alcun principio; il suo eccitamento sembrava, come la profezia d'un oracolo, indecifrabile e premonitore.

Il circolo del Lyceum era nato per iniziativa della marchesa Maria Teresa De Ambrosis in un vasto appartamento del Tritone. La sua singolarità consisteva nel fatto che voleva essere un luogo d'incontro e d'intrattenimento riservato esclusivamente a signore e signorine. Infatti gli uomini non erano ammessi nelle sale che dietro speciale autorizzazione e, di norma, mai più di due volte al mese. Arredato secondo lo stile più modemo, il circolo disponeva di sale da pranzo, da gioco, di musica, di lettura, di conversazione.

Sperelli si fece annunciare alla marchesa e aspettò nel vestibolo il permesso d'entrare. Attraverso la doppia porta a vetri che lo separava dalla prima sala poteva scorgere numerose signore intente a sfogliare giornali o libri. Altre donne si spostavano da un punto all'altro, con una disinvoltura che pareva artificiosa e che era comunque inconsueta. Nei salotti spettava agli uomini vagare liberamente da una sala all'altra mentre le signore formavano in genere un'immobile cerchia attorno a qualche divano. Qui accadeva il contrario. I rarissimi uomini, non ne contò più di tre o quattro, parevano fissati alle loro poltrone.

Una delle signore ebbe l'ardire di sedersi sul bracciolo d'una di queste. Indicava il lungo bocchino che sorreggeva con una mano. L'ospite al quale s'era rivolta fu costretto ad accendere quella sigaretta dalla più incomoda delle posizioni, annuendo più volte.

Una valletta che indossava un attillato grembiule nero con guarnizioni e guanti immacolati, gli fece cenno d'accomodarsi indicandogli poi la via per il gabinetto della direttrice. Giovanni varcò la porta vetrata e attraversò rapidamente la sala.

Con la coda dell'occhio scorse però, in un angolo, ciò che aveva temuto. Continuò senza fermarsi e senza volgere il capo. Solo quando fu al riparo di una palma in vaso che adornava l'angolo d'un corridoio, sostò un attimo.

Sapeva che il suo fratellastro Andrea frequentava quel luogo. Anzi che era stato, per quanto glielo consentiva il suo sesso, tra coloro che ne avevano incoraggiato la nascita. Infatti era lì.

Muoveva con eleganza le mani bianchissime intrattenendo due signore che lo guardavano parlare. Era invecchiato più dei suoi cinquant'anni e aveva perduto quasi completamente i capelli. Ma l'occhio, il solo che potesse scorgere poiché gli volgeva il profilo, gli parve febbrile come quando Andrea era adolescente. Quell'Andrea che da anni ormai non aveva più voluto incontrare. Non si fermò per più d'un secondo.

La De Ambrosis lo accolse come un vecchio amico, al modo cioè con cui accoglieva tutti i suoi ospiti. D'origine milanese, riteneva qualità insostituibile l'aver conservato le sue sbrigative inflessioni lombarde in quel pantano di strascicate vocali. E ne faceva uso smisurato nell'ininterrotta cordialità con la quale sapeva intrattenere chiunque su qualunque argomento.

Si diceva che, volendo far sapere qualcosa in giro, si potesse ciecamente contare sulla sua indiscrezione. Della durezza del denaro conservava appena una traccia leggera nel fondo degli occhi.

«Sono venuto per invitarla di persona al concorso che stiamo preparando a Tor di Quinto.»

«Verrò senz'altro, Sperelli, se lei me lo chiede.»

Ma era già passata ad altro argomento e da questo, senza esitare, a quello che doveva ritenere il successivo e conseguente, infaticabile.

Sperelli si chiedeva talvolta come dovessero comportarsi questi campioni dell'atletismo verbale, nei momenti in cui non sono necessarie che poche parole per esprimere sensazioni o richieste prive d'ali come "vorrei una compressa d'aspirina" o "temo che domani pioverà".

Si domandava in particolare se non dovessero sentirsi temporaneamente defraudati delle loro infinite capacità combinatorie o, al contrario, liberi per un attimo dalla responsabilità di quell'immane vocabolario.

Seduta dietro la sua scrivania, la De Ambrosis gli stava raccontando accalorata i successi del circolo e il prossimo torneo di dame che lo avrebbe animato ancora di più. Contemporaneamente gli sorrideva e con un sospiro appena più profondo degli altri, ma senza interrompersi, si volgeva alla sua destra.

Tolto un turacciolo di sughero dall'imboccatura d'uno smagliante portavoce in ottone, stava chiedendo a qualcuno, nelle latebre dello smisurato appartamento, come procedesse la preparazione del pranzo.

Il portavoce, o forse il tono rudemente efficace della domanda, fecero venire in mente a Giovanni la plancia d'una di quelle navi governate da uomini d'acciaio. Gli chiese quali novità ci fossero. E Giovanni accennò all'incidente della *jupe-culotte* al quale aveva appena assistito.

Incuriosendola, riuscì a fermarla fino a quando non ebbe afferrato la meccanica dell'episodio. Allora batté le mani senza più aspettare e disse che il consiglio del circolo andava riunito e che qualche iniziativa femminile per fermare le sopraffazioni andava pure studiata.

«Sempre noi, povere donne» disse anche.

Benché le loro reazioni all'odioso episodio fossero praticamente identiche, la conversazione rimaneva in fase di stallo, né poteva Giovanni muovere quel primo passo per il quale era venuto. Col passare dei minuti la cosa stava diventando non solo senza speranza ma anche monotona.

Si alzarono quasi nello stesso momento perché ognuno capisce a volo quando una conversazione di convenienza s'avvia alle sue battute finali pur avendo l'aria di poter proseguire all'infinito. La De Ambrosis lo accompagnò alla porta. Giovanni si chinò a baciarle la mano. Rialzandosi, ormai rassegnato e senza più secondi fini, disse:

«Mi ricordi alla marchesina Isabella, sua figlia.»

Su quelle parole i loro sguardi s'incontrarono e in quello della marchesa egli credette di leggere un lampo recondito d'apprensione.

«Sperelli, volevo giusto dirle, nel caso domani sera fosse libero, se vorrebbe salire da noi. Ci sarà qualche amico.»

Dove non aveva potuto l'invito al concorso ippico né il comune sgomento per l'incidente di via del Pozzetto, poté l'evocazione della signorina Isabella.

Giovanni ringraziò sorridendo e uscì chiudendosi con sollievo duplice la porta alle spalle. Ripercorse il corridoio, sbirciò nella sala. Andrea era ancora seduto al tavolo e le due avvenenti dame ascoltavano con la stessa muta devozione di prima il suo innamorato monologo.

Il maresciallo Vittorio Marchisio lo raggiunse a casa all'ora esatta in cui Sperelli l'aveva convocato con il telegramma spedito al mattino. Sedettero comodamente. Servendogli del tè leggero al gelsomino, Giovanni volle sapere gli sviluppi delle indagini.

«Ci sono varie novità.» Marchisio estrasse un foglietto d'appunti. «Abbiamo interrogato il pittore Gioja, l'autore del fregio all'Esposizione.»

«Ricordo benissimo.»

«Il Gioja conferma che la Battiferri aveva accettato di posare per l'allegoria dell'Italia. Erano previste mezza dozzina di sedute. Ma dopo la seconda o la terza, la ragazza non s'è più presentata allo studio. Anzi, non è mai passata neanche a ritirare il compenso per il lavoro già svolto. Il pittore non ne ha fatto una tragedia. Il cartone era già sbozzato e poteva benissimo andare avanti a memoria e lavorando di fantasia.»

«Quando è accaduto tutto questo?» chiese Giovanni che, mentre il maresciallo parlava, aveva preso ad andare su e giù per la stanza.

«Abbiamo calcolato con il Gioja la data esatta. L'ultima seduta è avvenuta il 15 ottobre scorso. Da quel momento il pittore dice di non averla più vista.»

«Prosegua pure.»

«Abbiamo anche potuto rintracciare i nomi dei due uomini dell'hotel Splendid.»

Giovanni s'arrestò di fronte al maresciallo, un poco stupito: «Ci hanno aiutato i carabinieri» spiegò Marchisio con modestia. Proseguì: «Si tratta di due ufficiali. Erano venuti a Roma per un corso allo Stato Maggiore. La sera dello scandalo era una delle ultime che passavano in città prima di rientrare ai reggimenti. Le ragazze le hanno incontrate al cinematografo Lux et Umbra in piazza in Lucina e si sono subito accordati per andare a ballare insieme. Infatti andarono prima a cena da Ranieri in via Mario dei Fiori, poi a ballare e poi sappiamo come finì».

«Sono più tornati a Roma, da allora?»

«Su questo i carabinieri stanno ancora indagando in modo molto riservato. Tuttavia dai primi accertamenti sembra di no.»

«La traccia finisce lì, mi pare.»

«Sembra anche a me, commissario.»

«C'è altro?»

«La pista del Grand Hotel.»

«Lì che novità ci sono?»

«Non molte. Il conte austriaco è effettivamente arrivato col treno da Vienna che ci aveva indicato il portiere. Abbiamo trovato tutti i riscontri. In precedenza la stanza 179 era stata occupata da due coniugi veneziani, due anziani ebrei commercianti di tessuti, in vacanza a Roma. Prima ancora era stata presa per il seguito di re Pietro di Serbia durante la visita ufficiale in Italia.»

«Si sa da chi esattamente?»

«Il nome di chi l'occupò non lo abbiamo. La distribuzione delle stanze è stata fatta direttamente dal capo del cerimoniale di corte, in modo segreto. Sappiamo soltanto che fu riservata per qualcuno del seguito.»

La notizia era inquietante. Per qualche ragione quell'omicidio continuava a proiettare ombre insistenti verso l'estero. Vienna prima, ora Belgrado. O forse Vienna e Belgrado contemporaneamente.

Le due capitali concentravano gli sforzi delle rispettive diplomazie sulla lacerata questione della Bosnia-Erzegovina. Non si poteva escludere che in via Varese fosse finita una scheggia dell'intricatissima questione dei Balcani.

Ma per quale ragione? Le notizie raccolte da Marchisio toglievano qualche dubbio ma non aggiungevano alcuna certezza. Soprattutto lasciavano in sospeso il punto centrale, la motivazione, attorno al quale tutto il resto avrebbe continuato a girare per chissà quanto tempo.

«Crede che potremo saperne qualcosa di più?» chiese Giovanni.

«A proposito di che?»

«Di quel dignitario serbo.»

«Non sarà facile.»

«Unga il personale dell'albergo.»
«Abbiamo provato, ma non ricordano.»
Giovanni ebbe un dubbio improvviso:
«A chi è intestato il contratto di via Varese?»
«Alla ragazza. Abbiamo controllato.»
«A partire da quando?»
Il maresciallo sbirciò i suoi appunti:
«Dal 1° ottobre 1910.»
«Era stato un autunno fortunato per quella poveretta» commentò Sperelli. «Un anno fa concedeva ancora le sue serate agli ufficiali di passaggio. In ottobre prende in affitto un villino elegante, lascia il lavoro e non si preoccupa neanche di ritirare il compenso. Un vero colpo di fortuna, si direbbe.»
«E secondo lei?...»
«Non so che cosa dirle. Possiamo solo proseguire. Con lo stesso metodo.»
Era una menzogna. In realtà Giovanni dubitava fortemente che quel metodo avrebbe mai dato un risultato. Ma che cos'altro avrebbe potuto dire? Il maresciallo Marchisio evidentemente ignorava il suo colloquio con Carramelo, ignorava anche che all'Esposizione i loro movimenti erano stati spiati. E che forse, in quello stesso momento, un'ombra infreddolita stava calcolando, giù in strada, il tempo di quel loro incontro.
Doveva turbare il disarmante candore delle vedute del maresciallo? Lo avrebbe fatto soltanto nel caso la sua incolumità fosse stata in pericolo. Ma quel momento non sembrava ancora arrivato. Disse con tono di congedo:
«Grazie per essere venuto, maresciallo, e molti complimenti. Credo che ci rivedremo presto.»
Marchisio andò via contento. Lo sarebbe stato di meno se avesse immaginato ciò che Giovanni aveva intenzione di fare quella stessa notte. Forse si sarebbe addirittura offeso.
Quando udì il rumore della porta, al fondo delle scale, Sperelli spense tutte le luci e uscì sul terrazzo. Marchisio stava avviandosi verso piazza Risorgimento avvolto nel suo cappotto un po' logoro tenendo alta la testa spruzzata di grigio. A trenta metri da lui procedeva con lo stesso passo un individuo uscito d'improvviso da un portone. Forse era un caso e forse no.

Stava per rientrare ma cambiò idea. Alle ultime luci del giorno pensò di dare un'occhiata ai suoi poveri fiori. I trapianti non avevano attecchito e tra il ritardo della stagione e l'imperizia del portinaio che avrebbe dovuto curarli, i getti nuovi erano rarissimi e stenti. Ricordò che un anno o due prima era dovuto andare sotto l'incantata montagna di Davos a trovare un amico che si sperava convalescente.

Un'intera parete della sua stanza traboccava di verde, si riversava quasi spumeggiando di vaso in vaso con un rigoglio e una lucentezza tropicali.

«Sai qual è il segreto?» aveva bisbigliato l'amico. «L'infermiera gli fa ogni giorno un'iniezione di sangue. Cinque centimetri cubi. Quello dei malati, immagino.»

E aveva riso, ma piano, per non tossire.

"Qui a Roma il sangue lo versiamo per ben altre cose" pensò Giovanni.

7

Il venerdì sera, alla sala Olympia, non si faceva spettacolo. La compagnia si ritraeva quasi per prepararsi con più slancio alla folla del sabato e delle due recite domenicali. Quella giornata di vacanza, Paolina la dedicava interamente a se stessa.

Andava ai bagni pubblici Trevi in via de' Crociferi, visitava la manicure e il parrucchiere, oppure si prenotava per una seduta di massaggi. Rimessa a nuovo, come pensava compiacendosene, faceva poi piccoli acquisti, prendeva appuntamento con la modista o la sarta.

Insomma, dedicava al corpo e alle sue apparenze quelle attenzioni che, a seconda dei tempi, vengono giudicate un dovere sociale o un sintomo di mollezza peccaminosa, ma che ogni donna ha sempre considerato invece il giusto coronamento delle sue esigenze spirituali.

Da qualche tempo, Paolina aveva l'impressione che un mutamento ancora indefinito stesse avvenendo in lei. E nuovamente rivolgeva a se stessa una domanda che da qualche anno aveva dimenticato: in virtù di che cosa si stava indirizzando a quel modo il corso della sua esistenza?

Adolescente, quando ancora lavorava come stiratrice nel capoluogo abruzzese dov'era nata, Paolina sapeva che non sarebbe rimasta a lungo tra le donnette che la circondavano. L'odore dell'amido, l'umidità animale del vapore, il peso del ferro a carbone, i rimproveri per ogni piegolina rimasta su uno sparato le colmavano gli occhi, a seconda dei giorni, o d'ira o di lacrime.

Ma le opposte reazioni culminavano in ogni caso nello stesso acuto desiderio di sottrarsi a quel luogo e a quella vita. La leva sulla quale aveva fatto forza era stata il baronello siciliano don Sandrino Tasca di Corbò.

Gli aveva dovuto portare, un giorno, sei camicie in albergo, avvolte nella loro bella carta frusciante tenuta dagli spilli; il barone aveva chiesto al portiere che la consegna avvenisse in camera.

Don Sandrino era di casa all'Aquila. Arrivava ogni anno a commerciare in bestiame. Acquistava intere greggi, le faceva caricare sul treno e le spediva a prezzo di dettaglio dove sapeva lui. Su queste rudimentali transazioni pareva aver costruito la sua fortuna.

Ogni anno s'allargava il giro, aumentava il numero dei capi acquistati e subito ceduti. E alle greggi s'erano aggiunti i tessuti e c'erano state piccole filande che ormai lavoravano su sua commessa. Nella stessa misura era cresciuto il rispetto con il quale il baronello era considerato durante le due, tre settimane di permanenza negli Abruzzi.

Il portiere aveva ordinato a Paolina di salire, accompagnandola con un'occhiata della quale la ragazza aveva colto ogni sottinteso. Però, quasi contenta.

«Metti pure lì, bella bambina» aveva detto il barone. Era in veste da camera; avendo appeso uno specchietto tondo alla maniglia della finestra, si stava spuntando i baffetti eleganti. Paolina aveva eseguito ed era rimasta immobile, in attesa che qualcosa accadesse. Sapeva benissimo che una qualunque delle altre ragazze sarebbe già corsa via con il volto in fiamme. Ma lei riteneva di non doversi comportare allo stesso modo.

Il barone era rimasto a guardarla con le forbicine a mezz'aria, fermo in un gesto fatuo. Quindi aveva allungato una mano al portamonete estraendone uno scudo d'argento. Cifra enorme, che le aveva chiuso nel pugno trattenendolo un po' tra le mani.

Solo in quel momento Paolina era arrossita consentendo

tuttavia che il barone si rendesse conto da vicino di quali morbidezze di velluto e di quali tacite ombre fossero colmi i suoi occhi.

Il respiro, leggermente anelante, le sollevava la camicetta bianca sostenuta e recinta dal corpetto nero stretto alla vita. E tra i lacci di quella camicetta il barone s'era smarrito come in uno specchio troppo luminoso. Allora Paolina era fuggita, sbattendo ruvidamente la porta.

Il baronello era diventato cliente assiduissimo della stireria. Si guardavano di sottecchi. Paolina, le braccia nude e il viso avvampato dal calore del ferro; il barone, fatto ancora più pallido dalla lucida calotta dei capelli e dal tratto nero di quei baffetti esageratamente lunghi per il suo ovale e per la sua statura.

Prima di partire dall'Aquila, don Sandro le aveva fatto avere il suo indirizzo romano, come se fosse la cosa più naturale. E a Roma Paolina aveva finito davvero per andare, senza avvertire nessuno, perché tutto le sembrava preferibile alla stireria.

Nel suo alloggio il barone l'aveva avuta, come ambedue desideravano, ma nel modo e con i tempi che lei aveva stabilito e cioè lentamente, dopo cento apparenti cedimenti e altrettante improvvise ritrosie. Don Sandro s'era così molto inoltrato in quello che comunemente si chiama il gorgo del desiderio.

Per uscirne, sarebbe stato disposto a cedere sottocosto intere greggi se non a disfarsi di una parte almeno dei suoi latifondi. Non furono necessarie decisioni così drammatiche. Quel frutto che aveva ormai da settimane a portata della sua mano, un giorno, come per caso, cadde da sé.

Il baronello ne trasse l'errata convinzione che i due versetti "Purché porti la gonnella, / voi sapete quel che fa" fossero stati scritti e messi in musica pensando a lui. Paolina s'era limitata a sorridere, un po' stanca, carezzandogli all'insù quei baffetti così alteri.

Inaspettatamente, le insindacabili attrazioni dei corpi avevano acceso se non dei sentimenti, quanto meno degli stati d'animo, una passeggera follia dei cuori. I loro limiti erano la consapevolezza del baronello che quella non era in alcun caso una ragazza da sposare, e la fiducia di Paolina che da quel piccolo gentiluomo, garbatamente isterico, si potesse ricavare più d'un utile.

A suo modo, quindi, un rapporto onesto, nel quale don Sandro s'era dimostrato uomo di fede e Paolina un'allieva versata nei molti capricci dei sensi. Il suo carattere di donna adulta s'era formato sulla base di quell'esperienza preziosa. Tutti i successivi ragionevoli traguardi che s'era posta, li aveva raggiunti con identica facilità e le stesse lievi fatiche.

La novità che Paolina aveva constatato, da qualche mese a questa parte, era l'apparente mancanza d'altri desideri. I presentimenti pieni d'attesa, il far conto sulla sua volontà non li sentiva più con quel nodo alla gola quasi intollerabile d'una volta. Quanto entrava Giovanni in questa trasformazione? Paolina se lo chiedeva ormai quasi ogni giorno ed era convinta d'avergli trasmesso, anche se non ne avevano mai parlato, la stessa inquietudine.

Le capitò di chiederselo anche mentre la sarta, inginocchiata presso di lei, finiva di sagomarle alcune *pinces* attorno alla vita. Era un abito superbo, che lei avrebbe inaugurato la sera dopo al ricevimento De Ambrosis.

Il tessuto, in seta crème, ricadeva ricco sul dietro finendo in un lungo strascico. Sul davanti, l'ampio décolleté era impreziosito da una fascia appena più scura tessuta di fili dorati che le stringeva la vita sospingendo verso l'alto il seno. Tutt'intorno correva una balza di merletto ricamato a mano.

Lo specchio a tre luci le rimandava l'immagine molteplice d'una donna bellissima dal collo esile, il busto trionfante, la vita sottile. Chiese di provare anche i guanti, bianchi, alti fino al gomito, con i quali avrebbe coperto le braccia. E attorno alla testa calzò un nastrino, trapunto anch'esso di fili d'oro, con un candido asprì che s'ergeva nel mezzo della fronte.

Ruotò lentamente su se stessa. Riflesse nello specchio vide la sarta e una piccola lavorante dalle occhiaie profonde, che erano rimaste estasiate in silenziosa ammirazione della loro opera e di quel tripudio. E quel tripudio era lei.

Per via della Croce affrettò il passo. Aveva dato appuntamento alla sua amica Carmela al gran caffè Peroni & Aragno in corso Umberto. Lo splendido abito e il volto di Giovanni continuavano ad alternarsi nella sua mente. Quel rapporto poteva rappresentare un inciampo? Ma a che cosa?

Anche Giovanni non l'avrebbe mai sposata. Non per le ragioni del suo primo amante, ma perché Giovanni, probabilmente, non avrebbe mai sposato nessuno. E anche lei, in fondo, non era proprio certa che lo avrebbe scelto come marito. Se solo fosse stata più sicura di ciò che l'aspettava...

A Giovanni aveva detto cose che non aveva mai provato il desiderio di confidare ad altri. «Vere amiche non ne ho mai avute» gli aveva sussurrato una volta. «Non mi piace il pollaio. Amici neanche. Con gli uomini prima o poi si finisce sempre lì. Il mio solo amico sei tu.»

Ogni confessione profonda lascia dietro di sé un senso d'esaurimento e di pudore violato. A lungo andare s'impara a tenere un po' a bada la propria anima. Da ragazza, i genitori, che non aveva quasi mai più rivisto, l'avevano definita orgogliosa. Una parola di cui Paolina allora non comprendeva bene il significato. Se l'avesse saputo avrebbe risposto che si può fare strada allo stesso modo, con l'orgoglio o con altri sentimenti, purché si sappia dove si vuole arrivare.

Adesso però non ne era più tanto sicura. Si chiese: "Che cosa c'è dunque di cambiato tra l'amore e me?". Forse solo la coscienza d'essere arrivata a occupare un ruolo indefinito di creatura di lusso, sul quale non era ancora consentito adagiarsi perché da lì, dalla soglia che aveva raggiunto, poteva essere ugualmente facile salire o scendere con molta velocità.

In fondo, era questo il nodo che neanche la tenerezza e il fascino di Giovanni sarebbero stati in grado di sciogliere.

Varcando la porta dell'Aragno, Paolina concluse: "Ben venga questa tournée. Devo continuare a saper stare da sola". Sorrise, senza avvedersene, perché le erano tornati per un attimo alla mente il batticuore improvviso e la melodia che aveva avvertito il giorno in cui don Sandrino era stato finalmente accontentato.

Carmela già l'aspettava, seduta al tavolino, le mani che stringevano in grembo la borsetta. L'abituccio nero le tirava intorno alle spalle. La baciò sulle guance. Erano state bambine insieme, anche se Paolina aveva qualche anno più di lei. Venendo a Roma, Carmela aveva in certo modo voluto imitarla. Ma perfino una piccola impresa può non corrispondere alle aspettative di chi l'intraprende.

Carmela era stata ballerina di varietà, era stata mantenuta per brevi periodi da vari signori, ma soprattutto era stata giudicata. E sospinta verso quei margini dove i desideri si fanno incerti come preghiere, e finiscono per assomigliare a una tranquilla disperazione.

Abituatasi alle prime palpitanti vergogne, aveva dovuto rendersi conto che saettare intorno occhiate impure non basta e che, nelle questioni della carne, il nudo zelo apre pochissime porte. Ma a quali risorse differenti avrebbe dovuto fare ricorso, questo non aveva avuto modo di scoprirlo.

Così, era semplicemente passata di mano in mano. Al momento lavorava come aiutante di un mago che girava il Lazio e la Campania compiendo prodigi e predicendo la fortuna.

Avvolta in garze trasparenti, porgeva al mago i suoi strumenti e sorrideva al pubblico come si suppone che facciano le odalische di un harem. In poche parole, toccava a lei rappresentare la parte più tangibile di tutte quelle illusioni.

Paolina non l'incontrava volentieri perché, quando si mescola una vaga pietà a un preciso fastidio, è difficile che il residuo sia la voglia di scambiarsi affetti e novità.

Ordinarono tè e pasticcini, ma subito dopo Paolina tagliò ogni altro preambolo. Le chiese duramente:

«Carmela, ricordi quel ragioniere con cui stavi qualche tempo fa?»

«Giuseppe.»

«Sì, Giuseppe, mi pare. Quello che poi è diventato contabile di quel gran signore.»

«Palmieri Giuseppe» ripeté Carmela un po' esitante.

«Quando Giuseppe è andato a lavorare da quel signore, ti ha mai raccontato che tipo era, come viveva?»

«Ma perché me lo chiedi, Paolina?»

Che cosa avrebbe dovuto risponderle? Mentì con prontezza nella direzione che ritenne più o meno adeguata alla visione-del-mondo di Carmela.

«Ci ho fatto un pensierino.»

«Su Giuseppe?»

«No, sciocca, su quel signore.»

«E Giovanni?»

«Con Giovanni è finita.»

Lo disse perché anche lei doveva obbedienza al vecchio proverbio che accomuna le bugie alle ciliegie, eppure avvertì un senso di turbamento e di apprensione. Credette di sentire che quella scontata formula femminile era risuonata dentro di lei con inattesa solennità.

Vide Carmela che le rispondeva ma non l'udì. Le chiese di ripetere:

«Qualcosa mi raccontava, ma è passato tanto tempo...»

Per la seconda volta Carmela accompagnò la frase con un'occhiata che si spiegava solo come il risultato d'un mestiere esercitato per amore o per forza. D'altra parte Paolina aveva temuto e calcolato che la ballerinetta avrebbe tentato di mercanteggiare. Finse di non aver capito per farla raffreddare un po' nell'incertezza.

«Ma che dici! Saranno sì e no tre mesi. Quanto tempo ci sei stata insieme?»

«Quattro o cinque mesi.»

«E che tipo era?»

«Giuseppe?»

«No, Carmela, l'altro.»

Dovettero interrompersi perché il cameriere era tornato a deporre l'ordinazione sul piccolo marmo circolare del tavolino.

Fu Paolina a voler pagare subito. Dette una banconota di grosso taglio, e appena il cameriere ebbe consegnato il resto attese solo il tempo che girasse le spalle. Allora infilò la manciata di denaro e di monete, così come poté afferrarle dal piattino, nella borsetta di Carmela, senza curarsi che qualcuno potesse scorgere quel gesto avvilente.

Carmela accennò un'espressione d'innocenza offesa, ma Paolina non le dette il tempo di simulare anche la rassegnazione. Ingiunse:

«Allora, che tipo era?»

«Un signore con una gran posizione che faceva anche un po' di politica, però ha già un'amante.»

«Chi è?»

«Non lo so. È un'amante fissa, la mantiene bene, con ogni lusso.»

«È molto esigente?»

«La vede forse una volta o due alla settimana. Qualche volta la porta fuori, oppure in viaggio in vagone letto. Giuseppe però deve prenotare due scompartimenti. Anche in albergo prendono due camere, vicine ma separate.»

«La moglie?»

«La moglie sta zitta.»

«Ma sa?»

«Se è sua moglie, certo che sa.»

Carmela si portò improvvisamente la mano alla bocca per nascondere il riso.

«Sai come la chiamava Giuseppe? La sposa di marmo. Aveva il viso tutto infarinato di cipria.»

«Forse la chiamava così anche per altre ragioni, non credi?»

«Questo non lo so; e poi nel matrimonio quelle cose non contano.»

Paolina percepì con la coda dell'occhio che una presenza opaca s'era frapposta tra lei e la forte luce del lampadario. Volse il capo e vide, accanto al tavolo, un bellimbusto che le salutava con un ironico mezzo inchino.

Teneva la cupolina del feltro grigio sospesa all'altezza del cuore, con l'altra mano accennava un segno d'omaggio. Come s'accorse d'esser stato notato, rivolto a entrambe, chiese:

«Le signorine gradiscono un po' di compagnia?»

Poco più lontano, a un altro tavolo, un gruppo di cinque o sei uomini seduti a semicerchio, forse suoi amici, le stavano fissando. Due tra loro avevano tenuto in testa il copricapo, tutti, nell'atmosfera velata della sala, sembravano voler apparire in qualche modo partecipi dell'approccio. Sorreggevano i sigari con affettata distinzione.

Guardando lo sconosciuto dritto negli occhi, Paolina sibilò:

«S'allontani subito o la faccio arrestare.»

Le parole schioccarono come un drappo di seta che si laceri. L'importuno restò di sasso. Ma prontamente obbedì.
Cominciò a retrocedere sempre piegato nel suo inchino burlesco, poi si volse verso l'altro tavolo, fece un buffo gesto di resa e s'allontanò del tutto. Con disappunto, Paolina si rese conto che sul volto di Carmela era rimasto, aleggiante, un incerto sorriso. Non poté trattenersi:
«Sta' seria, sciocca, quando sei con me.» E poi ancora aggiunse: «Alla tua età!».
Era stata troppo dura. Intuì le lacrime, temette la catastrofe, s'alzò d'impeto:
«Andiamo via.»
Quasi se la trascinò dietro.
Fuori, fece accostare una carrozza.
«Dove abiti? T'accompagno.»
Carmela singhiozzava senza lacrime. Sospirò un indirizzo di via de' Cestari.
«Mi dispiace, Carmela. Ma non si deve fare così.»
Erano ambedue turbate. Paolina pronunciava quelle parole d'intimità quasi materna, consapevole che potessero risuonare nella mente dell'altra come precetti insipidi e tormentosi. Eppure sentiva di non poterne fare a meno, quasi che provasse lei stessa una nostalgia per quei suoni.
«Tu che puoi scegliere» balbettava Carmela. «Sapessi io.»
Che cosa poteva obiettare? Avrebbe potuto tentare di spiegarle che quando ci si desta dal sonno dell'infanzia, non si trovano più premurosi intermediari pronti a dipanare grovigli? Forse non ne sarebbe stata capace. E comunque non voleva evocare in quella carrozza, davanti a quella creatura agitata e smorta, scelte e comportamenti che aveva vissuto senza discernimento e senza merito, soltanto perché una calma volontà pratica l'aveva guidata in quella direzione invece che in un'altra.
«Sai cucire?» le chiese all'improvviso. «In teatro cercano una guardarobiera.»
«No,» rispose Carmela «a rovinarmi gli occhi non ci vengo.»
Quel rifiuto l'enunciò col tono con cui s'afferma un irremovibile precetto di vita. Non c'era altro da dire.
Il tratto del cavallo colmava di echi gli stretti vicoli nei qua-

li si stavano addentrando. Le due donne sedevano mute, una accanto all'altra sul medesimo sedile. Dal finestrino si vedeva scorrere un'ininterrotta quinta di muri sbrecciati, di portoncini socchiusi su androni semibui. Anche l'immagine d'una madonna passò, coperta di fiori, circondata di fiammelle votive. Si segnarono, muovendo quasi insieme la mano nella meccanicità frettolosa del gesto.

Fu Carmela a riprendere il discorso. Non piangeva più e il tono della sua voce era cambiato, quasi che l'aver rifiutato quel lavoro umile in teatro l'avesse innalzata di rango, rendendola più uguale alla sua amica.

«Non so se ti conviene metterti con quello là.»

«Perché, Carmela?»

«È pieno di debiti. Per quella sua amante ha speso troppo. Era innamorato come un gatto, allora.»

«Te l'ha detto Giuseppe?»

«Giuseppe gli teneva un po' tutti i conti. Quando andavo da lui, lo trovavo qualche volta che lavorava sulle carte di quel signore. Diceva: che disastro, che disastro, e rideva. Una volta m'ha detto: io per te non le farei certo tutte queste sciocchezze.»

«Gentile.»

«Non era ricco, Giuseppe. Però era molto buono.»

«E perché l'hai lasciato?»

«M'ha lasciato lui. M'ha regalato questa.»

Indicò a Paolina una piccola broche dai dubbi bagliori che portava appuntata sul seno.

La carrozza s'arrestò davanti a un portoncino.

«Starai a Roma molto adesso?»

«Una settimana, poi andiamo giù in tournée, verso Frosinone e Venafro.»

La baciò e scese. Ma prima di chiudere lo sportello disse ad alta voce, ridendo con improvvisa allegria:

«Siamo artiste, no?»

Paolina la seguì con lo sguardo fin quando non sparì nel buio dell'androne. Allora bussò seccamente al cocchiere per far intendere che proseguisse.

8

Giovanni Sperelli era convinto, in generale, che le azioni pratiche vanno condotte limitando al massimo i trasalimenti della propria anima e che è inutile chinarsi a baciare una mano quando ci si può limitare a stringerla. Chi lo conosceva poco lo rimproverava per questo di cercare i suoi varchi lungo le linee di minore resistenza. La realtà era diversa e aveva poco a che fare con l'opportunismo.

Infatti quella fede disincantata nella sua personale autonomia andava insieme a un salutare pessimismo che poteva racchiudersi nella piccola formula: il mondo conta per ciò che è, e non per ciò che appare.

Ecco perché, conoscendo molto bene le sue interne reazioni agli avvenimenti seguiti al crimine di via Varese, e ancora poco invece gli avvenimenti stessi, s'era deciso a compiere la sua solitaria e sgradevole spedizione.

Il cielo notturno rabbrividiva gonfio di nubi che si rincorrevano sospinte dal vento aprendosi, di tanto in tanto, alla luna. Quell'oscuro e freddo tumulto che avveniva sopra la sua testa non dispiaceva a Giovanni. Non per le evocazioni barocche cui dava corpo, ma per più immediate ragioni pratiche.

Da una vettura a noleggio s'era fatto lasciare in piazza Monte Cavallo, davanti al palazzo della Consulta. Da lì aveva proseguito a piedi per via XX Settembre.

La lunga arteria pianeggiante che conduce a Porta Pia è una rarità nel continuo saliscendi delle strade romane. Corre lungo un alto crinale avendo alla destra l'avvallamento che la separa dai colli del Viminale e dell'Esquilino e, alla sinistra, l'altro profondo solco di via del Tritone. Non a caso quella riga sottile e diretta era anche chiamata "il filo della schiena" di Roma.

Giunto all'altezza delle quattro brutte fontane che danno il nome a una strada, Giovanni pensò per un momento che avrebbe potuto piegare a destra verso via Nazionale. Invece preferì proseguire. Superò la vituperata zona dei ministeri e non svoltò che quando fu all'altezza di via Castelfidardo.

Così facendo si trovò repentinamente, come aveva desiderato, nel cuore del Macao, spopolato a quell'ora della notte. I fanali a gas arrivavano appena a spandere un alone giallastro ai piedi del loro elaborato sostegno. Tra l'uno e l'altro, l'oscurità era quasi completa. Il vento strapazzava gli abiti con le sue folate improvvise e portava remoti echi di tuono.

Tra i massacri cagionati dalla febbre edilizia, quel quartiere nuovo era quasi la sola eccezione. Si componeva di villinetti radi, intervallati dalle costruzioni basse delle scuderie e completati da giardini ben tenuti. Lo permeava un'aria languida, calma e lontana.

Un piemontese che lo aveva visitato sul finire del secolo aveva scritto, pieno d'entusiasmo, che quelle strade si contrapponevano "con giovialità meneghina, frescura ginevrina, dirizzura torinese e fasto parigino" alle viuzze della Roma papale.

Una borghesia ancora indecifrabile, quasi sempre d'immigrazione, ne aveva fatto il suo *residential district*. Lo stesso villino De Ambrosis, dove Giovanni si sarebbe dovuto recare l'indomani sera, era poco lontano da lì.

Fossero i suoi abitatori o la sua dichiarata modernità, la zona sembrava aver poco a che fare con l'altra Roma, racchiusa nella stretta del Tevere, e aveva piuttosto un'aria di signorile disinvoltura che l'avrebbe resa adeguata a un qualsiasi angolo d'Europa. Come del resto quel piemontese entusiasta, che era poi Giovanni Faldella, aveva subito intuito.

Quei villini, così segnati dai canoni ornamentali del tempo, non dispiacevano troppo neanche a Sperelli. Un quartiere tutto ostentatamente di dame e di signori, un po' misterioso nel suo isolamento in una città nella quale i palazzi dell'antica nobiltà si drizzavano nel fitto di sordide casupole. Un quartiere tutto volto al presente, senza storia e senza chiese.

Forse in questa assenza di edifici sacri, i ceti liberali avevano osato il massimo della propria fede laica e moderna indicando come, da quelle residenze senza peso di tradizioni, si potrebbe al tempo stesso godere la vita e amministrare in modo nuovo il paese. Quelle case, insomma, erano un po' il vessillo d'una borghesia che dichiarava di volersi elevare. E in questo Giovanni non vedeva nulla di male.

Il male, semmai, veniva dalle cicatrici che un cieco amore per l'immediato tornaconto aveva scavato altrove sul vecchio volto della città. Per esempio divorando, solo pochi anni prima, la villa Ludovisi.

"There is surely nothing better in Rome, perhaps nothing so good", aveva scritto Henry James di quello squisito giardino di cui non restava più traccia.

"Che città sarebbe potuta essere questa" pensò Giovanni mentre disputava al vento il suo copricapo "se l'avessero raccolta mani meno grossolane."

Una melodia nota, che udiva provenire dall'interno di una delle case, l'indusse a fermarsi. Nel completo silenzio della strada, le note giungevano ovattate ma tutte distinguibili. Spiò per un attimo tra le sbarre d'una cancellata nera, tra gli arbusti odorosi dell'alloro.

Una ragazza cerea sedeva al piano. Le tende sollevate del bow-window consentivano di scorgerne distintamente i lineamenti, intenti allo spartito.

Le era accanto un giovanotto dall'aria melensa, che la fissava. Arrivata alla fine d'una pagina che lo stordito aveva mancato di girare in tempo, la pianista dovette interrompersi. Si volse verso di lui, certamente lo redarguì, il cavaliere parve confuso. Il notturno non riprese più.

Sperelli si mosse. Attraversò piazza Indipendenza, entrò in via Varese, individuò con facilità il villino dove la Battiferri aveva alloggiato. Tuttavia proseguì, tenendo lo stesso passo rapido e regolare, e svoltando due volte sulla destra in modo da guadagnare la facciata opposta a quella principale.

Quando stimò di trovarsi sul retro del giardino che stava

cercando, senza mutare ritmo, salì sulla base in cemento della cancellata, bilanciò il peso del corpo e, come si trattasse d'un volteggio al cavallo, fece leva sul braccio e saltò all'interno.

Atterrò sul terreno molle, tra il piccolo muro e una siepe d'oleandri, e lì rimase. Anche se era certo di non esser stato seguito, sapeva per esperienza che il passaggio dalla condizione di passante a quella d'intruso è uno dei momenti di massimo pericolo.

Non udì né passi frettolosi, né bisbiglii allarmati. Svanita l'eco leggera dei suoi passi, il silenzio era di nuovo totale. Un po' di terriccio umido che gli era penetrato in una scarpa lo infastidiva moltissimo. Si costrinse però a restare accovacciato e immobile per i dieci lunghi minuti che aveva calcolato nel suo piano.

Il villino era completamente buio. Il giardino appariva aduggiato da alberi lieti, pini e palme, che lì parevano mesti e solenni come alberi del Nord. Le nubi, lacerate qua e là dal vento, alternavano all'oscurità veloci, intense schiarite.

Calcolò anche questo quando finalmente s'alzò dirigendosi verso l'ingresso secondario. Introdusse un grimaldello tra il telaio e il battente della porta e spinse. Udì lo schianto del legno e il crepitio con cui s'infrangeva la ceralacca dei sigilli.

Quel veloce metodo di lavoro obbediva al precetto che, quando si tratta di misurarsi con la vita pratica, ogni ragionevole rischio va mentalmente valutato in precedenza, mentre, al momento di agire, prima si fa, meglio è. Il che spiegava anche come mai un uomo essenzialmente incline alla riflessione come Giovanni, riuscisse all'occorrenza a comportarsi con quell'energia spensierata che si ritiene tipica degli uomini d'azione.

Sganciò dall'interno del soprabito una lanterna cieca e fece luce nel corridoio. Con il pretesto di verificare qualche dettaglio, s'era fatto ripetere più volte dal maresciallo Marchisio i movimenti compiuti. Per conseguenza, aveva un'idea abbastanza chiara della dislocazione delle stanze.

Entrò dapprima in quella dove era stato trovato il cadavere. Il tappeto intriso di sangue giaceva arrotolato contro la parete. Gli oggetti erano accatastati alla rinfusa e nulla sembrava più trovarsi nella sua posizione originale. Dalla panoplia continuava a mancare l'arma con cui la Battiferri era stata uccisa. Dall'ombra sulla tappezzeria s'intuiva una lama pesante, ricurva.

Muovendosi in silenzio salì la rampa che portava al primo piano ed entrò in quello che il maresciallo aveva chiamato lo studio. Lo scrittoio era totalmente sgombro e l'intero ambiente sembrava disabitato da tempo, forse a causa dell'ordine fittizio di quei pochi oggetti che contrastava con il drammatico subbuglio del piano terreno.

Per pura curiosità indirizzò il raggio fioco sul piccolo scaffale alle spalle della scrivania. Pochi volumi, una dozzina forse, che un piccolo elefante d'avorio teneva al loro posto con la fronte poderosa.

Nei cassetti non vide carte che sembrassero di qualche interesse. Nel cestino nascosto ai piedi del tavolo c'erano invece i resti d'un biglietto lacerato. Spinto più dall'abitudine che dalla speranza, li raccolse.

Rischiarò con la lampada, al di là della porta, la zona di corridoio che portava verso la stanza da letto. Ma cambiò idea. Sentiva d'aver mancato qualcosa. Avvertiva, più esattamente, il disagio d'una percezione incontrollata che lo aveva subdolamente raggiunto. Tornò verso la porta con l'intenzione di ripetere daccapo tutti i movimenti che aveva fatto entrando. Non fu necessario. Appena ebbe mimato la sua prima azione, in modo semiconsapevole gli accadde d'indirizzare il raggio di luce verso la libreria.

Scorse i titoli sui dorsi: *Colei che non si deve amare* di Guido Da Verona, *Treno di lusso* di Umberto Notari, *Marion, artista di caffé-concerto* di Annie Vivanti, *Quelle signorine* di Giuseppe Petrai. Tirò quest'ultimo libro fuori dalla fila, lo sfogliò. Il sottotitolo, *Le semivergini*, era allusivo, ma da quel che poté capire le affinità con l'abate Prevost finivano lì. Lo ricollocò al suo posto. Il titolo successivo era *Memorie d'una prostituta* del Sormanni e poi ancora *Der Rosenkavalier* di Hugo von Hofmannsthal.

Concentrò il fuoco della lampada sul volumetto. Quale

strana ragione lo aveva fatto finire in una compagnia così disdicevole? Tirò anche questo giù dallo scaffale.

Era il testo, in tedesco, che il poeta aveva scritto per la musica di Richard Strauss. Alcune frasi apparivano sottolineate, ma non tutte le pagine erano ancora state tagliate.

C'è tutto un assortimento di eccezioni da applicare al metodo col quale i volumi d'una libreria dovrebbero succedersi. Ma nessuna, neanche il capriccio dell'alfabeto, serviva a spiegare la contiguità tra Hofmannsthal e Sormanni. Quasi divertito, Giovanni gettò il volumetto sulla scrivania e si diresse sovrappensiero verso la stanza da letto.

L'armadio era ampio; guarnito per l'intera estensione da una specchiera, fronteggiava direttamente il letto. Lo aprì. La prima cosa che gli cadde tra le mani fu una vestaglia giapponese.

Quello non era il capo che la vittima indossava ma l'altro, il suo doppio per così dire, che Marchisio aveva estratto da sotto il mobile. Lo tirò giù dalla stampella e capì subito che il maresciallo s'era sbagliato. Il costoso indumento era di taglia non comune, inadatto in ogni caso a una donna.

Provò a indossarlo ed ebbe la conferma di ciò che aveva intuito. L'esotica veste da camera lo avvolgeva comodamente e anzi con una certa ridicola abbondanza.

Soppesò quella vestaglia tra le mani. Il tessuto premeva con una sua consistenza quasi animata. Una piccola scaglia postuma della vita di Amelia Battiferri era venuta a deporglisi tra le braccia, ma diventava subito qualcos'altro se la si collegava a ciò che aveva rappresentato.

La vestaglia che la vittima aveva indossato al momento della morte doveva essere la gemella di questa. Il capo che aveva tra le mani, invece, era riservato al suo amante perché se ne rivestisse, per bizzarria o come segno d'intimità, nei confusi momenti dell'esaltazione.

"Certo" pensò Giovanni "bisognava avere convinzioni molto salde per credere che un signore maturo, la carne impressa da qualche cedimento, potesse avvolgersi in quel drappo per raffigurare, se non Cupido in persona, qualche suo prossimo congiunto. Anche vero però" obiettò Giovanni a se stesso "che non c'è inganno che non diventi credibile davanti all'impeto estatico del desiderio."

Sul piano propriamente deduttivo, la presenza di quell'indumento dava una certa plausibilità a due ipotesi. Sperelli provò a riassumerle.

La cameriera Luigia Bacchetti aveva mentito quando, interrogata da Marchisio, aveva sostenuto che stava estraendo gli abiti da sotto l'armadio per riporli. In realtà stava usando quegli abiti come un mascheramento, un diversivo, per nascondere il vero oggetto che l'interessava: quella vestaglia. E poiché sono noti i conturbanti rapporti tra la servitù e la biancheria padronale, ne conseguiva che non la vestaglia in sé, stesse nascondendo al maresciallo, bensì la figura, l'ombra del suo proprietario. Perché nel cuore di Marchisio non s'aprisse la minima breccia al sospetto.

Ma, ammesso che le cose stessero veramente così, se ne deduceva che la Battiferri aveva messo una vestaglia perché aspettava l'uomo che di lì a poco avrebbe indossato l'altra. Circostanza che probabilmente spiegava anche la volontaria apertura della porta e, in definitiva, la facilità del delitto.

Quella vestaglia, insomma, animava a posteriori i fantasmi d'una rappresentazione che nessuno aveva visto recitare. E il senso finale rimandava a qualcosa di subdolo e di vergognoso.

Frugò ancora nei cassetti. Il corredo della ragazza era quasi interamente nuovo ed era stato suggerito da qualcuno che si riteneva appagato dalla propria immaginazione.

Giovanni fece per entrare nello stanzino da bagno ma s'arrestò di colpo spegnendo contemporaneamente la fioca luce della lanterna. Senza che sapesse bene perché, era stato trafitto dalla sensazione di non essere più solo. Sgusciò rapido attraverso la stanza, s'appostò dietro la porta e ne girò lentamente la maniglia poggiandovi sopra con il peso perché non cigolasse.

Dal buio totale in cui era immerso il suo occhio destro fissava ora il nero del breve corridoio attraverso una minuscola fessura. Sapeva d'avere dirimpetto la porta dello studio e sulla sinistra, appena fuori della camera, quella dello spogliatoio.

Non accadde nulla. Tutto rimase assolutamente immobile

contro uno sfondo quasi doloroso di silenzio. Schiacciato contro la parete, Giovanni sentiva, lievemente accelerata, la tempia pulsargli; dentro aveva però la sensazione d'una grande calma.

Il lampo venne d'improvviso; durò una minuscola frazione di tempo. Nel buio completo aveva scorto davanti a sé, quindi in direzione dello studio, un barbaglio tenue di luce subito scomparso. Qualcuno doveva aver salito la scala e aperto la porta di quella stanza. Vi s'era introdotto e aveva acceso una lampada, forse simile alla sua, nell'esatto momento in cui s'era trovato di fronte alla fessura dello stipite.

Giovanni si sbarazzò rapido della giacca e delle scarpe e avanzò cauto dondolando liberamente le braccia per scaldarle. Contò i suoi passi e quando ritenne d'aver coperto la lunghezza del corridoio, respirò profondamente e si gettò contro la porta. Un uomo era davanti alla libreria e frugava tra i volumi.

«Fermo dov'è» disse Sperelli con voce bassa e tagliente.

L'altro si girò, invece, investendolo con la sua lama di luce. Rimasero immobili per qualche secondo, lo sconosciuto avendo dalla sua il vantaggio della lanterna.

Giovanni calcolò che con due passi avrebbe potuto averlo a tiro. Si mosse portando le braccia al volto al modo dei pugilatori. Ma nello stesso momento lo sconosciuto gli lanciò contro la lampada sferrandogli anche un velocissimo calcio al ventre. Solo lo scarto istintivo di Sperelli, che intuì appena in tempo il colpo, gli fece mancare il bersaglio di pochi centimetri. Lo raggiunse comunque alla coscia.

Adesso erano entrambi al buio muovendosi lenti e cauti. Giovanni credette di capire che l'uomo, dopo la sua offensiva, volesse guadagnare la porta. Quando ne avvertì la prossimità si gettò alla cieca riuscendo ad afferrarlo alla vita.

Lottarono, avvinti, ansimando. Sperelli sentiva sotto le mani un corpo virile di non alta statura ma molto saldo. Erano rimasti bloccati in una posizione che li costringeva a una disgustosa vicinanza dei volti sudati.

Giovanni continuava a trattenere lo sconosciuto per la vita, l'altro gli aveva stretto una specie di morsa attorno al collo. Ne avvertiva l'alito caldo, accanto all'orecchio.

Sperelli osò il tutto per tutto. Si gettò all'indietro nel tentativo di sfruttare il suo peso e lo sconosciuto fu costretto a seguirlo nella caduta. La morsa s'allentò ma si lacerarono anche i loro abiti sicché entrambi persero nello stesso momento la presa.

L'uomo fu più rapido ad approfittarne anche perché nel cadere era rimasto in posizione dominante. Gli sferrò un secondo calcio che colpì Giovanni al fegato e fuggì. Stordito dalla nausea che lo assaliva, Sperelli lo udì scendere a precipizio le scale, quindi udì il colpo della porta d'ingresso sbattuta senza cautele. Poi più nulla.

Fece trascorrere alcuni minuti, sempre sdraiato. Per il dolore gli occhi s'erano riempiti di lacrime involontarie. Quindi si sollevò, lentamente, per attenuare il leggero capogiro e barcollò verso lo stanzino da bagno. L'acqua fredda lo rinfrancò. Ritenne di dover tentare una ricognizione.

La lampada che l'altro aveva usato come proiettile, era ottima e ancora funzionante. Alla sua luce scorse, sulla soglia della stanza, il testo di Hofmannsthal che aveva gettato sullo scrittoio dopo averlo sfogliato. Lo raccolse. Di questo dunque s'era trattato.

Nella sua fuga l'uomo aveva perduto dal tessuto lacerato della giacca uno degli oggetti o forse l'oggetto che era venuto a cercare.

Si poneva una domanda: si rischia un'azione del genere per un libro? O meglio: per quale ragione un libro può rendere necessaria un'azione rischiosa come quella?

Giovanni sedette sul pavimento con le spalle alla parete e tornò a sfogliare il volumetto. Poco prima aveva avuto l'impressione che il testo fosse stato qua e là sottolineato. In verità la sottolineatura era una soltanto e riguardava il versetto del primo atto nel quale la Marescialla dice: "Ich bin kein neapolitanischer General: wo ich steh', steh' ich".

Si poteva dedurre, nonostante le residue trafitture al fegato e la tremenda emicrania, che per quelle poche parole Amelia Battiferri era stata uccisa?

9

Vittorio Marchisio non aveva figli. Era durato molti anni il contrasto sull'argomento con la signora Elda, sua moglie. Alla fine però la donna aveva dovuto cedere. Non perché le ragioni del maresciallo fossero più concrete di quelle, opposte, che portava lei. Ma perché sul tema che li aveva divisi così a lungo soccombe chi si rifà all'archetipo più lontano.

La signora Elda attingeva alla sua fantasia, e riversava nei discorsi vagiti, sorrisi, umidità, tepori. Anche un po' di paglia e alcuni animali domestici. Oppure natalità fiabesche confortate da folletti benigni, languidi sfinimenti del puerperio.

O anche il brivido di quella doppia sillaba, ma-ma, ripetuta ad alta voce per la prima volta. O infine la mano che terge di nascosto il ciglio quando arriva finalmente il giorno della risposta corretta alla domanda, fondamentale per la vita, quanto fa tre per quattro?

Esser madre, per la signora Elda, si racchiudeva nel finale trionfo di quel dodici, al di là del quale non era in grado d'immaginare che una opaca distesa di giorni consumati gli uni sugli altri, perché così era scorsa, per lei, la vita.

La mitologia del maresciallo suo marito aveva una prospettiva rovesciata, partiva da quello stesso dodici al quale sua moglie doveva fermarsi. L'infante, il bambinello, il putto emergeva alla vita responsabile dopo anni di piagnucolii ingiustificati e di vergognose incontinenze. Ma, lì giunto, si trovava spalancata dinanzi la concreta possibilità d'un avvenire forgiato dai mattinali della regia questura e dai referti del medico legale.

In altre parole, Marchisio s'era rifiutato di generare perché era convinto che mettere al mondo un figlio, in quegli anni e in quel paese, significasse con buona probabilità consegnarlo a crisi, patimenti e fanatismi.

Ne aveva visti, in camera di sicurezza, adolescenti dai volti miti e febbrili, generosi e feroci. E il pensiero d'un figlio suo, che potesse un giorno cadere preda delle stesse farneticanti utopie, era bastato una volta e per tutte.

Era avvenuto così che, all'intenerito e vago desiderio di sua moglie, Marchisio aveva contrapposto la forza di un'esperienza ripetuta ogni giorno e confortata spesso da spaventosi titoli di giornale.

Né il desiderio né il timore avevano granché a che fare con la concreta esistenza d'una loro eventuale creatura. Ma è in questo modo che si decide il destino di chi è nato, e di chi potrebbe nascere. E tra la superstizione dei sentimenti e quella delle statistiche, queste ultime hanno il vantaggio di sembrare lucide, ragionevoli e moderne.

Un'altra inquietudine turbava il maresciallo. Se qualcuno gli avesse chiesto quale sarebbe stato l'avvenire della collettività nazionale di cui faceva parte – eventualità altamente improbabile e che infatti non s'era mai verificata – avrebbe risposto senza esitazione che un secondo giubileo, di lì ad altro mezzo secolo, non ci sarebbe certo stato.

Il fragile edificio del Regno si sarebbe dissolto prima, seppellendo sotto le sue rovine anche le pazzie di quel fanatico in camicia rossa che aveva voluto strafare sfidando la volontà stessa del sovrano. Al regno sabaudo aveva portato il dono avvelenato di quelle terre che suo padre, militare di carriera, gli descriveva tanti anni prima come le "terre ballerine", le terre dei briganti e dei terremoti, della miseria e della camorra.

Il maresciallo ricordava ancora tutto dei terrificanti racconti che aveva ascoltato dopo ogni ritorno del genitore dal lontano Mezzogiorno. Non aveva mai riflettuto al fatto che i briganti delle Calabrie, con il cappello a cono e lo schioppo, avevano recitato per lui la parte riservata in genere al lupo e a Barbablù. In quelle terre comunque non aveva mai voluto mettere piede.

Non avendo un figlio, Marchisio aveva tuttavia un cane. Uno spinone alto e nero per nulla avvilito d'essere stato battezzato col più logoro e ovvio dei nomi canini, Fido. La signora Elda glielo aveva introdotto in casa a tradimento quand'era di pochi mesi, e lunghissima era stata la loro reciproca diffidenza.

Poi, fosse istinto o politica, Fido aveva cominciato a manifestare nei confronti del maresciallo un attaccamento sempre più appassionato. Una devozione di quel tipo Marchisio non l'aveva mai vista né in sua moglie né nei suoi colleghi né, gli accadeva di pensare, l'avrebbe certo mai avuta da un eventuale figlio.

In breve, il cane s'era garantito il diritto non solo al vitto e all'alloggio ma, quel che più conta, alla stessa amicizia di Marchisio che, se avesse potuto, lo avrebbe autorizzato a chiamarlo semplicemente Vittorio.

A lui il maresciallo, vergognandosi sempre meno, confidava segreti che non avrebbe rivelato a nessun altro. L'espressione di assennata rettitudine del cane che lo fissava con un orecchio più basso e uno più alto, oppure inclinando la testa ora di qua ora di là, lo ripagava come il più prezioso dei consigli.

La considerazione di Fido era talmente cresciuta col tempo che ora, anche se lui non ne era pienamente consapevole, era stato addirittura chiamato a collaborare a un'indagine giudiziaria.

Il caso infatti aveva voluto che anche la Bacchetti avesse un cane, un bastardo ignobile e ringhioso che il maresciallo avrebbe spedito volentieri al fresco, ci fosse stata a Roma una prigione in qualche modo idonea a quel tipo di violenti.

Per il momento invece Pippo, questo il nome del botolo, faceva delle lunghe scorribande seminando di escrementi il vasto marciapiede di piazza Navona. Il particolare, a prima vista privo d'importanza, era stato incluso in uno dei rapporti che il segugio, comandato a pedinare la signora Luigia, consegnava ogni giorno nelle mani dell'appuntato Cocchia.

"In ore serali" diceva testualmente "l'indiziata è solita recarsi in località piazza Navona in compagnia del suo cane bastardo nominato Pippo. Ivi si trattiene, in genere da sola, per il tempo di una o due ore."

E colà aveva deciso di trattenersi, per il tempo che sarebbe stato necessario, anche il maresciallo costringendo Fido a disertare per una sera gli opulenti giardini di piazza Vittorio Emanuele a lui carissimi.

Quando i due, Marchisio e Fido, giunsero sulla piazza, erano da poco passate le nove. Il cielo era già molto nuvoloso e lo sarebbe diventato sempre di più col procedere della notte. Il maresciallo sciolse il cane. Inebriato dalla felicità di quello spazio, Fido si esibì subito in alcuni balzi da ginnasta incoerente, rincorrendo personalissime predilezioni olfattive, Marchisio invece prese a passeggiare con aria di composto fastidio, battendosi ritmicamente il guinzaglio sulla gamba.

Il suo casuale vagabondaggio era però pura apparenza poiché aveva già scorto, accoccolata sulla recinzione in ferro della fontana dei Fiumi, Luigia Bacchetti.

Anche il botolo aveva già individuato, sia perché di cani in giro non se ne vedevano altri, sia perché, anche stando alla sommaria descrizione del segugio, nessun esemplare più di quello meritava l'oltraggiosa definizione di bastardo.

Decise di giungere alle spalle della Bacchetti per moltiplicare la forza della sorpresa. I rari passanti attraversavano in fretta la vastità armoniosa della piazza. Qualche dama elegante col passo impacciato dalle lunghe gonne, sorretta dal braccio di un magro cavaliere. Alcune popolane che levavano gli occhi a scrutare il pericolo della pioggia, le mani sui fianchi, le nere gonne pieghettate agitate dal vento.

«Signora Luigia, che fa qui a quest'ora?»

La Bacchetti si girò lentamente, e solo in quel momento Vittorio Marchisio si rese conto che la donna stava fumando una sigaretta tenendola celata nel cavo della mano.

«Ma lei è il maresciallo» disse gettando subito via il mozzicone.

«Sono proprio il maresciallo Marchisio.»

«Prendo un po' d'aria, maresciallo.»

La donna lo guardava con sospetto. Dopo la tregua segnata dal loro ultimo colloquio, Marchisio s'era aspettato una cordialità più sostenuta.

«Viene spesso qui?»

«Vengo molto spesso, abito là.» Accennò con la mano in direzione di via dei Banchi Nuovi. «Lei invece non viene mai.»

«Quasi mai, effettivamente. Ma quando ho tempo la sera giro. Faccio conoscere al mio cane i giardini e le piazze di Roma.» Sorrise, temendo d'aver esagerato nell'accostare i vagabondaggi di Fido a quelli d'un vero turista. Ma la Bacchetti semplicemente rispose:

«Invece Pippo viene sempre qua.» E indicando ancora una volta col dito aggiunse: «Pippo è lui».

Che cosa doveva fare a quel punto? Senza dubbio rivolgere un complimento. Ma quale scegliere per una creatura così grezza? Non voleva correre il rischio d'esagerare di nuovo; temeva inoltre che ogni apprezzamento, anche moderato, potesse suonare come una beffa. Tentò.

«Bella bestiola.»

La donna lo fissò incredula, e ribatté freddamente:

«Io gli voglio bene così com'è.»

«A suo modo è ben proporzionato» volle insistere Marchisio. «E poi ha una magnifica coda.»

«Sì, la coda è proprio bella» ammise finalmente la Bacchetti. E da quella minima concessione il maresciallo credette di dedurre che il ghiaccio era forse rotto.

Alle spalle della donna, la palma della fontana squassata dal vento sembrava anch'essa travolta, nonostante la sua consistenza marmorea, dalle gelide folate improvvise. "Teatro anche questo," pensò Marchisio "illusione romana."

S'era indotto al penoso espediente di quell'incontro obliquo, perché definitivamente convinto che l'indagine non potesse proseguire se non si faceva un po' di luce sulla figura dell'amante della Battiferri. Dalla Bacchetti era intenzionato a cavare ogni possibile informazione, a costo d'arrivare a compromessi che avrebbe sicuramente disapprovato in altri. Nel suo caso, però, era almeno certo del fine che intendeva raggiungere.

I due cani s'erano finalmente incontrati. Più alto dell'altro d'una buona spanna, audace ed elegante nel suo bel mantello nero, Fido agitava perplesso il mozzicone di coda. Approccio contenuto, giudicò Marchisio. Il botolo stava invece sbandierando senza ritegno la lunga asta intessuta di pelame che ne completava le terga.

«Quello è Fido, il mio cane» suggerì alla signora Luigia.

«L'avevo capito. Chissà quanto mangia.»

«Sì, è di buon appetito. È un maschio.»

«Pippo pure.»

Seguì un attimo di silenzio. Certo che ci fossero infiniti argomenti di conversazione, Marchisio non riusciva però a trovare al momento null'altro da dire. E poiché la fantasia non voleva più soccorrerlo, decise che la fase dei convenevoli poteva considerarsi esaurita e che tanto valeva affrontare il vero tema della serata.

«Sa che poi l'ho preparata quella lettera?» gettò lì con tono sbadato.

«Quale lettera?»

«La lettera al giudice, per suo fratello.»

«E che ci ha scritto?»

Per la seconda volta la Bacchetti deludeva la sua speranza di una maggiore cordialità.

«Ho scritto che la sorella dell'arrestato mi è nota come donna onesta e laboriosa e che potrebbe in certo modo garantire la volontà di suo fratello di tornare sulla retta via. Prego il signor giudice di valutare come meritano queste circostanze.»

«Che effetto farà sul giudice?»

«Questo non posso saperlo. Lei però vede che io in pratica garantisco per lei e chiamo lei a garantire per suo fratello.»

La signora Luigia rimase muta e assorta, non avendo capito bene se quel girotondo di garanzie reciproche avrebbe potuto sfociare in un risultato concreto. Incerta sul giudizio, pensò di attenersi ai dati di fatto.

«Quando l'ha spedita?»

«Non l'ho ancora spedita.»

«E perché?» La donna lo investì con la sua disillusa richiesta.

«Perché un funzionario di polizia non può inviare una lettera come quella a un magistrato, fin quando non è sicuro che le cose dette, anzi scritte, non corrispondono tutte alla verità. E io questa sicurezza ancora non l'ho.»

Quell'autentico mascalzone di Pippo aveva stretto Fido tra le zampe anteriori, e con piccoli aggiustamenti rapidi stava cercando di aggirarlo alle spalle con intenzioni certamente infami.

«E da me che vorrebbe?»

La donna pareva scossa. Quell'ultima domanda, al contrario della precedente, era già venata da un tono di resa. Ma il maresciallo volle essere certo del risultato raggiunto prima di gettare sul tavolo la domanda conclusiva.

«Signora Luigia, ho davanti a me due strade. Posso garantire per lei e in una certa misura, di riflesso, anche per suo fratello, oppure posso farla arrestare come teste reticente. In questo caso suo fratello lo rivedrà sì, ma a Regina Coeli.»

«Ma insomma che devo fare?»

La donna era vinta. Vinta purtroppo come quel vigliacco di Fido che il bastardo Pippo, gettata la maschera, stava cavalcando a gran colpi di reni. Né Marchisio se la sentiva d'intervenire in alcun modo, nel timore che si spezzasse l'incantesimo e che la sua preda si sciogliesse dalla gracile presa nella quale l'aveva stretta. Distolse lo sguardo dallo scempio e sussurrò:

«Voglio il nome dell'amante di Amelia Battiferri, signora Luigia.»

«E poi manderà la lettera?»

«Se collabora con la giustizia, dimostra di meritare il giudizio che do di lei. Quindi potrò in tutta coscienza inoltrare la lettera.»

«E non potrebbe parlare di persona?»

«Questo non posso farlo. Tra l'altro sarebbe inutile. Meglio una lettera.»

Dette l'affondo finale.

«Bacchetti Luigia, voglio sapere quel nome...»

«Commendator Achille Galignani.»

Pronunciate quelle parole la Bacchetti fece per allontanarsi. Ma il maresciallo, reprimendo il nodo d'esultanza che gli serrava la gola, la trattenne per un braccio.

«Ed era lui che aspettava la sera di venerdì?»

La lingua pendula, lo sguardo vitreo, Pippo dardeggiava il suo rosso peperoncino puntuto.

«Non lo so» rispose Luigia. «La signorina non me le diceva mai queste cose.»

«Non le credo, faccia uno sforzo.»

«Io al massimo lo sapevo il giorno dopo, pulendo la casa, rifacendo le camere, il letto.»

Luigia lo fissò negli occhi come per ricordargli da quale posizione le era consentito partecipare alle private attività della signorina Amelia. Si divincolò.

«Pippo, andiamo a casa!»

Il bastardo, saziato, obbedì. Accorse con irritante allegria. Fido invece era rimasto immobile al centro del marciapiede, attonito.

Il botolo venne rimesso al laccio. Rialzandosi, la Bacchetti chiese:

«Domani manderà la lettera?»

«La manderò senz'altro.»

«Staremo a vedere» borbottò la donna, e senza neanche accennare a un saluto, s'avviò trascinandosi dietro il cane.

Per un attimo il maresciallo fu tentato di saltare su una vettura e di correre a casa del commissario con la notizia. Ignorava che Sperelli conosceva già il nome, e soprattutto che in quello stesso momento, sotto le raffiche sempre più frequenti del vento, Giovanni si stava aggirando dalle parti di via Varese.

Comunque Marchisio contenne quell'improvviso desiderio pensando che, nel corso di un'ordinata conversazione come quella che avevano avuto pochi giorni prima, avrebbe fatto una figura anche migliore rivelando, tra le altre cose, le generalità dell'uomo.

Rimase seduto sulla recinzione in ferro della fontana rendendosi conto solo in quel momento che il getto d'acqua, che scaturiva da sotto il piede del fiume Nilo, si rompeva al vento spruzzandolo come di pioggia.

10

Il salotto De Ambrosis era uno dei luoghi d'incontro di quella società che aveva cominciato a riconoscersi dopo il '70. Vi si poteva incontrare anche qualche aristocratico che aveva saltato il fosso passando spavaldamente dalla parte degli italiani. Ma per lo più era frequentato da alti funzionari dello Stato, ufficiali, uomini politici, giornalisti, qualche costruttore edile in rappresentanza della sola categoria d'imprenditori della capitale.

Una parola definiva questo miscuglio: generone. Con ciò intendendosi il ceto vischioso e inerte, nerbo della borghesia cittadina. In quel crogiolo avevano una loro parte anche donne di piccola virtù e scrittori di piccola penna.

Pur non avendo saloni vasti come quelli dei palazzi gentilizi del centro, il villino De Ambrosis disponeva d'una sobria fuga di sale di ricevimento così armoniosamente disposte che ci si poteva, volendo, isolare a coppie o in piccoli gruppi omogenei. Era questa possibilità d'avere in pubblico un incontro praticamente segreto che persuadeva molti personaggi altrimenti inavvicinabili ad accogliere gli inviti della padrona di casa.

Fin dalla strada Giovanni si rese conto che la soirée s'era aperta magnificamente. La luce elettrica sfolgorava attraverso le ampie vetrate arrivando a lambire il giardino e un tratto di marciapiede dove sostava qualche curioso con il naso in aria. Giungeva anche un allegro brusio appena smorzato dai drappeggi bianchi alle finestre.

Non appena lo vide consegnare sulla porta guanti e copricapo al cameriere in polpe, la De Ambrosis gli si fece incontro sorridendo radiosamente. Aveva i capelli sollevati in un trionfo tutt'intorno al capo, guarniti al centro da un piccolo smagliante diadema. Muovendosi con grande padronanza, dava con buona approssimazione l'idea di una donna convinta di essere, nonostante gli anni, piacente.

Fece cenno a sua figlia Isabella che si trovava nei pressi, e insieme a lei s'avvicinò a Sperelli. "Arrivo in formazione" pensò Giovanni inchinandosi galantemente.

Per qualche sconosciuta ragione la marchesina Isabella, pur essendo prossima alla trentina e nonostante la sua fortuna, era ancora nubile. Sperelli non la conosceva che di vista per averla casualmente incontrata in alcune occasioni. Rivedendola ora, esile nel suo lungo abito bianco, gli parve più bella di come la ricordasse.

Incalzati da altri arrivi non poterono scambiare che poche frasi cerimoniose. Giovanni s'inoltrò da solo. Le sale opulente del villino, gremite di mobilia che copriva almeno due secoli, erano già notevolmente affollate. Bevve qualcosa, sorrise, senza fermarsi, ad alcuni volti noti.

Un gruppo di signori aveva fatto circolo in un angolo, le mani impegnate o con i calici o con i sigari. Dalle fisionomie, dall'accento, Giovanni riconobbe tra loro alcuni deputati della Lombardia. Commentavano la notizia di quella mattina che dava per tramontata la candidatura di Bissolati all'Agricoltura.

«Andrà Nitti al suo posto» affermava con sicurezza il più alto.

«Chiunque è meglio di Bissolati» sosteneva un altro tipo.

Un signore dal gran ventre obiettò ghignando:

«Ma come si fa a dare un ministero così a un autentico conservatore, dopo averlo proposto a un socialista?»

Tutti vollero rispondere, ognuno disponeva di una sua ipotesi.

«È tattica, è tattica.»

«In ogni caso sarà un sollievo.»

«Era solo una mossa d'assaggio, figurarsi.»

«Giolitti sa come muoversi».

Sperelli dovette scuotersi per non fissare ineducatamente quegli uomini, scivolò via con discrezione. Fu la De Ambrosis in persona a porgergli alcune tartine, mentre gli presentava un giovane scrittore milanese di cui egli non afferrò il nome.

«Lei ha visto il *Cola di Rienzo* all'Argentina?» gli chiese subito il letterato.

«Il dramma del Cossa?»

«Appunto quello.»

«Purtroppo non ho potuto.»

«Ma ricorda quando le sue battute anticlericali facevano venire giù il teatro dagli applausi?»

«Ricordo molto bene.»

«Ebbene, nessuno sembra più farci alcun caso.»

«Non crede che sia meglio così?»

La risposta del giovanotto appassionato, dai piccoli occhiali a *pince-nez* e dalla chioma carducciana, andò perduta perché vennero separati dal passaggio di due signore.

Quando poté di nuovo udirlo, il poeta stava dicendo: «I francesi a Roma hanno rappresentato ciò che per noi a Milano erano i tedeschi, cioè gli usurpatori. I calzoni rossi degli zuavi che a noi rammentavano i giorni della liberazione, Magenta e Solferino, qui ricordavano invece l'oppressione e l'agguato di Mentana. Che tremendo bisticcio».

«Pensi che noi tutti qui, in queste sale, passiamo a nostra volta per usurpatori agli occhi della nobiltà papalina. Non è ancora più terribile?»

A Giovanni sarebbe anche piaciuto continuare a conversare con quel giovane colto, ma non se la sentiva di trattenersi in piedi, e in mezzo a quel brusio in crescendo, su argomenti così impegnativi. Sgusciò sulla scia di un cameriere carico di bicchieri colmi.

È necessaria una certa consumata maestria per compiere manovre del genere senza recare offesa. Occorre cogliere una corrente in movimento da o verso un punto della sala e, come senza avvedersene, lasciarvi cadere un braccio o una spalla.

Poi, con molle determinazione se così può dirsi, abbandonarvisi, come il suicida si concede ai flutti, lasciandosi trascinare via con impotente rammarico.

Procedette fino a perdere il contatto.

Vittorio Marchisio gli aveva portato un'ora prima, a casa, la conferma definitiva che Achille Galignani di San Cenobio era stato l'amante della vittima. Gli aveva anche offerto una più articolata ricostruzione dell'episodio che metteva insieme prove, deduzioni e dicerie. La relazione, secondo il maresciallo, era cominciata non nell'ottobre, ma durante l'estate dell'anno precedente.

Poi, per ragioni ancora da appurare, il commendatore aveva deciso d'allentare il rapporto. La ragazza però s'era ribellata all'idea, anzi a quell'amore aveva dato tutta se stessa fino al punto da abbandonare completamente, nell'autunno, la sua faticosa attività.

In questo contrasto la relazione s'era lentamente avvelenata. I due, s'era scoperto, avevano fatto un viaggio insieme all'estero che verosimilmente era stato pensato come un cavalleresco finale, e che invece la ragazza aveva interpretato come una rappacificazione.

«E al ritorno, dopo altre liti, il Galignani, forse premuto...» Qui Marchisio s'era interrotto, quasi gli fosse venuta meno la forza di proseguire.

Era stato Sperelli a chiedere brutalmente: «L'uccide? La fa uccidere?». Aveva mentito aggiungendo: «Ho pensato anch'io, mentre lei parlava, a una possibilità del genere. C'è un solo modo per cominciare a verificarla: controllare l'alibi del Galignani per la notte tra il venerdì e il sabato di quella settimana».

«È esattamente ciò che voglio fare» aveva risposto il maresciallo. Su quell'intesa s'erano lasciati.

Adesso il Galignani era lì, anche se Sperelli non era ancora riuscito a individuarlo nella folla degli invitati.

Giovanni s'avvide d'essersi fermato sotto un grande dipinto d'argomento mitologico. Sulla tela, di gusto neoclassico, due creature discinte ostentavano trasporti inequivocabilmente carnali. La loro unica scusante consisteva nel fatto che un elmo e due schinieri, messi sbadatamente in un canto, avrebbero dovuto sollevare quell'abbraccio fino ai cieli incorrotti della metafora.

"Se la stessa scena si svolgesse in un *décor* Novecento," pensò Giovanni "la maggior parte di queste buone signore fuggirebbe scandalizzata."

«Come mai così solo? Si annoia?»

Isabella De Ambrosis gli era giunta accanto senza che se ne avvedesse.

«Al contrario,» rispose «m'ero fermato un istante ad ammirare queste *immoralités légendaires*.»

Risero insieme. Le case della nuova borghesia erano generalmente arredate nello stile fastoso dei transatlantici. Il villino De Ambrosis denunciava invece ambizioni più raffinate, si trattasse di scelte autonome o del consiglio di esperti.

«Mi dica che cosa pensa di questa, allora» gli chiese Isabella indicandogli una tavoletta sulla parete di fronte.

Si trattava di un piccolo olio dipinto dieci anni prima da Alessandro Battaglia dal titolo *Pastorella*. La malinconia della solitaria figura femminile e lo sfondo trapunto di asfodeli ne avvicinavano l'atmosfera a quella dei pittori medievalisti inglesi. Chissà per quale reazione, l'entusiasmo per la severa semplicità dei primitivi, per i fondi oro, per il freddo disincanto della ragione era considerato il massimo della modernità. Giovanni lo disse. Vide la giovane donna fissarlo con occhi d'improvviso curiosi.

«Io lo so il perché,» rispose con vivacità «è morta l'estetica dei romantici e con essa la fiducia nel futuro e nel progresso.»

Ma subito dopo dovette allontanarsi.

Nei salotti, come sempre quando si parla di cose serie, s'erano formati due gruppi, gli uomini e le donne. Solo uno dei circoli, tra i più animati, comprendeva sia gli uni sia le altre. Giovanni vi si diresse.

E cadde, senza volere, sulla persona che stava cercando.

Alto, possente, gioviale, Achille Galignani aveva capelli candidi che contrastavano con la pelle rosata e giovanile del volto. Sedeva, da solo, al centro d'un divano ridendo con forza. Intorno, chi in piedi, chi seduto, chi addirittura accovacciato ai suoi piedi, aveva un gruppo di amici e di devote.

Poco più su della sua testa, una tela molto oscura raffigurava l'uccisione di Oloferne. L'accostamento fece sussultare

Giovanni. L'ignoto pittore aveva disposto il generale di Nabucodonosor esaltandone la prospettiva in modo che il torso sembrava voler uscire dalla tela.

Un raggio di luce intensa colpiva i lineamenti stravolti dell'uomo mentre la bella vedova Giuditta, colta nell'atto di compiere il suo pio delitto, gli squarciava il collo.

Si dice che gli assassini, condotti sul luogo del loro crimine, diano talvolta in smanie, si rivelino. Giovanni fu tentato di attirare l'attenzione del Galignani sulla scena che gli incombeva sul capo. Anche se i ruoli erano rovesciati, il gesto era lo stesso che s'era consumato in via Varese. Lo avrebbe visto trascolorare?

Il commendatore aveva altro da fare. S'intuiva subito che quella piccola corte pendeva letteralmente dalle sue labbra e che le riflessioni e i commenti degli altri ruotavano attorno ai suoi come pianeti disposti lungo un'indeterminata scala di opacità.

Galignani parlava con voce velata, un poco debole, senza mai levarne il tono. Ma non appena apriva bocca, gli altri tacevano tendendo l'orecchio in modo che di ogni argomento lui poteva prendere con naturalezza la guida.

«Ma non c'è niente da capire» stava dicendo in quel momento. «La manovra è chiarissima, elementare grammatica parlamentare. Giolitti aveva perso la destra liberale e con la sua offerta a Bissolati ha voluto guadagnare la simpatia dei socialisti moderati. Quelli del gruppo di Monte Citorio se non quelli del partito. Prima era poggiato sulla gamba destra, ha provato a cambiare appoggio ma ha visto che era meglio tornare alla posizione precedente. È così, cari amici, che si governano le assemblee: briglie lunghe, polso di ferro, senso dell'equilibrio.»

Quello un assassino? Giovanni lo escluse. Galignani aveva belle mani, stranamente minute in quella figura corpulenta, quasi femminee.

Parlando le congiungeva spesso, portandole davanti alla bocca e poi le apriva a ventaglio come ali di farfalla. In questi movimenti le unghie a mandorla, ben curate, brillavano come giade. "Era inconcepibile" pensava Giovanni ascoltandolo “che quelle mani avessero brandito un’arma e aperto la gola della Battiferri.” Ma era ancora più inconcepibile che un uomo come quello, così brillante, bello, innamorato di sé, avesse perduto il controllo al punto da poter tollerare il rischio di uccidere.

«Non appena questo governo sarà formato» aveva ripreso a dire «avremo anche in Italia una democrazia più moderna, più rappresentativa. Non dimenticate che Giolitti si è comunque impegnato ad allargare il numero degli elettori. E così Roma sarà più vicina a Vienna, a Berlino, a Parigi...»

«E a Tripoli!» postillò qualcuno con tono divertito.

«A Tripoli non staremo vicino. Staremo sopra e dentro» replicò pronto il commendatore.

Tutti capirono e risero, lui per primo. Sorrisero anche le tre o quattro signore che facevano parte del gruppo, ma nascondendo la bocca dietro la mano. Qualcuno aggiunse, con entusiasmo: «E all’impero ottomano, mozzeremo la mano».

Galignani fu il primo a ricomporsi. Volle dimostrare che quella piccola volgarità non aveva interrotto il filo del suo ragionamento. Disse, pesando le parole:

«Giolitti ha un grande pregio, sa stare al passo con i tempi. È questo che lo sostiene e lo rende indispensabile.»

Con quella sua voce, non bella, aveva avvinto a sufficienza l’attenzione degli altri. Tacque, lasciando che davanti a lui si svolgesse per un po’ il gioco delle obiezioni e la gara delle risposte. Chiamato in causa, rispondeva a volte con irruente sicurezza sollevando il bel capo altero, altre volte esibiva un abbandono da uomo sazio, forse annoiato.

«Uscire dalla Triplice?» stava obiettando a un giovane sulla trentina, rosso di capelli e con i denti guasti, che Sperelli conosceva vagamente come giornalista. «Mi scusi, ma che c’entra la condizione degli italiani nelle province austriache? Migliorerebbe se ne uscissimo? Il suo è irredentismo, sentimento. Il cuore del problema è che uscendo perderemmo ogni garanzia sull’area dei Balcani. Ci conviene?»

Non contento d’aver fatto constatare a quel cronista quanto fosse fuori luogo il suo punto di vista, volle schiacciarlo:

«In politica, ma soprattutto nella politica internazionale,

le cose bisogna saperle guardare, come diceva Goethe, sotto tutti i loro aspetti.»

Il giornalista dai capelli di fiamma controbatté qualcosa ma la sua voce, nonostante fosse alta e stridula, si perse e svanì nel coro generale dei consensi. Era chiaro che, per quanto riguardava quel salotto, l'Italia dalla Triplice non sarebbe uscita.

«Vuoi forse sedere, cara?»

Il commendator Galignani s'era rivolto con molta gentilezza a una signora molto elegante in un lungo abito color champagne. Qualcuno si tirò subito da parte, ma la donna fece cenno di no, di restare comodi, che preferiva rimanere in piedi.

Giovanni non poteva scorgere donna Galignani, poiché di lei doveva trattarsi, che di tre quarti. Non bella, aveva nel profilo un'ombra altezzosa, un po' irritante. I capelli, sottili, cangiavano in sfumature bluastre quando muoveva il volto ricoperto di cipria bianchissima.

Dimostrava almeno dieci anni più di suo marito, e per quel che Giovanni poteva giudicare le sue attrattive dovevano essere principalmente quelle dell'intelligenza.

«Questi è il miglior cavaliere che ci sia oggi a Roma.»

La battuta della De Ambrosis era caduta, in tempo perfetto, in una breve pausa della conversazione. La padrona di casa gli si era avvicinata alle spalle e, avendolo preso con familiarità sotto braccio, lo sospingeva ora verso quel circolo di persone sconosciute.

D'improvviso Giovanni ebbe tutti gli occhi addosso compresi quelli, perplessi, di Galignani. Sorrise, s'inchinò, disse: «I veri cavalieri sono coloro che frequentano questa casa».

Ma, sempre tenendogli il braccio, la De Ambrosis aveva già cambiato argomento:

«Sapete l'ultima novità? Ho sentito dire che anche Roma, come Londra, ha finalmente il suo mostro che va in giro di notte ad accoltellare belle fanciulle di piccola virtù».

Trascinato dalla padrona di casa, Giovanni s'era venuto a trovare esattamente alle spalle della Galignani. A quelle parole, vide chiaramente che la donna s'irrigidiva e poi, lentamente, si girava nella direzione di suo marito.

Il commendatore sorrideva, francamente divertito dalla frase che qualcuno aveva subito aggiunto:

«Giolitti sarà contento, anche questo ci avvicina all'Europa.»

Interloquì una giovane donna non bella:

«E dove si apprendono queste strane storie?»

«Le racconta chi le sa. Ma la polizia le tiene segrete per non diffondere il panico.»

«Ma non è possibile, si sarebbe saputo.»

«Infatti, si è saputo.» Mentre la conversazione si riaccendeva sul nuovo tema lanciato dalla De Ambrosis, donna Galignani s'era andata spostando, e fatti due o tre passi di lato si stava discretamente allontanando dal gruppo. Era opportuno seguirla? Giovanni stava per farlo, ma si trovò davanti il giornalista dai capelli accesi.

«Buonasera Sperelli, mi permetta di presentarmi. Sono Roberto Curci del giornale "Il Secolo". Mi devo occupare del prossimo concorso ippico, e se non la disturbasse...»

«Sono a sua disposizione» lo interruppe subito Giovanni per tagliare corto.

Nessuno aveva dato segno di notare l'uscita della Galignani. Nella battuta della padrona di casa, che cosa l'aveva disturbata? L'inopportunità dell'argomento o un aspetto che più direttamente la coinvolgeva?

Mentre porgeva un orecchio e un sorriso distratti agli argomenti del cronista, Sperelli stava ancora pensando all'incredibile distorsione che la vicenda della Battiferri aveva evidentemente subito passando di bocca in bocca.

Anche se i giornali avevano taciuto, o non avevano saputo, la notizia, un'eco debole e sempre più alterata del fatto s'era ugualmente propagata attraverso gli incontrollabili canali del pettegolezzo sotterraneo. Fino a che punto quel silenzio era stato una fortuna per l'esito delle indagini? Non poteva darsi invece che proprio la mancanza di un riscontro pubblico avesse rassicurato il colpevole? La riservatezza non era andata a danno dell'efficacia, come Carramelo in fondo desiderava?

Un'idea cominciò a prendere una certa forma ordinata nella mente di Giovanni. Fissò il Curci osservandolo per la prima volta con attenzione. I brutti denti e i capelli erano i suoi tratti cospicui, quelli in base ai quali anche un bambino sarebbe stato in grado di descriverlo. Ma Giovanni s'era già reso conto che un'altra delle caratteristiche dell'uomo consisteva nella sua incapacità di esprimersi in forma sobria.

Avvolgeva ogni concetto in un bozzolo fitto di perifrasi, imprimendo così alla conversazione un andamento stemperato e pedante. Sperelli ebbe il sospetto che da quella molesta facondia il Curci ricavasse una sorta di compiacimento.

«È vero che l'imperatore Francesco Giuseppe ha voluto indire un premio da consegnarsi in suo nome?»

«La coppa è già a Roma,» rispose Giovanni «ma la gara sarà riservata ai soli ufficiali.»

In quel momento Paolina fece il suo ingresso nella sala. Veniva direttamente dal teatro e aveva conservato il forte trucco di scena. Fu un'entrata a suo modo inimitabile.

Per un breve istante l'ininterrotto brusio s'abbassò e quasi si spense, mentre anche gli sguardi delle donne convergevano su quel volto, su quel corpo. Senza interrompere la conversazione, lo stesso Galignani aveva incastrato nell'orbita il monocolo.

Paolina era stata subito attorniata da due o tre uomini che le parlavano insieme, gesticolando esageratamente. Rideva, assai padrona dei propri movimenti, conscia del suo magnifico abito, del trucco vistoso che solo la sua condizione di artista le consentiva di tenere sul volto in una casa come quella.

Giovanni patì di non poterle andare incontro. Per un tacito patto si trattavano in pubblico con la normale affabilità di due conoscenti. Aveva avuto però l'impressione che Paolina, entrando, non lo avesse neanche cercato con lo sguardo, e questo non era quasi mai accaduto prima.

Avvertì di nuovo improvvisa la sommessa inquietudine che aveva accompagnato negli ultimi tempi i suoi pensieri su di lei. Vedeva, al capo opposto della sala, il volto eccitato di Paolina, udì il cronista ripetere una delle sue domande, ebbe l'impulso di volgersi e incontrò lo sguardo di Isabella De Ambrosis che lo stava fissando a sua volta.

Si risolse a una di quelle decisioni subitanee, di cui qualche volta s'era pentito, desiderando che gli avvenimenti comunque accelerassero il loro corso.

«Caro Curci,» disse al giornalista «perché non mi cerca lunedì? Potremo certo continuare a parlare con maggiore tranquillità.»

Andò incontro a Isabella. La ragazza gli sorrise con un'audacia di cui forse non era del tutto consapevole.

«Dovremmo discutere un po' di più di quel suo pittore, non crede?»

«Potremmo farlo stando un po' seduti?»

C'erano due cadreghe in stile rinascimentale addossate a un angolo della parete. Isabella sembrava esausta. Ma non parlarono del pittore. La donna gli disse invece d'aver accompagnato sere prima lo scrittore lombardo suo amico a vedere il *Cola di Rienzo* al teatro Argentina.

Il dramma, nella sua veemenza, l'aveva presa:

«Mi piace» disse «il teatro che non vuole sembrare diverso da ciò che è.»

Sapeva conversare in modo appropriato con uno sforzo intelligente nel ricercare le parole adatte. Giovanni si costrinse però ugualmente a tentare un sondaggio ingannevole in altra direzione:

«Com'è affascinante quel vostro amico, il commendator Galignani» suggerì. «Sembra possedere una straordinaria sicurezza.»

Isabella rispose crollando il capo: «Galignani è un professionista della sicurezza».

Quindi aggiunse con maggiore disinvoltura: «Sa che il ministro quasi non prende una decisione senza prima consultarlo?».

«Mi comporterei anch'io così, se fossi il ministro» rispose Giovanni. «Salvo poi fare magari il contrario.»

In quei primi tentativi procedevano entrambi con cautela, cercando di conservare un certo equilibrio tra cedevolezza e resistenza, in modo da offrire dei rispettivi pensieri l'aspetto più composto e gradevole.

«Non l'ho mai vista a Tor di Quinto. Non le interessa l'equitazione?»

«No, al contrario. Ma a cavallo vado soltanto quando saliamo in Brianza. Non so nemmeno perché succeda, ma a Roma non ne ho mai la voglia. Forse dipende solo dal fatto che è sempre stato così.»

Fece una pausa, poi gli chiese con tono ironicamente giudizioso:

«Crede che andare a cavallo coinvolga la psicologia?»

«La psicologia ormai s'insinua dappertutto, quindi se ne può trovare certamente anche nell'equitazione. Ma perché me lo chiede?»

«Perché se lei ha ragione, ciò che forse mi è mancato finora è stato un avvio abbastanza forte da far cominciare una nuova abitudine.»

Disse quelle parole fissando un lembo di tappeto che si protendeva verso l'angolo nel quale erano seduti.

Nonostante quella franchezza educata, Giovanni aveva la sensazione che la ragazza nascondesse qualcosa, un sottofondo duro, una piccola scaglia tagliente che la cordialità superficiale della conversazione non bastava certo ad ammorbidire. Senza un vero motivo, a Giovanni accadde di pensare che Isabella in passato doveva essere stata a lungo ammalata.

All'invito rivoltogli sotto quella trasparente allusione, comunque non rispose. E Isabella subito cambiò argomento e tono di voce:

«Sa qual è stato lo spettacolo più bello della stagione a Milano?»

«Veramente no.»

«Una nuova opera di Richard Strauss. Si chiama *Il Cavaliere della rosa*.»

«Ne ho letto sui giornali.»

Giovanni aveva risposto d'istinto, ma la sua attenzione, che s'era blandamente allentata nell'amichevole schermaglia, adesso era di nuovo vibrante.

«Chi dirigeva l'esecuzione?»

«Il maestro Serafin. L'autore ne è rimasto molto contento. Si è giudicata l'interpretazione all'altezza della prima di Dresda.»

«Mi tolga una curiosità» chiese Giovanni. «Il canto era in italiano o nell'originale tedesco?»

«In italiano.»

«Non dev'essere stato semplice approntare così in fretta una traduzione ritmica. Crede che sia stata fedele?»

«Non so quanto si sia perso dell'originale, ma il risultato è sembrato buono. Ho conservato il libretto in italiano.»

«Mi farebbe piacere poterlo leggere, se ci sarà un'occasione.»

Isabella stava per rispondere ma s'interruppe, spingendo Giovanni ad alzare gli occhi. Entrata nella sala, Paolina stava avanzando, sola, con passo all'apparenza indolente, verso di loro. Giovanni si levò in piedi.

«Buonasera, Isabella, come sta? Buonasera, Sperelli.»

Non c'era stata alcuna diversità d'accento nei due saluti, entrambi mondanamente laconici. Anche Isabella s'era alzata, e con una rapida frase di scusa già s'allontanava lasciandoli.

«Come stai Paolina? Sei stanca?» sussurrò Giovanni.

«Assolutamente no» e senza dargli tempo di replicare ulteriormente, aggiunse in fretta a voce bassa e incolore tenendo fisso sul volto il sorriso:

«Sta' attento, il Galignani è un uomo rovinato. Per quella donna s'è riempito di debiti.»

«Come l'hai saputo?»

«L'ho saputo.»

«Dammi qualche particolare.»

«È tutto quello che so.»

«Ti tratterrai molto qui?»

«Non so, dipende, c'è tanta gente.»

«Vorrei parlarti.»

«Stasera non sarà possibile, temo.»

Il tono di lei era uniforme e Giovanni non riusciva a capire quale disposizione d'animo allontanasse le sue parole facendole suonare sordamente. La guardò in volto. Paolina ricambiò il suo sguardo mantenendo un saldo controllo, senza severità né indulgenza, della reciproca distanza.

«Io invece rincaserò presto» disse Giovanni. «Domani mattina ho un appuntamento poco dopo l'alba.»

«La signorina Isabella si dispiacerà.»

Paolina abbozzò un cenno di saluto con la mano. Sfiorò

un gruppo di signore che agitavano i ventagli tutte allo stesso ritmo e uscì dalla sala seguita dai loro sguardi.

Guardandola allontanarsi, Giovanni fu colpito dal riaffiorare d'un ricordo dei primi tempi in cui avevano preso a frequentarsi.

Era salito un giorno senza annunciarsi al suo alloggio con un fascio di gladioli destinati a un vaso alto e stretto che aveva visto in casa di Paolina. Era venuta direttamente lei ad aprire la porta. Ma era rimasta sulla soglia trattenendo il battente col braccio. I suoi capelli erano scomposti, ardenti gli occhi con i quali l'aveva fissato, accorata. Aveva sussurrato in fretta, anelante. «Torna dopo, torna dopo» e subito aveva richiuso respingendo così anche i suoi fiori.

Ogni cuore conosce la sofferenza a suo modo. Solo riflettendo qualche giorno dopo sull'episodio, Giovanni aveva constatato di non poter rinunciare alla sua capacità d'osservare ogni cosa da due lati, e che anche quella conturbante sorpresa poteva tessere il filo imprevedibile del desiderio.

Adesso invece era stata Paolina a non voler comprendere meglio, a farsi investire da una piccola ondata di sentimento per averlo visto conversare con Isabella De Ambrosis. S'era congedata come se avesse avuto contro la gola la lama ghiacciata della gelosia.

Ma era poi veramente così?

D'improvviso sentì di non avere più alcun desiderio d'approfondire la conoscenza di Achille Galignani. L'inchiesta di via Varese, l'omicidio Battiferri parvero a Giovanni avvenimenti remoti come quelli di un paese straniero, dei quali distrattamente s'apprende da un giornale. S'avviò per uscire.

Dell'uomo credeva d'aver già intuito del resto ciò che più gli premeva sapere. La sua natura doveva consistere in una combinazione di vita comoda, prontezza di spirito e senso del dominio. E questo faceva escludere che si fosse concesso la spoglia infelicità d'un omicidio. Ne avrebbe informato il maresciallo Marchisio, perché rivolgesse altrove i suoi sforzi.

Il gruppo di amici e di devote del commendatore era ancora dove l'aveva lasciato. Ma il cronista Roberto Curci era finalmente riuscito ad avere per sé l'attenzione di tutti. Enunciava la sua opinione con la foga di chi teme che la parola possa essergli tolta. Giovanni credette di capire che stava commentando l'incidente della *jupe-culotte*.

«La gonna a pantaloni» diceva il Curci entusiasmato «non avrà comunque fortuna, non avrà avvenire, perché i pantaloni per gli uomini e la gonna per le donne sono la funzione esatta della loro struttura anatomica.»

Si guardava intorno cercando consensi. Galignani accennò un sorriso.

"Giornalisti" pensò Giovanni. La cultura è alla mercé di questi piccoli ideologi del giorno per giorno, questi artigiani della riduzione.

«Va già via?» gli chiese Maria Teresa De Ambrosis.

«Vorrà scusarmi. Domani mattina ho un impegno in pratica all'alba.»

«C'è qualcosa di strano in questi suoi impegni, Sperelli.»

Voleva probabilmente essere un'allusione scherzosa, ma Giovanni la sentì vibrare come un insinuante rimprovero.

«Lei lavora troppo» aggiunse la De Ambrosis.

«Pensi che invece la mia impressione è di non fare nulla» replicò.

Donna Maria Teresa lo fissò sorpresa perché quella non era una frase che si potesse udire di frequente.

Mentre Giovanni s'accomiatava, continuò a restare in dubbio se dovesse considerarlo un artista maldestro o un equivoco perdigiorno. Gli tese perplessa la mano da baciare. E in definitiva temette d'aver commesso un inutile errore, invitandolo.

11

Aveva molto insistito Friedrich Schreiber perché la passeggiata si facesse quella domenica. Giornalista tedesco, corrispondente da Roma del «Berliner Tageblatt», Schreiber non era che un'occasionale conoscenza.

Gradevole commensale, uomo dalla rigida compitezza, doveva aver avuto una ragione stringente per fissare lui, travalicando nell'indiscrezione, la data in cui si sarebbe dovuto onorare l'impegno vago d'uscire un giorno insieme a cavallo nella campagna.

La curiosità, più che la stagione ormai favorevole, aveva convinto Sperelli ad accettare.

Di pessimo umore, Giovanni arrivò alle sette in punto al maneggio di Tor di Quinto. Ciò che non aveva potuto prevedere, acconsentendo alla richiesta, era che il ricevimento De Ambrosis, lo sguardo lontano di Paolina lo avrebbero costretto a una notte d'agitata incertezza.

Chissà a che ora era rincasata.

Il prussiano aveva capelli così corti sulle tempie e sulla nuca da lasciar trasparire il candore della cute. Forti le mani, solcate da vene rilevate, bello il profilo di regolarità settentrionale appena deturpato dall'incisione rosea d'una cicatrice sulla guancia destra.

Per sé Giovanni aveva disposto che preparassero un baio irlandese di otto anni, bestia imponente dalla lunga e nera criniera. Il tedesco avrebbe montato una delle cavalcature di cui disponeva l'ambasciata di Germania, affidate alle cure del maneggio militare.

Bevvero insieme ai soldati, in tenuta di fatica, una tazza di caffè d'orzo bollente. Parlarono poco, guardando il cielo che andava schiarendo a oriente.

I cavalli erano già stati sellati.

Appena superata la spalliera di platani e di lecci che delimitava a nord il recinto del maneggio, gli si aprì dinanzi la piana irregolare della campagna romana. Sulla loro destra il sole era salito oltre l'azzurra lontananza dei monti dissipando la foschia. La giornata prometteva un cielo di smalto appena incrinato qua e là dai filacci di qualche nuvola.

Sul terreno, reso scabro da sparsi rocciami affioranti, cominciava a ispessire l'erba nuova di primavera. Schreiber e Sperelli procedettero un poco al passo per far scaldare gli animali, assaporando il deserto orizzonte.

La campagna intorno era bellissima, non bella come un parco ma irsuta e quasi selvaggia. Un paesaggio frastagliato, di praterie, di collinette pietrose e di forre fitte d'arbusti. Le sole costruzioni che si potessero scorgere erano un paio di vecchie torri diroccate e un maestoso casale rossiccio, seminascosto da un folto di querce.

Giovanni aveva preso come punto di riferimento un pino gigantesco e lontano, nella direzione del villaggetto che intendeva raggiungere.

Coperto forse il primo chilometro, il prussiano mise la sua cavalcatura al trotto volgendosi verso di lui per invitarlo a seguire. Diede senz'altro di sprone accorciando lievemente le redini. Ora gli zoccoli rimbombavano con cadenza regolare facendo risuonare il terreno.

Al valico d'una minuscola altura videro, a poche centinaia di metri, una staccionata che chiudeva loro il passo. Piegando a sinistra verso la via Flaminia, avrebbero con ogni probabilità trovato un varco, ma questa volta fu Sperelli a prendere l'iniziativa. Flettendosi in avanti mise il cavallo al galoppo gridando allo stesso tempo al prussiano:

«Avanti dritto, saltiamo!»

Schreiber lo imitò. I due animali mirarono l'ostacolo, si

sollevarono quasi contemporaneamente con grazia pesante, un poco avanti quello di Sperelli, atterrarono al di là tra i solchi d'un uliveto abbandonato, sconvolgendo le zolle.

Giovanni accarezzò il collo della bestia mentre la rimetteva al passo.

«Bravo Schreiber, buon salto.»

«Salto facile,» rispose il tedesco volgendosi indietro «poco più d'un metro.»

Fuori dell'uliveto presero per un tratturo inciso dai sue solchi paralleli che vi avevano scavato molte ruote di carro. Al loro avvicinarsi, una piccola mandria di bufali aveva interrotto la pastura e stava immobile.

«Ho letto» fece Schreiber «che quegli animali sarebbero gli ultimi superstiti delle mandrie che seguirono le tribù barbare dagli altopiani dell'Asia centrale attraverso la steppa fino a Roma. Le sembra possibile?»

«Da un punto di vista sentimentale senz'altro sì» rispose Sperelli. «Mi sembra comunque che si siano adattate molto bene. Ha mai assaggiato le mozzarelle che si fanno con il loro latte?»

«No, mai.»

«Vedremo di procurarcene. È un formaggio rustico, gommoso, ma molto saporito.»

Il prussiano rimase assorto per qualche tempo; poi come parlando tra sé disse a bassa voce:

«Che paese sorprendente è questo. Ricchezze enormi e alle volte sembra che si faccia di tutto per disfarsene.»

La frase sorprese Sperelli per il suo tono confidenziale. «Paese inquieto» rispose senza sbilanciarsi.

Ma l'altro voleva evidentemente trattenerlo sull'argomento: «Non solo inquieto» insistette. «La parola inquieto descrive una condizione politica. L'Italia non è soltanto inquieta. Questa è certamente la sola nazione europea che abbia la disinvoltura d'aprire una crisi di governo a dieci giorni dalla celebrazione del suo cinquantenario. Credo di cogliere un senso di turbamento, come se non si sapesse più quale destino seguire».

Non gli diede tempo per replicare, e incalzò: «Giorni fa sono salito fino alla piazza del Campidoglio. Che differenza tra la statua di Marc'Aurelio, imperatore saggio, disarmato, fermo nel gesto tranquillo della mano e il monumento crucciato, bellicoso, eccessivo, di Vittorio Emanuele che gli sta vicino».

Qui parve aver concluso e guardò fisso davanti a sé, assecondando col corpo il passo del cavallo.

«Mi consideri senz'altro dalla parte di Marc'Aurelio» rispose Sperelli con fatuità voluta.

Quella conversazione cominciava a inquietarlo. Su alcune di quelle osservazioni che si sentiva rivolgere in un italiano impeccabile, e tuttavia straniato dall'accento d'oltralpe, poteva anche convenire. Ma continuava a chiedersi come mai il prussiano volesse intrattenerlo su temi così incongrui a quella passeggiata domenicale.

«Tutta l'Europa è inquieta,» aveva ripreso Schreiber implacabile «ma per Roma questa definizione non basta. Lei come valuta l'assalto alla facoltà di Medicina?»

L'episodio cui si riferiva era accaduto a Roma solo pochi giorni prima e aveva suscitato grande impressione.

Mentre il professor Valeriano Bassi teneva la sua lezione d'anatomia alla facoltà di via Panisperna, un gruppo di studenti esaltati aveva fatto irruzione nell'aula intimando che il corso fosse sospeso in segno d'appoggio ad alcune loro richieste. Il Bassi s'era rifiutato e anzi aveva ingiunto ai facinorosi di uscire. Era stato picchiato e lasciato esanime. Nessuno dei presenti era intervenuto in sua difesa, e così il gruppo degli assalitori, dopo la sanguinosa bravata, aveva potuto dileguarsi.

«Lo giudico» disse Sperelli, nascondendo la sua irritazione «un gesto irresponsabile. Non si dovrebbero alzare le mani su un docente in cattedra. Ma al contrario di ciò che pensa lei, lo valuto come un segno d'inquietudine politica, come i conflitti agrari in Romagna, come lo sciopero dei ferrovieri.»

«Più ancora di così.»

Il prussiano era finalmente riuscito a portarlo sul suo terreno.

«È il sintomo che la nazione è in balìa delle sue frange più indocili. Non è una questione di temperamento né di polizia.

Quei giovani stanno brancolando alla ricerca d'una causa. Essi desiderano in realtà un nemico da combattere, hanno nostalgia della guerra.»

L'enormità dell'ipotesi colpì Sperelli quasi che il tedesco, nel pronunciarla, l'avesse fisicamente stretto a sé.

«No,» rispose con forza «questo non lo credo. Delusi sì, posso convenirne. Questa monarchia in fondo è monotona, s'aggiusta lentamente. Ma quando mai qui s'è combattuta volentieri o addirittura s'è rimpianta una guerra? Lei conosce troppo poco gli italiani.»

Schreiber lo guardò sorridendo come se a quel varco lo avesse atteso. «Ma come, non sa che una guerra è già nell'aria?»

«Quale, secondo lei?»

«Quella per strappare Tripoli all'impero ottomano.»

«E allora?»

«Noi siamo amici dei turchi, ma siamo amici anche degli italiani. Potrebbe essere imbarazzante, capisce?»

«Posso convenire. Ma che c'entra tutto ciò con il disorientamento dei giovani?»

«Se è per questo, i giovani hanno già un poeta che sta cantando per loro. Ha mai sentito quel Marinetti?»

Giovanni Sperelli non teneva in gran conto Filippo Tommaso Marinetti e il suo movimento, anche se lo aveva colpito l'instancabile polemica con D'Annunzio. Aveva letto i manifesti futuristi, aveva letto il romanzo *Mafarka*, ricavandone l'impressione di un uomo che volesse più che altro affermare la sua intenzione di fare qualcosa.

Ma che cosa esattamente volesse fare, non era riuscito a intendere. Marinetti sembrava a volte voler rinverdire l'antica predilezione italiana a discutere ad alta voce i problemi, invece di affrontarli in concreto.

Non aveva però alcuna intenzione di manifestare adesso le sue disordinate impressioni. Disse invece:

«Marinetti è come Giolitti. Un uomo che cerca di tenere il passo con i tempi. La sua eccentricità è uno dei modi possibili. È avvolto in un mantello multicolore di cui "lo schiaffo e il pugno" non sono che una delle frange. Ma anche le altre contano.»

Era stizzito di quell'indiscreta pedanteria; volle rincarare la dose: «E poi, Schreiber, violenze come quella di via Panisperna accadono dappertutto. A Vienna i tumulti studenteschi contro la facoltà d'Italiano che si vorrebbe aprire sono della stessa qualità».

«Della stessa temperatura,» rispose calmo il prussiano «non della stessa qualità. La dimostrazione di Vienna contro la creazione d'una facoltà d'Italiano ha una coloritura etnica e politica che manca invece all'aggressione di Roma. Però sono in certo senso d'accordo con lei, quando tanti piccoli focolai d'insofferenza s'accendono... come dice il vostro poeta?»

Il giornalista s'interruppe e lo guardò con aria che a Giovanni parve conciliante, prima di cantilenare marcando gli accenti del verso:

«Poca favilla gran fiamma seconda. L'incendio prima o poi verrà.»

Sperelli simulò una calma simile a quella dell'altro e rispose sferzante: «Le nostre due monarchie sono alleate, Schreiber. Anche se avesse ragione, non ha alcun motivo di preoccuparsi».

«Mi preoccupo, invece, perché temo ciò che potrebbe accadere all'Italia se abbandonasse la Triplice.»

Eccolo dunque l'approdo dove finalmente si placava quella tempesta d'intimazioni e di profezie. Era stato trascinato in aperta campagna per sentirsi ripetere che fuori dall'alleanza con Austria e Germania non c'era che un vuoto fiammeggiante. Aveva a che fare con un pazzo?

Con sollievo Giovanni scorse, a non più d'un migliaio di metri, i tetti del minuscolo villaggio che era la loro meta.

«Ecco le case» esclamò levandosi sulle staffe e facendo solecchio.

«Al galoppo?»

«Al galoppo» rispose l'altro con tono finalmente adeguato.

Diedero con leggerezza di sprone, da cavalieri bene addestrati.

Incombeva su quello sparuto insediamento, un'aria malsana. Fuori, all'aperto, si sentivano gemere gli agnelli e chiocciare le galline; s'avvertiva il profumo dell'erba ancora umida della notte, intriso a quello più caldo del letame. Ma quando entrarono nella buia osteria della piazzetta a chiedere un po' d'acqua, Sperelli si rese conto che la vera atmosfera del villaggio era quella che si scorgeva sui volti torvi, malati, dagli occhi troppo lucenti dei pochi avventori ai tavoli.

Anche l'acqua aveva un cattivo sapore di ruggine. Da qualche parola rotta, Giovanni capì che quei braccianti silenziosi, che si preparavano a trascorrere la giornata festiva nel tanfo di quella bettola, erano contadini calabresi importati per badare agli animali, coltivare qualche ettaro del latifondo.

Gli agricoltori del posto s'erano tutti trasferiti nella capitale per le opere nuove dei palazzi e delle strade. Uscendo rivolsero loro un saluto, rispose un borbottio indistinto.

Schreiber chiese di fare un po' di strada a piedi per muovere le gambe. I cavalli vennero legati. Allontanandosi, Giovanni, quasi per gioco, raccomandò a una bambina di badare che non fuggissero.

«Mi può dire qualche cosa sull'assassinio di Amelia Battiferri?» chiese il giornalista. La domanda era arrivata improvvisa.

«Quale assassinio, mi scusi?»

«La modella Amelia Battiferri.»

«E lei come fa a sapere che si tratta di assassinio?»

«Faccio il mio mestiere, sento una quantità di cose, i misteri m'incuriosiscono.»

Quell'approccio così diretto aveva sbilanciato Giovanni. Non poteva fingere d'ignorare circostanze di cui l'altro era evidentemente a conoscenza. Non voleva neanche farlo, per la verità, perché tutta la conversazione precedente adesso assumeva un significato molto diverso. Compresa quella misteriosa allusione alla Turchia.

«Non è stato ancora accertato se si tratti o no d'assassinio.»

«Lo è, Sperelli. Troppa gente non ne parla.»

«So che si è sospettato un amico occasionale, ma che l'ipotesi è subito caduta.»

Il tedesco alzò le spalle. Il suo sguardo, mentre Giovanni gli offriva quelle inconsistenti frasi di rimando, si era incupito.

Sperelli era conscio di rispondere meccanicamente,

preoccupato soltanto d'intuire ciò che veramente l'altro volesse cavargli da dentro. La sua esperienza nell'investigazione dei concetti in quel momento gli serviva poco. Per prima cosa doveva valutare al più presto ciò che Schreiber gli aveva detto, cercando di anticipare mentalmente la possibile conclusione.

Il tedesco non era dunque un giornalista, o quanto meno non era soltanto un giornalista. In qualche modo faceva parte della rete di persone che avevano avuto a che fare con la morte della Battiferri o che se n'erano interessati, non per motivi di curiosità cronistica.

La sua presaga intuizione che il caso di via Varese avesse dei collegamenti stranieri gli si era consolidata di colpo sotto gli occhi. Anche l'assegnazione politica del prussiano era evidente: Schreiber era stato mandato a Roma per lavorare affinché l'Italia non abbandonasse la Triplice alleanza.

E la Battiferri da che parte stava? Anzi, non la Battiferri, ma Galignani, da che parte stava? Per quell'ultima domanda disponeva già d'una risposta. La sera prima, al ricevimento De Ambrosis, aveva udito il commendator Galignani proclamare pubblicamente l'utilità politica per l'Italia di mantenere l'alleanza con la Germania.

Quindi, se di una rete si trattava, Galignani, Schreiber, e ovviamente la Battiferri era probabile che lavorassero tutti dalla stessa parte. Contro chi? Contro gli irredentisti? Contro gli agenti francesi? Contro i turchi?

«Sperelli,» stava dicendo il prussiano «se lei condivide anche solo in parte la mia analisi sull'Italia, si sarà convinto che noi siamo di fatto alleati, operiamo per i medesimi obiettivi».

"Le spie" pensò Giovanni "si reclutano toccando, di volta in volta, tre corde diverse: la paura, l'interesse, i sentimenti." Schreiber, con lui, stava eseguendo l'intera melodia sulla terza corda. Segno che non lo si riteneva né ricattabile, né venale. Quindi, in un'eventuale trattativa, la sua posizione non sarebbe stata delle peggiori. Ma una trattativa su di che?

Era scomparsa d'improvviso la punta di emicrania che lo aveva innervosito fino a quel momento.

«In un certo senso siamo alleati, Schreiber. Ma lei ha troppe curiosità, anche se fa di mestiere il giornalista. O mi dice che cosa vuole esattamente da me, o tanto vale che torniamo subito indietro.»

L'uomo lo guardò con aria interrogativa. Credeva di averlo ammorbidito di più con la sua predicazione di sventure. Ma Sperelli non ricambiò l'occhiata. Con un colpo di frustino si limitò a decapitare un fiore spuntato sul ciglio del sentiero che stavano lentamente percorrendo.

«Sperelli,» diceva il prussiano «lei è venuto in possesso di una copia della commedia *Il Cavaliere della rosa*. Il proprietario la vorrebbe indietro.»

«Non so di che cosa stia parlando, Schreiber. Il proprietario di quel libro è morto.»

«La donna che lo aveva in consegna si è dimostrata non all'altezza di quella lettura. È il suo vero proprietario che lo rivuole.»

«Perché dice non all'altezza?»

«Perché è stato un errore affidarle un testo così raffinato.»

«Le piace Hofmannsthal?»

«Non siamo qui per parlare di letteratura.»

«Lei ha citato Marinetti. Stavo ricambiando la cortesia.»

A mano a mano che la conversazione proseguiva, cresceva in Giovanni la sensazione che le rispettive posizioni si fossero rovesciate.

Il tedesco aveva avuto la meglio, disorientandolo, fin quando s'era trattato d'impersonare il ruolo del tragico idealista che tende imboscate di oscure premonizioni.

Scesi in campo aperto, la chiave della manovra era passata dalla sua parte.

In quel gioco Giovanni aveva dimenticato la delusione della sera precedente, l'indulgenza verso se stesso che l'atteggiamento di Paolina aveva suscitato in lui. La fine della sconosciuta modella di via Varese stava acquistando a quel punto una certa solennità. Che la via d'uscita fosse così a portata di mano, e tuttavia chiusa, aumentava la sua eccitazione.

«Le farò avere quel volumetto,» disse finalmente Sperelli «ma a una condizione.»

«Sentiamola.»

«La condizione è che lei mi dica perché il suo amico lo vuole indietro e chi è questa persona.»

«Diciamo che il mio amico, come lei lo definisce, è spinto da ragioni in certo senso affettive.»

«È troppo poco. Conosco decine di possibili affetti.»

«Non vuole che un'alta personalità corra il rischio d'essere coinvolta in questa vicenda.»

A Giovanni tornarono alla mente le parole del vicecapo della polizia Salvatore Carramelo. "Lasciamo lavorare Giolitti" aveva detto. Quell'esortazione l'aveva giudicata allora una prova di furbizia o di condiscendenza servile. Lo colse adesso il dubbio che potesse invece trattarsi di calma e consapevole prudenza. Insistette:

«Voglio anche sapere il nome del suo amico.»

«Non posso rivelarglielo, e forse non dovrebbe neanche chiedermelo.»

«In questo caso avrà in restituzione la metà del volume, poiché non ha risposto che alla metà della mia condizione.»

«Le ho detto ciò che dovevo e potevo dirle. Adesso decida lei. Le conseguenze può immaginarle da solo. Sappia però che la consegna dovrebbe avvenire al più presto.»

«Quando?»

«È necessario che sia domani nella mattinata.»

«Dove?»

«Ci potremo incontrare dove lei desidera.»

Erano tornati sui loro passi e avevano quasi raggiunto i cavalli. Una bambina dalla carnagione spenta, le gambe magre sotto la leggerissima tunichetta di cotone, aveva affiancato Giovanni. Indicando le bestie disse:

«I cavalli ci sono.»

Giovanni ricordò. Era la piccola alla quale aveva raccomandato, scherzando, di sorvegliare gli animali. S'abbassò sulle ginocchia, le strinse la mano dicendo:

«Sei stata molto brava, grazie.»

Le mise in mano una moneta. Quella aprì la bocca e fuggì verso una porta dalla quale occhieggiava, seminascosta, una donna gravida.

Salirono in sella.

«Mi farà sapere allora dove potrò incontrarla?»

«Se sarò in grado di restituirle il volume, lo saprà senz'altro per tempo.»

«Vuole rientrare al maneggio, adesso?»

Il suo contegno era molto dignitoso. "O forse" pensò Giovanni "era solo questione che il suo coinvolgimento non era poi così intenso come sembrava." Ma Giovanni pensò anche che non c'era più alcuna ragione per fare di nuovo insieme la strada del ritorno.

«Schreiber, lei rientri pure. La via la conosce. Se non le dispiace, io vorrei tornare per un altro percorso e lentamente.»

«Spero di vederla domani.»

«Lo spero davvero anch'io.»

Il prussiano partì, con una certa ostentazione, al galoppo. Quasi che non volesse volgergli troppo a lungo le spalle. Giovanni invece s'avviò dolcemente al passo. Sentiva il bisogno di riordinare le idee. Ma s'arrestò subito. Quella bambina lo stava rincorrendo trafelata e pareva dover cadere a ogni passo.

Quando fu sotto il cavallo gli tese la mano. Stringeva nel pugno sudicio un mazzolino di povere violette e gliele offriva.

Giovanni si piegò per prenderle. Slacciò la spilla che gli assicurava i lembi del foulard e con quella s'appuntò le violette sul lato sinistro della giubba di panno. Chiese:

«Stanno bene, vero?»

12

Scorse di lontano la figurina di Vittorio Marchisio che andava su e giù davanti alle scuderie con passo eccezionalmente rapido. Quella cadenza accelerata trasmetteva una sensazione di ansia. Alla stessa andatura lo seguiva, calpestando disordinatamente le sue orme, un alto cane nero.

Giovanni, che nell'ultimo tratto aveva messo l'animale al galoppo, perse di vista il maresciallo perché dovette scendere in una depressione del terreno. Quando rimontò l'opposto versante dello scoscendimento, con un improvviso gioco ottico, se lo trovò a poca distanza e quasi a grandezza naturale.

Smontò con un balzo, salutò Marchisio ma si dedicò per prima cosa al cavallo carezzandolo sul collo, aiutando il *groom* a ricoprirne con un plaid il grande corpo sudato.

«Caro maresciallo, lei sta diventando di casa qui. Quello è il suo cane?»

«Buongiorno commissario, sì, si chiama Fido.»

«Vuole che beviamo qualcosa?»

La giornata aveva mantenuto la promessa del primo mattino. L'aria sentiva del profumo dei glicini che crescevano avvinti alla palazzina del circolo e il cielo, scomparsi i fiocchi delle nubi, sembrava altissimo. Marchisio invece sembrava impensierito.

«Commissario,» disse «preferirei parlarle qui all'aperto. Ci sono novità di grande importanza.»

Erano rimasti in piedi accanto all'edificio delle scuderie.

Gli occhi di Marchisio avevano perduto la loro consueta luce affabile ed erano duri come la punta acuminata d'una matita.
«Mi dica tutto» lo invitò Sperelli.
Il maresciallo indugiò ancora un poco con aria inquietamente risoluta come se assaporasse un'ultima volta da solo ciò che stava per dire.
«Il Galignani» disse finalmente «non ha alibi per la sera di quel venerdì.»
A quelle parole il cane Fido, che s'era accucciato sull'erba ai piedi del suo padrone, si produsse in un misurato guaito di noia.
«Siamo riusciti a far parlare il personale di servizio, discretamente, in maniera ufficiosa, lei mi capisce...»
«Intendo benissimo.»
«Ebbene, quella famosa sera la signora Galignani dispose che a chiunque chiedesse del commendatore si rispondesse che era indisposto. In realtà i due cenarono presto, da soli, e uscirono. Lei è rientrata poco dopo. Lui a notte inoltrata, anzi alle prime ore del mattino. La deduzione che se ne può trarre...»
«È ancora molto generico,» lo interruppe Sperelli «bisognerebbe sapere almeno dove il Galignani è stato accompagnato.»
«Lo sappiamo, commissario. È stato accompagnato al Grand Hotel.»
Il maresciallo pronunciò quest'ultima frase con la rapidità con cui ci si libera da un peso per lasciarlo cadere in acqua. Nel breve silenzio che seguì, parve d'udire la lontana eco del tonfo.
«Tutte le piste convergono verso quell'albergo» sussurrò Giovanni.
«Tutte, commissario. Ma non ho ancora finito.»
«Che altro ha scoperto?»
«Ricorda il biglietto che la vittima stringeva nella mano?»
«Ricordo molto bene. Stanza 179, quella di von Flussenberg.»
«Appunto. Adesso sappiamo che quella notte anche il commendator Galignani era lì. E se fosse stato ospite della stanza 179, cioè del diplomatico? L'indicazione anonima non potrebbe riguardare lui invece dell'austriaco?»
«Attento, maresciallo, non corra. Messa così diventerebbe

una prova in suo favore. Se Galignani era al Grand Hotel, non poteva essere anche in via Varese.»

L'obiezione turbò Marchisio. Parve irrigidirsi, poi tentò di sorridere del suo stesso soprassalto e disse:

«Potrebbe esserci andato dopo, o nel frattempo. I due luoghi sono molto vicini.»

«Ma non avrebbe mai messo in mano alla vittima una traccia che portava nella sua direzione, non le pare?»

«Può darsi. Comunque un'altra pista porta verso il Grand Hotel.»

«E cioè?»

«Devo aggiungere che ieri sera, rincasando, ho trovato in portineria un messaggio di von Flussenberg.»

«Che cosa?»

Per la prima volta da quando s'era lasciato coinvolgere in quella vicenda, Sperelli reagì con un autentico e incontrollato moto di sorpresa. Ripeté:

«Che cosa ha detto, maresciallo?»

«Guardi lei stesso.»

Marchisio estrasse di tasca un biglietto e lo porse a Giovanni.

Si trattava d'un foglio da lettere su carta intestata dell'albergo che era stato ripiegato e sigillato in una busta anch'essa intestata. La grafia che aveva vergato l'indirizzo era senza dubbio maschile. La missiva non era profumata.

Esaminato l'esterno, Sperelli spiegò il foglio e lesse: «Ho urgente bisogno di parlarle. Voglia per cortesia venire domani, domenica 2 aprile, alle ore otto p.m., al mio hotel. Grazie. Con i migliori riguardi, Anton von Flussenberg».

Sperelli rimase per qualche lungo minuto sovrappensiero fissando, senza vederlo, il maresciallo che aveva davanti. Infine disse:

«A questo appuntamento andremo insieme, ho l'impressione che stiamo ormai arrivando a una stretta.»

«Stavo appunto per chiederglielo» rispose pronto il sottufficiale con ingenuo sollievo.

«Lei rientra in città?»

«No, Marchisio, io resto. Anzi, probabilmente pranzerò anche qui. Vuole che prendiamo insieme un aperitivo?»

«No grazie, voglio rincasare per tempo.»

«Come desidera» concluse Giovanni. «Ci incontreremo stasera alle otto in punto davanti al portone del Grand Hotel.»

Marchisio fece per congedarsi mentre Fido, tornato alla vita dei sensi, abbaiava impaziente. Ma Sperelli lo trattenne improvvisamente.

«Maresciallo, volevo pregarla d'una cortesia. Ho conosciuto un piccolo cronista che lavora al quotidiano radicale «Il Secolo». Mi faccia avere tutte le informazioni che può sul suo conto: chi è, come la pensa, chi frequenta, se ha vizi, debiti, se gioca. Il suo nome è Roberto Curci.»

«Roberto Curci» ripeté Marchisio. «E stasera alle otto.»

«Alle otto.»

Fido già saettava in direzione dell'uscita.

Nella sala del circolo si poteva notare una certa animazione, e molti commenti s'incrociavano da un tavolo all'altro. Non sulla composizione del nuovo governo che era ormai certa, ma sull'esito della gara ciclistica Milano-Sanremo che in quelle ore si stava disputando.

«Speriamo che vinca Ganna» bisbigliò nel suo accento veneto l'ordinanza mentre consegnava a Sperelli i giornali.

C'era qualcosa di pacificante nel fatto che quelle persone forti, militari per lo più, s'accendessero a quel modo per un avvenimento che non avrebbe in alcun modo cambiato, e nemmeno sfiorato, il corso della loro vita. Il pensiero di quel corridore che stava sfrecciando coperto di polvere per le strade della Lombardia, sospinto dagli stantuffi delle gambe, aggiungeva alle voci di tutti una coloritura idealistica, come se essere al corrente dell'azione fosse un po' l'equivalente del compierla di persona.

Un fremito di spirituale solidarietà accomunava tutti quegli uomini rendendoli un compatto organismo collettivo.

Giovanni gettò un'occhiata sui titoli di prima pagina che davano per certa la nuova maggioranza e già ne cercavano il programma. Il vecchio domatore ancora una volta li aveva serrati nel suo pugno. Il brusio troppo forte non gli consentì però di proseguire.

Levò gli occhi alla sala pensando: può darsi che in definitiva Marinetti non abbia tutti i torti dal momento che il romanticismo dell'azione che va proclamando può anche essere soltanto sognato a un tavolo di caffè.

«Signor Sperelli, la desiderano.» Un militare gli s'era avvicinato per avvertirlo.

«Di chi si tratta?»

«Una signora, è giù al cancello.»

Si mosse, uscì sul viale coperto di ghiaia che portava all'ingresso. Davanti vi sostava una carrozza chiusa. Quasi l'aveva raggiunta quando lo sportello s'aprì e nel vano comparve il busto della marchesina De Ambrosis.

«Isabella!» esclamò Giovanni, e subito: «Stava passando da queste parti?»

«Sono venuta a portarle il libretto di Hofmannsthal.»

Nonostante le avesse porto la frase in modo da agevolare la sua riservatezza, se l'avesse desiderato, Isabella aveva risposto con la stessa ben educata franchezza che già lo aveva colpito la sera precedente.

«Benvenuta allora, s'accomodi.»

Il suo volto era ombreggiato da un copricapo di paglia di Firenze a tese assai larghe. Indossava un abito primaverile bianco guarnito di blu, e odorava anche di bianco. Il corpetto era attillato, la gonna invece ricadeva con una certa ricchezza. Anche i guanti, corti, erano di filo bianco e il nastro blu del cappello tratteneva un mazzolino di fiori di campo.

«Se non le dispiace non vorrei entrare al circolo» disse la donna. «Mi piacerebbe passeggiare un po' al sole.»

Presero il viale erboso che costeggiava la pista centrale del maneggio. Numerosi cavalieri, isolati o a coppie, la stavano percorrendo in genere a piccola andatura.

Vinta l'ostilità degli ufficiali più rigidi, da qualche tempo le signore erano state ammesse a Tor di Quinto. Anche quella domenica se ne contavano parecchie sulla pista. Alcune, in pantaloni, montavano addirittura alla maniera degli uomini.

«Effettivamente è un bellissimo posto» osservò Isabella, come se volesse riprendere da quel punto la conversazione.

«Il maneggio è ben tenuto,» rispose Giovanni «ma la vera bellezza è la campagna intorno. Così diversa da quella delle sue pianure del Nord. È una campagna movimentata, meno elegante di quella toscana e per larghi tratti deserta.»

Giovanni tacque; quell'ultima parola per un attimo gli aveva fatto tornare alla mente l'immagine avvilita del villaggetto che aveva visitato nelle prime ore della mattina. Guardò la donna, e di nuovo colse nel suo sguardo l'ombra d'un turbamento, la coscienza d'un errore, che già aveva creduto d'intuire la sera precedente.

Superata la dirittura, sostarono appoggiandosi alla staccionata che cingeva la pista.

«Si è molto annoiato ieri sera in casa nostra?» disse Isabella guardando davanti a sé.

«È la seconda volta che me lo chiede. Come mai le ho dato quest'impressione?»

Isabella non poteva rispondere che stava sollecitando la sua franchezza per cercare di capire che tipo d'uomo aveva di fronte. La sua non era una vera domanda, ma un punto qualunque dal quale cominciare un tentativo d'esplorazione. Disse:

«In più d'un momento m'è parso sovrappensiero, e in genere ci si atteggia così in pubblico per mascherare il disinteresse.»

«Non saprei rispondere in modo preciso. È difficile stabilire come ci si dovrebbe comportare. A me poi non riesce quasi mai.»

Le sorrise con particolare calore per compensare quella frase che sentiva impacciata. Isabella rimase però dell'opinione d'avere a che fare con un uomo che si muoveva con molta disinvoltura nel mondo pratico.

«Guardi, c'è il suo poeta che la sta cercando.»

Lontano, davanti alle due tribunette del pubblico, Giovanni aveva riconosciuto la testa leonina dello sconosciuto scrittore milanese che gli era stato presentato dalla marchesa De Ambrosis.

Procedeva scrutando. Le scarpe e il fondo dei pantaloni, bianchi di polvere, staccavano nettamente dal nero dell'abito.

«Mio Dio, no!» esclamò Isabella. «Sperelli, m'aiuti, non vorrei incontrarlo.»

«Mi segua.»

Giovanni fece strada fino al più vicino ricovero rappresentato da un'alta siepe di mortella.

«Avrà riconosciuto la carrozza, fuori.»

«Guarderò dall'altra parte. Lei m'avverta quando se ne sarà andato.»

Il sostare immobili al riparo di quella spalliera creava tra loro un'intimità apparentemente naturale, ma questo non diminuiva e anzi accresceva l'imbarazzo di Giovanni. Ancora una volta le circostanze sembravano spingerli a superare l'imperfezione del loro rapporto. Dovettero restare nascosti fino a quando l'inquieto giovanotto non desistette.

Un militare lo stava accompagnando verso l'uscita, ma il poeta s'attardava a spiegare tutti i luoghi dove aveva già cercato poiché indicava con la mano ora a destra ora a sinistra. Finalmente scomparve.

«Vorrà sapere perché quell'uomo mi segue» disse Isabella quando ebbero ripreso a passeggiare.

«Posso immaginarlo benissimo.»

«Vuol dire per goffaggine?»

«Oh, no, al contrario, mi sembra che tutto questo sia molto carino. Anche il luogo si presta.»

«Certo non sta parlando sul serio.»

Su quell'incontro cominciava a pesare una serie di malintesi e ogni tentativo di dissiparli non faceva che aumentarne la consistenza. Giovanni pensò che toccava a lui allontanare la conversazione da quell'intricato avvio.

Credette di capire che la donna gli stesse silenziosamente chiedendo d'aiutarla a trovare un argomento che non la riguardasse così da vicino.

«Ho conosciuto una persona molto curiosa ieri sera, il giornalista Curci.»

«Non mi piace il Curci» rispose subito Isabella. «È malcontento e ambizioso.»

«E come mai frequenta la vostra casa?»

«Perché mia madre ritiene che ogni suo ricevimento debba essere un minuscolo concentrato di ciò che c'è oggi a Roma. E anche gli esaltati vi hanno una parte.»

«Lo ritiene addirittura un esaltato?»
«Non sa che è già stato in carcere almeno una volta?»
«Per quale ragione?»
«Per motivi politici, ma non saprei dirle di preciso quali. Credo che sia uno di coloro che si agitano nel nome imprecisato del progresso.»
«Non crede che dovremmo considerarla una virtù?»
«Bisogna essere convinti che la storia si muove come la risacca che va, viene, ribolle, ma in sostanza non va da nessuna parte. Nulla di nuovo. Ogni cosa è sempre quella.»
Giovanni stava per ridere ma il volto d'Isabella era mortalmente serio.
Quella donna giovane, vestita in modo così adatto alla giornata primaverile, lo metteva in difficoltà, determinata com'era a spuntare ogni suo tentativo di diluire il dialogo in una soluzione d'ironia. La novità appresa su Curci non era però inutile.
«Eccole il suo Hofmannsthal.»
Isabella gli mostrò il libretto dell'opera *Il Cavaliere della rosa*. Un volume minuscolo, più piccolo dell'originale tedesco che Giovanni aveva trovato in casa della Battiferri.
«Chi ha curato la versione italiana?» chiese.
«Ottone Schanzer. È la versione nella quale è stato rappresentato alla Scala.»
«Posso tenerlo per qualche giorno?»
«Gliel'ho portato per questo.»
La ringraziò, ma essendosi arrestati all'ombra alta d'un pino, aggiunse:
«Mi faccia controllare soltanto com'è stata tradotta nel primo atto una battuta della marescialla.»
Trovò rapidamente le due righe che cercava. Il testo dello Schanzer diceva: «Io son di guardia e disertare non vo'! Dove sto, resto!».
«Curioso» esclamò Giovanni e all'occhiata perplessa d'Isabella spiegò:
«Pensi che questa battuta nell'originale suona: Non sono un generale napoletano: dove sto, sto. Ci vuole un irriverente senso dell'analogia per far combaciare l'immagine d'un generale napoletano con quella d'un disertore.»

«Se è per questo di aggiustamenti ce ne sono anche altri» continuò con vivacità la donna. «L'italiano Valzacchi, che la didascalia definisce "ein Intrigant" e che è poi una variante della viltà servile, lo Schanzer l'ha ribattezzato Rys-Galla trasformandolo in levantino.»

«Hofmannsthal non ci ama, Isabella.»

«Dovrebbe?»

Per la prima volta da quando erano insieme sorrisero della stessa cosa, e dagli occhi di lei s'allontanò la memoria di quel malessere ignoto. Scoprirono d'amare ugualmente la musica, cioè d'essere in grado d'ascoltarla allo stesso modo e per così dire dal di dentro.

«Aver visto il *Rosenkavalier* è la cosa più importante che ho fatto quest'inverno» disse la donna.

Le era piaciuto il tentativo di Strauss di tornare alla grazia lieve e presaga di Mozart, rivestendola di un'orchestrazione lussuosa.

«E poi,» aggiunse «i tormenti amorosi di gente d'alto rango si prestano così bene...»

Mentre stavano tornando sui loro passi gli chiese all'improvviso:

«Non trova strano, Sperelli, che questi tempi dominati dalla psicologia, come lei ha riconosciuto ieri, siano anche i più brutali?»

«Non è vero, Isabella» rispose Giovanni. «La concezione della vita come eccitazione, duello c'è sempre stata. Il presente sembra peggiore di ciò che è perché nessuno sa bene come lo si dovrebbe giudicare.»

«Lei sarebbe un conformista? Francamente da uno Sperelli non me lo sarei aspettato.»

Era arrivata molto vicina a ciò che Giovanni custodiva con maggiore trepidazione. Rispose brevemente:

«Cerco solo d'evitare i dubbi inutili.»

Il mezzogiorno era già passato. Sperelli l'invitò a fare colazione al circolo. Furono serviti sulla terrazza sotto il pergolato, ancora stento, di glicini. Le ordinanze indossavano una giacca con alamari sui pantaloni dell'uniforme. La mano d'Isabella posava leggera sulla tovaglia bianca.

Due conoscenti di Giovanni, il maggiore Pandolfi e il capitano Anselmi, appena rientrati da un lungo galoppo, li raggiunsero al tavolo per il caffè. Scherzarono.

Quel luogo sembrava lontanissimo da ogni centro abitato. Solo aguzzando la vista poteva scorgersi lontana, quasi inconsistente per i vapori esalati dal terreno, la cupola gigantesca di San Pietro che a Giovanni ricordava anche la sua casa.

Il segreto d'Isabella lo scoprì nel pomeriggio dalla voce leziosa d'un pettegolo. Usò ogni cautela, mescolò la domanda che gli stava a cuore a cento altre insignificanti fino a renderla irriconoscibile. Al vecchio damerino fece passare in rassegna tutte le donne da marito di Roma.

Continuamente Giovanni cambiava argomento o tornava con nuove richieste su nomi già fatti.

Aveva perfino adeguato il suo tono a quello dell'interlocutore, rideva di frequente, ostentava annoiata condiscendenza. E a un certo punto chiese con indifferenza di lei. Il segreto d'Isabella era un aborto, sanguinosissimo, che l'aveva quasi uccisa.

13

La mole così moderna del Grand Hotel non aveva ancora cessato di piacere ai romani, a sedici anni dalla sua inaugurazione. Neanche la concorrenza che da qualche anno gli faceva un altro albergo, l'Excelsior in via Veneto, era servita a lederne la supremazia.

L'Excelsior godeva della vicinanza al palazzo della Regina Madre e ai pini di villa Borghese subito al di là della porta Pinciana. Ma il Grand Hotel sorgeva nel punto più alto di Roma, a un passo dal museo delle Terme di Diocleziano, dalla stazione Termini, dalla nuova via Nazionale, dai principali ministeri, infaticabile cuore amministrativo del Regno.

Sperelli e Marchisio varcarono il portale delle carrozze alle otto. Chiesero del conte von Flussenberg al portiere di servizio.

L'uomo alzò un occhio dalle sue carte e diede una risposta stupefacente:

«Il signor conte è al ballo.»

«Dove?»

«Nel salone degli specchi.»

«Lo faccia avvertire, siamo attesi.»

«Non posso. È il ballo ufficiale dell'Ambasciata d'Austria-Ungheria.»

La frase suonò definitiva.

«Vorrà dire che aspetteremo» disse il maresciallo dopo aver mostrato la sua tessera. Al portiere non restava altra scelta che la tolleranza. Riluttante, l'adottò.

«Questo è il primo imprevisto» sussurrò Sperelli quando si furono appartati all'ombra d'una grande palma nell'angolo d'un salone. «Vedremo quanti altri ne seguiranno.»

Qualcosa d'imponderabile, un presagio o un'illusione, gli diceva che quel contrattempo poteva trasformarsi in un vantaggio. Poco dopo aggiunse:

«Lei si accomodi pure su una di queste poltrone. Io vado dentro. Tornerò appena possibile.»

Si dette un'occhiata fuggevole in una specchiera. Indossava un abito inadeguato alla circostanza.

Nel salone degli specchi il ballo era già cominciato. La sala era rivestita dei colori non lieti dell'Austria, il giallo e il nero. Liscio o arricciato, il tessuto non lasciava liberi che minimi frammenti di parete e arrivava a coprire gran parte dei lucernari del soffitto. L'abbondanza del rivestimento dava al vasto ambiente l'aspetto d'un interno di scatola nella quale fossero stati disposti i figuranti d'una sontuosa rappresentazione.

L'orchestra stava eseguendo una mazurka. Nonostante la prevalenza degli ottoni e gli accenti fortemente marcati, il tintinnio dei pendagli, degli speroni, delle catenelle quasi sopraffaceva il suono.

Quella danza d'origine polacca si può considerare un ballo militaresco o contadino, a seconda delle preferenze, ritmato com'è da battute di piedi e da impettite giravolte. Si addiceva forse più del valzer a quei nobiluomini sudati, racchiusi nella congestione delle uniformi corrusche o nell'oscurità dell'abito da cerimonia.

Le signore invece indossavano quasi tutte abiti chiari, i capelli sorretti da un nastro che a volte cingeva anche la fronte. Le più ardite v'inalberavano il seducente candore d'un asprì. La moda, in fondo, non è che uno strumento per rendere eccitante e quasi avventurosa l'obbedienza.

Giovanni eseguì quella prima ricognizione tenendosi seminascosto dietro un trofeo di bandiere italiane e austriache che ornavano quasi per intero la parete verso l'ingresso.

Si rese subito conto che era quasi impossibile rintracciare uno sconosciuto in quel festoso tumulto e decise di far trascorrere qualche minuto per adattare almeno l'occhio alle fisionomie.

Tra i ballerini e lungo le pareti riconobbe parecchi ufficiali che conosceva di vista. Distinse anche due o tre uniformi color verde scuro dello stato maggiore di Conrad von Hötzendorf.

Uno di questi ufficiali stava parlando con il capitano di vascello conte Guarnieri, figlio della contessa Ersilia. Tra le altre onorificenze il Guarnieri, che aveva assunto una posizione molto decorativa a ridosso d'una colonna, aveva sul petto le insegne della Victoria Cross.

Per caso Giovanni conosceva l'azione che aveva portato a quel rarissimo riconoscimento. L'aveva sempre giudicata un singolare impasto d'imprudenza militare e d'impudenza nobiliare. Però ben riuscito, una di quelle imprese che si compiono porgendo già l'orecchio ai resoconti futuri.

Una sera, mentre cenava con l'ambasciatore inglese a Kisimaio, Sir Rennell Rodd – che sarebbe poi diventato ambasciatore a Roma, – il Guarnieri s'era avveduto per primo che alcuni ribelli somali stavano scalando le finestre della residenza. Senza dire una parola, solo accennando un gesto di scusa, s'era levato dalla mensa e, estratto il revolver, aveva fatto fuoco uccidendo due rivoltosi e mettendo in fuga gli altri.

Attorniato dagli ospiti che si felicitavano e da alcune dame conturbate, aveva esclamato:

«Non ho fatto che il mio dovere di padrone di casa.»

Come si spiegava quell'affermazione considerando che la cena avveniva in casa di Sir Rodd? Il Guarnieri aveva così lasciato intendere che gli italiani in Somalia si sentivano come in casa propria e che lì intendevano restare.

Aveva poi aperto le danze cingendo Lady Rodd.

Per i ricevimenti ufficiali a Roma vigeva una rigida separazione tra la nobiltà che si riconosceva nell'autorità pontificia e la borghesia laica dello Stato e delle professioni. Accadeva però che le autorità vaticane prendessero parte liberamente ai balli delle legazioni straniere.

In un angolo della sala Giovanni notò che era stato apparecchiato una specie di piccolo recinto purpureo. All'interno, il segretario di Stato cardinale Merry del Val conversava amabilmente con l'ambasciatore di Germania Hans von Jagow.

«Stai spiando il cardinale?»

Il capitano d'artiglieria conte Giuseppe Devitti-Monticiani gli si era avvicinato e guardava, riprovando, la sua tenuta.

«Taci,» fece Giovanni «una mia amica mi ha inviato qui per rintracciare suo fratello e non so come fare.»

«Chi è?»

«Il capitano Consoli.»

«Non lo conosco.»

«Neppure io purtroppo, questo è il guaio.»

«Hai notato che nessuno degli ambasciatori è in uniforme?» gli fece notare il conte.

«Ti confesso che questo fa sentire meno in imbarazzo me» rispose Giovanni.

«È uno scandalo, se mi permetti. Pensa che ancora qualche anno fa alla corte di San Giacomo si dovette fare uno strappo all'etichetta per consentire al presidente francese Fallières di andare al ballo in calzoni lunghi mentre tutti gli altri erano in uniforme di corte. Sai la verità?»

Il capitano fissò Giovanni intensamente negli occhi.

«Ti confesso di no.»

«Te la dico io: noi italiani siamo incapaci di vero stile, e gli stranieri quando vengono qui ne approfittano.»

«Temo che tu abbia ragione» replicò Sperelli distratto.

Stava cercando un pretesto per allontanarsi. L'aiutò senza volere l'avvocato Mancinelli che li raggiunse in compagnia d'un giovane diplomatico.

«Senti, Monticiani,» esordì l'avvocato «ci devi aiutare a dirimere una questione. Il gran cordone secondo te si porta sopra o sotto il gilet?»

Di Monticiani si diceva che puntasse molto in alto, addirittura alla carica di aiutante di campo del sovrano. Ma ebbe un attimo d'esitazione.

Lo colse Giovanni per chiedere licenza, perdendo così la risposta a quel prestigioso quesito.

La musica, il caldo umido della sala, le belle donne agitate dalla danza, lo champagne squisito, l'eccellenza dei contatti dovevano dare a quegli uomini la sensazione di potersi finalmente muovere nel mondo che s'erano meritati.

L'incessante vibrazione in tre quarti, che aveva contagiato anche coloro che non partecipavano direttamente al ballo, poteva facilmente essere scambiata, in quelle condizioni, per lo spirito stesso della civiltà europea, soprattutto in una città che di questa non aveva ancora un'idea chiara.

Tutto ciò spiegava, agli occhi di Sperelli, il fatto che ognuno cercasse di mostrarsi all'altezza delle circostanze, quando non al di sopra di esse, ponendosi con gravità problemi altrimenti impensabili.

La tavola del buffet appariva già semidisfatta. Vi si scorgevano resti contorti di aragostine, *chaud-froids* di vitello, beccacce rigidamente distese su crostini di pane. Poi, dalla parte della pasticceria, babà, mont-blanc intrisi di panna, colline di profiterole fumanti.

Interrogò una signora affranta che sul rovescio d'un vassoio controllava il trucco:

«Mi saprebbe indicare per cortesia il conte von Flussenberg?»

«Nun lo conosco» rispose la dama in tutta la sua romanità.

Giovanni s'inchinò lievemente, quella accennò una riverenza stringendo al petto il vassoio.

Sempre chiedendo, discretamente, bordeggiando lungo la parete, era quasi arrivato alle spalle del tronetto sul quale sedeva il segretario di Stato. Lo vide alzarsi, salutare quanti gli erano intorno, avviarsi all'uscita.

Il maestro di cerimonia fece un cenno; l'orchestra tacque; i ballerini s'immobilizzarono e il cardinale, seguito da una minuscola corte di prelati, attraversò quel piccolo mare di uomini e di donne che si fendeva al suo passaggio.

Era costume che cardinali e monsignori si ritirassero presto. Era anche consueto che dopo l'uscita, il ballo prendesse vivacità. Si parlava più forte, si passava da un punto all'altro con maggiore scioltezza, l'orchestra attaccava ritmi più audaci. Le signore toglievano lo scialle o il velo che fino a quel momento avevano tenuto sul loro décolleté.

Cogliendo il momento in cui l'attenzione di tutti era concentrata sul corteo in uscita, Sperelli si spinse ai margini della pista. Là, nel mezzo, vide lentamente muoversi la capigliatura vagamente azzurra della signora Galignani.

Era l'ultima cosa che s'aspettava, ma passò rapido dietro il palco dell'orchestra e attese. La donna si faceva largo a fatica, pareva dirigersi proprio dalla sua parte. Quando fu a qualche metro, piegò invece improvvisamente verso una porticina laterale e sparì dietro di essa. Sperelli non ebbe dubbi.

La porticina dava in un corridoio che costeggiava le vetrate rapprese di vapore del *jardin d'hiver*. La Galignani adesso procedeva spedita e Giovanni dovette accorciare le distanze. Incrociò un cameriere paonazzo che stava vuotando il fondo d'un bicchiere. Gli chiese:

«Mi sa indicare le toilette?»

«Sempre dritto» rispose l'uomo senza nemmeno fermarsi.

L'illuminazione era debole, un tappeto di feltro cremisi assorbiva del tutto il rumore dei passi. Sperelli si tenne ancora più a ridosso.

Dovette arrestarsi quando la donna svoltò in un corridoio laterale. Non sapendo che cosa ci fosse da quella parte, preferì correre il rischio di perderla aspettando alcuni secondi. Quando raggiunse a sua volta l'angolo, vide che il corridoio proseguiva per almeno dieci metri e che la Galignani ne aveva quasi raggiunto il fondo.

Qualcuno l'attendeva. In un lampo intravide un'austera figura maschile che le schiudeva una porta, la faceva accomodare, entrava rapido dietro di lei.

Avanzò, guardandosi intorno come se stesse cercando, e udì distintamente il rumore della chiave che veniva girata. Si sentì più tranquillo. Ai due sarebbe occorso più tempo per uscire.

Osò poggiare l'orecchio direttamente al battente. La Galignani e lo sconosciuto conversavano a voce bassissima; attraverso il legno pesante di mogano distingueva a malapena il suono di qualche consonante.

Era quasi sempre l'uomo a parlare, e gli parve che la donna rispondesse a monosillabi o muovesse delle obiezioni. Ebbe l'impressione che stessero discorrendo in italiano. In ogni caso era inutile rimanere lì, e il rischio diventava troppo alto. Senza incontrare nessuno, rientrò nella sala.

Era un valzer che adesso l'orchestra stava suonando, dalla *Vedova allegra*. Le coppie, volteggiando, esalavano una scia di profumo. Le mani inguantate delle dame premevano le spalle dei cavalieri. Brillavano certe bocche semiaperte, certe spalle nude, appena velate di sudore. Certi seni, sospinti all'insù dall'armatura del busto, s'offrivano quasi per intero allo sguardo.

Nella rotazione incessante, le gonne s'aprivano come corolle e le donne ridenti si piegavano all'indietro sorrette dal braccio degli uomini che quasi spariva nell'incavo delle reni.

L'ambasciatore di Germania Hans von Jagow passeggiava sorridendo poco lontano da Sperelli, all'interno del piccolo recinto che era stato riservato al cardinale. Un altro diplomatico, la carnagione olivastra, gli occhi lucenti, gli era al fianco e muoveva rapido le mani nell'esporgli qualche argomento.

Dall'uniforme, da una delle decorazioni, Giovanni credette d'individuare in lui il rappresentante della Sublime Porta di Istanbul.

Von Jagow s'arrestò improvvisamente costringendo l'altro a fare altrettanto. Fissando il suo interlocutore negli occhi, esclamò due volte con forza: «Nein, nein!». A Giovanni parve d'udire il suono della sua voce, tanto il movimento delle labbra era stato imperioso.

Il turco ebbe un gesto d'impazienza, ma in quello stesso momento, dalla porticina dalla quale era uscita, Sperelli vide rientrare la Galignani. Dovette interrompere l'osservazione di quel singolare colloquio per scrutare la donna. Stava attraversando la sala, l'espressione del volto era impenetrabile.

Lo colse allora un'improvvisa impazienza, il senso che qualcosa stesse maturando sotto i suoi occhi senza che lui riuscisse a comprendere. Giudicò che non gli restava che un passo da fare, anche se azzardato: salire fino alla stanza 179 e attendere là il diplomatico che non era stato in grado d'avvicinare e neanche di riconoscere.

Tentò di valutare freddamente l'ipotesi. Era improbabile che von Flussenberg facesse di quell'intrusione uno scandalo. Se non aveva completamente sbagliato la sua ricostruzione del fatto, l'austriaco aveva tutto l'interesse a tenere sotto controllo le sue reazioni. Almeno fino a quando fosse rimasto a Roma. E poi era stato lui a convocare Marchisio nel luogo e al momento sbagliati. Una spiegazione non sarebbe stata impossibile. C'era anche un altro motivo per tentare l'incursione, ma a quello Giovanni preferì non pensare.

Sperelli si diresse di nuovo verso l'atrio per avvertire il maresciallo. Lo scorse legnosamente seduto sulla stessa poltrona dove l'aveva lasciato, le mani congiunte in grembo. S'accomodò sulla poltrona di fronte.

«L'ha trovato?»

«Non è stato possibile, c'è troppa gente. Ma ho potuto assistere a una stranezza.»

«Un'altra?»

«Sì, un'altra. La signora Galignani era nella sala e ha avuto un abboccamento con qualcuno in un salottino riservato.»

«Era lei, allora. L'ho vista uscire poco fa.»

«Lo so, aveva appena terminato il colloquio. Ora non abbiamo che una scelta possibile se vogliamo...»

«I signori cercavano me?»

Un gentiluomo dall'impeccabile frac di cachemire, decorazioni da sera all'occhiello, era comparso al loro fianco silenziosamente. Sempre parlando in italiano, si presentò:

«Sono il conte Anton von Flussenberg.»

Sembrava avere più o meno l'età di Giovanni e il suo sorriso era assai cordiale. Sperelli e Marchisio si levarono.

Il primo a replicare fu Giovanni: «Giovanni Sperelli,» disse battendo lievemente i tacchi alla militare «e il maresciallo di polizia Vittorio Marchisio, l'uomo che lei ha convocato».

«Io!?» fece il conte sconcertato.

Marchisio tese il biglietto d'invito. L'austriaco lo esaminò con enorme attenzione flettendo un poco il capo all'indietro. Si fece teso, levò gli occhi dal foglio, e rivolto ai due uomini disse:

«Signori, si tratta d'un pessimo scherzo. Non ho mai scritto questo messaggio. È una grossolana contraffazione.»

Ci volle poco a capire che il conte non mentiva e d'altra parte non ne avrebbe avuto alcuna ragione.

«Lei ha un'idea di chi possa essere stato?» chiese Giovanni.

«Nessuna, per la verità.»

«Possiamo parlare un istante con lei?»
«Con il più grande piacere.»
Il conte fece cenno d'accomodarsi.
«Vogliono gradire qualcosa?»
«No, grazie. Signor conte, il maresciallo e io siamo venuti per rispondere a quell'invito, purtroppo falso, ma anche per un'altra ragione. Possiamo chiederle se ha preso alloggio nell'appartamento 179?»
«Precisamente.»
«Un biglietto con il numero di quella stanza è stato trovato nelle mani d'una donna assassinata una settimana fa.»
«Ne sono orrendamente dispiaciuto.»
«Per l'esattezza il delitto è stato commesso la notte di venerdì 24 marzo. Il giorno del suo arrivo a Roma.»
«Vi prego di credere alla mia costernazione.»
L'italiano di von Flussenberg era molto corretto ma sembrava tolto di peso da un incontro d'altra natura. Quelle formule, da manuale di corrispondenza, stonavano con i tratti affabili del volto e con la vivacità dello sguardo.
Chissà come risponderebbe, si chiese Giovanni, se potesse esprimersi nella sua lingua. Ma subito gli rivolse la domanda successiva.
«Può immaginare chi è che vuole coinvolgerla in qualche modo in questa sgradevole vicenda?»
Sperelli stava osando il massimo. Porgeva le domande con assoluta cortesia ma anche con grande fermezza. Avrebbe continuato fin quando l'uomo glielo avesse permesso.
«Non ho idea» stava rispondendo il conte. «D'altro canto loro capiscono che se ne avessi, sarebbe mio dovere prevenire immediatamente il mio ambasciatore e le autorità diplomatiche italiane.»
«È più che giusto.»
Sperelli colse l'obliquo riferimento con il quale von Flussenberg aveva fatto notare la loro incompetenza a trattenerlo su quell'argomento al di fuori di una conversazione puramente amichevole. Tuttavia proseguì.
«Posso rivolgerle in maniera del tutto informale e, se mi concede, privata, due altre domande?»

«La prego di farlo.»
«Lei conosce il commendator Achille Galignani di San Cenobio?»
«Certamente, è un buon collega che ho incontrato più volte. Posso riferire qualcosa?»
«La ringrazio della sua informazione.»
«L'altra domanda? se vuole compiacersi.»
«Posso chiederle quando lascerà Roma?»
«Domani mattina, in treno.»
«Rientra a Vienna?»
«Sì.»
«Con il convoglio delle dodici e quaranta?»
«È molto gentile a ricordarmi con tanta precisione l'orario.»
Giovanni fece un cenno come per dire che aveva concluso. Il conte sorrise allargando a sua volta le mani.
«Avrei voluto fare di più» ebbe la signorile impudenza di aggiungere.
«Lei ha già fatto molto» replicò Sperelli.
Le allusioni velate a qualcosa che entrambi conoscevano, ma di cui non era consentito parlare, facevano parte di quel gioco. "Tante volte" pensò Giovanni "ci si lancia ciecamente in avanti e s'incontra una parete impenetrabile. Poi d'improvviso e quasi senza volere, si trova lo spiraglio e si scopre d'essere già passati dall'altra parte del muro. L'importante è non perdere il filo, nel passaggio.
E poiché von Flussenberg pareva molto a suo agio e quasi divertito da quegli enigmatici rimandi, Sperelli pensò di poter azzardare un'altra piccola posta a quel tavolo.
«Lei ha veramente fatto molto» ripeté. «E anzi, vorrei dire che si è disturbato fin troppo. Ma, se posso esprimermi nella sua lingua: "Leicht muss man sein, mit leichtem Herz und leichten Händen, halten und nehmen, halten und lassen...".»
Von Flussenberg ebbe un lampo d'ironica malizia negli occhi. Disse: «Die nicht so sind, die straft das Leben» e proseguì in italiano: «Mi piacerebbe incontrarla in circostanze diverse, signor Sperelli».
Suonava come un congedo. S'alzarono tutti e tre allo stes-

so momento. L'austriaco volle accompagnarli fino al portone d'ingresso.

«Magnifica festa» disse Giovanni.

«Per qualche ragione questi ricevimenti a Roma vengono sempre molto animati. È uno dei molti pregi di questa città.»

Sperelli avvertiva una decisa simpatia per l'uomo. Credette perciò di essere autorizzato a un'ultima stoccata.

«A Roma infatti succedono sempre contrattempi in quantità che ravvivano anche le occasioni più protocollari.»

«Ma tutto è bene quel che finisce bene. Arrivederla, signor Sperelli, e stimatissimo signor maresciallo.»

Ci furono scuse reciproche, si ripeterono leggeri inchini, strette di mano, discrete battute di tacchi.

Così i due uomini vennero congedati.

«Abbiamo fatto un bel buco nell'acqua» osservò sconsolato Marchisio, una volta che furono in piazza delle Terme.

«A che cosa si riferisce?»

«È chiaro che il conte doveva conoscere il Galignani. Era l'ipotesi più diretta: un incontro riservato tra diplomatici. Chissà perché non ci avevo pensato. Quella risposta crea un perfetto alibi al commendatore e distrugge quasi tutte le ipotesi che avevamo faticosamente messo in piedi.»

«Marchisio, in compenso posso darle un'altra notizia. Von Flussenberg è l'uomo con il quale la signora Galignani ha avuto l'abboccamento segreto.»

«Come fa a dirlo? Ne è sicuro?»

«Potrei giurarlo. Il corridoio era oscuro, ma quell'uomo ha una sagoma inconfondibile. L'ho riconosciuto appena si è presentato.»

«Quali conseguenze ne trae?»

«Ne traggo la conseguenza, come lei dice, che se von Flussenberg ha ottime ragioni professionali per trattenersi con il commendator Galignani, non ne ha alcuna per chiudersi a chiave con sua moglie nel salottino d'un albergo.»

«Allora è von Flussenberg che diventa il nostro indiziato?»

«Il quadro comincia decisamente a chiarirsi. Von Flussenberg fa parte dei servizi di spionaggio austriaci e domani se ne andrà. Ma gli altri ho la sensazione che si stiano facendo sotto.»

«Ma chi sono gli altri, mio Dio?» chiese Marchisio con sincera angoscia.

«Se quel biglietto d'invito era falso, maresciallo, e lo era, gli altri sono quelli che hanno voluto farla incontrare con il conte.»

«Questo non mi aiuta a capire.»

«Prima il biglietto nelle mani della Battiferri, ora questa convocazione apocrifa. Qualcuno vuole che von Flussenberg si senta sorvegliato da lei, cioè dalla polizia.»

«E chi potrebbe essere?»

«Mi dia il tempo di fare l'ultima mossa. Se tutto va bene divideremo equamente il merito» disse Sperelli stringendogli lievemente il braccio.

«E che cosa gli ha detto in tedesco?» chiese ancora Marchisio.

«Gli ho citato alcuni versi da una commedia musicata da Richard Strauss. Dicevano: "Bisogna esser lievi, con lieve cuore e lievi mani, tenere e prendere, tenere e rendere...".»

«E lui?»

«Lui ha completato la strofa perché sa benissimo che cosa dovrebbe essere restituito.»

Giovanni aggiunse solo una raccomandazione prima di lasciarlo: «Non dimentichi quel Curci. Adesso è ancora più importante».

14

Anche piazza dei Cinquecento aveva il nome d'una sconfitta e d'una strage. Nessuno avrebbe ritenuto opportuno dedicare una via, un corso, alla battaglia di Adua persa per insipienza, per un'errata manovra, per imprecisione topografica.

I cinquecento di Dogali erano stati sterminati all'arma bianca dalle truppe di ras Alula, però s'erano battuti come in una saga. Avevano incontrato condizioni che, fatali sul terreno, avevano tuttavia favorito la collocazione della loro morte nella generica area delle grandi azioni.

A un quarto di secolo di distanza dalla carneficina, quasi nessuno ricordava esattamente che cosa fosse accaduto in quella lontana località del bassopiano eritreo. Il monumentino in mezzo alla piazza, proprio di fronte all'atrio della stazione Termini, era perciò lì solo per accendere nel passante un approssimativo impulso all'imitazione.

In mancanza di vittorie, bisogna saper cogliere le più indicate catastrofi per giustificare la sopravvivenza delle virtù militari.

Una barriera di cipressi e di abeti tagliava la piazza in due. Correva parallela alla facciata in ferro fiorito della stazione ferroviaria, separando questa dalle erculee mura rossastre, scorticate dai secoli, delle Terme di Diocleziano.

Proprio davanti al museo delle Terme, Giovanni Sperelli si fece lasciare da una vettura pubblica mentre batteva il mezzogiorno di quel lunedì 3 aprile.

Indossava un abito non impegnativo color grigio chiaro con pantaloni piuttosto aderenti e bombetta dello stesso colore. Aveva libere le mani. Sfiorando il breve obelisco che ricordava la strage, Giovanni ricordò la frase inutilmente atroce con cui, molti anni prima, il suo fratellastro aveva commentato la notizia. «Cinquecento bruti, morti brutalmente» aveva detto Andrea. L'improvvisa memoria gli provocò un involontario moto di stizza.

Si districò nella ressa di mendichi e di piccoli trafficanti che si assiepava nell'atrio dirigendosi al binario dal quale sarebbe partito il treno per Vienna.

Percorse lentamente la banchina mescolato alla folla dei viaggiatori, dei facchini, dei venditori di cibarie. Aleggiava intorno un'atmosfera affannata e quasi tragica di definitivo e irrimediabile distacco.

Ciascuno dei presenti voleva che sul suo volto anche l'estraneo potesse leggere il groviglio, l'empito dei sentimenti. Guance rigate di lacrime, mani che convulse si stringevano, disperati abbracci, gentildonne straziate che con l'ultimo barlume di senno cercavano di non perdere il conto delle cappelliere.

Il conte von Flussenberg si stava intrattenendo, ai piedi del suo vagone, con un signore, forse un collega d'ambasciata. Sostavano nell'identica posizione, entrambi con in capo il cilindro e le mani, congiunte, sull'impugnatura della canna da passeggio. Da una certa distanza davano la curiosa impressione di un uomo che conversasse con il riflesso della propria immagine.

Avendoli scorti per primo, Giovanni ebbe dalla sua la scelta del momento più adatto all'approccio. S'arrestò quindi al riparo di una colonna, lasciandosi circondare dal viavai. Alla partenza mancava circa mezz'ora.

Sperelli s'avvide della presenza di Schreiber quando questi stava per raggiungere gli altri due. Fu il signore sconosciuto che presentò il giornalista prussiano al conte. Dal modo in cui si salutarono, arguì che Schreiber e von Flussenberg non s'erano mai incontrati prima.

Era comunque il tedesco a parlare; il conte ascoltava attento, assentendo di tanto in tanto. L'alto cilindro accentuava, prolungandolo, il movimento del capo.

Schreiber batté alcune volte col pugno sul palmo dell'altra mano. A Sperelli piacque credere che quel duplice moto di stizza fosse riferito alla sua caparbietà.

Dei tre era il terzo, l'unico che non conoscesse, che gli dava una certa apprensione. L'abbigliamento, la figura slanciata lo facevano sembrare un gentiluomo. Ma è facile sembrare un gentiluomo quando non s'è aperta bocca né s'è avuto modo di mostrare che cosa si è capaci di fare.

La luce o il taglio degli occhi imprimeva al suo volto un'espressione sconcertante. O forse quell'uomo gli risvegliava un'inconsapevole memoria di violenza, quasi l'avesse già incontrato senza sapere dove. Alzava di frequente le spalle e aveva l'aria di chi potrebbe colpire con facilità alla schiena.

Sperelli era disarmato. Ma non era quello il pericolo che avvertiva lì, in pubblico. Lo impensierivano di più le alte ruote che opprimevano le verghe d'acciaio e le viti, le catene, le metalliche viscere del treno.

Molti anni prima, bambino, aveva assistito al suicidio d'una donna. Era in Russia, sulla linea per Novgorod. Ricordava la neve, la mano della governante che l'aveva stretto esangue e un sacchetto rosso di cui l'infelice s'era liberata prima di gettarsi in ginocchio tra due vagoni. Chissà perché gli pareva anche di ricordare che la donna si chiamasse Anna.

Schreiber aveva finito e il conte lo fissava. Poi fece cenno con il bastone verso la testa del treno. Infatti i tre s'avviarono, von Flussenberg nel mezzo. Giovanni attese che si fossero allontanati d'un paio di carrozze e salì svelto sul vagone.

Chiese al conduttore quale fosse lo scompartimento del diplomatico austriaco, vi si fece accompagnare. Un'anziana signora era la sola altra occupante. Si salutarono a mezza bocca quindi Sperelli dispiegò un giornale. I suoi occhi non seguivano però le ordinate colonne di piombo. Erano fissi sul campo assai limitato che poteva osservare senza allontanare il giornale dal volto. Vide con una certa inquietudine un ferroviere passare rapido consultando il suo orologio.

Il convoglio ebbe un sussulto, s'udì l'eco del contraccolpo

spegnersi verso la coda. Se l'attesa si fosse protratta troppo a lungo, il suo piano rischiava di fallire. Non mancavano ormai che dieci o quindici minuti. E se von Flussenberg non fosse partito da solo?

Finalmente i tre comparvero nel suo angusto campo visivo. Le espressioni dei volti s'atteggiavano al commiato, Schreiber e lo sconosciuto cominciarono ad allontanarsi. Fecero i primi passi procedendo all'indietro quindi accennarono un inchino. Von Flussenberg sollevò alquanto il cilindro.

Giovanni contò mentalmente fino a sette, s'alzò di scatto, percorse in fretta il corridoio diretto all'entrata posteriore. Riuscì a incontrare il conte mentre stava varcando l'inquadratura della porta. Esattamente dove aveva calcolato: né in prossimità di orecchie curiose, né in vista degli altri due.

«Buongiorno, buongiorno, anch'io volevo salutarla.»

«Signor Sperelli» fece l'austriaco; ebbe la soddisfazione di vedere che era davvero sorpreso. Forse anche un po' preoccupato.

«Vorrei parlarle per questi pochi minuti che restano.»

«Ma naturalmente. Dove?»

«Abbiamo poca scelta. O sulla banchina di destra o su quella di sinistra. Nel suo scompartimento c'è già qualcuno.»

«È una persona che conosco. Ma passeggiamo pure. Da questa parte, prego.»

Von Flussenberg ridiscese dalla porta che aveva appena varcato. L'opposta banchina era pericolosamente deserta. Camminarono. Posizione agevole, per chi vuole parlare senza doversi fissare troppo negli occhi.

«Lei ci ha dato qualche dispiacere» esordì Giovanni.

«Anche lei, Sperelli.»

«Il gioco l'avete aperto voi.»

«Si sbaglia. È stata una sorpresa anche per noi.»

«Lei ama Hofmannsthal?»

Il conte si volse a guardarlo.

«Ieri sera ha completato la mia citazione.»

«Già, infatti. Piace anche a lei?»

«Le ho portato in regalo una copia del *Cavaliere della rosa*. Annotata, per così dire.»

Giovanni gli porse il volumetto che aveva strappato dalla tasca del suo ignoto assalitore nel villino di via Varese. Lo aveva avvolto in una carta color paglierino ornata di piccoli gigli dorati. Il conte aprì l'involucro, guardò la copertina e sorrise:

«Grazie signor Sperelli, è stato molto gentile.»

«Glielo volevo consegnare personalmente. E senza condizioni. Suppongo che ormai non abbia più un grande valore pratico. D'altronde quando mai la poesia ne ha?»

«La poesia aiuta gli uomini a comunicare tra loro.»

«Questo l'avevo capito subito. Mi tolga una curiosità. Il signore che è andato via con Schreiber... è lui che aveva mandato in via Varese a recuperare il volume?»

Von Flussenberg si limitò a rispondere:

«È un uomo allenato.»

«E noi restiamo con un delitto insoluto e con un assassino che circola liberamente per Roma.»

«Questo non è così raro, non crede?» Cambiò tono: «Non posso aiutarla Sperelli, anche se volessi».

«Ma può forse rispondere a una mia domanda.»

Il capostazione principale che dava la partenza a quel sontuoso convoglio passò loro accanto:

«Signori, in carrozza.»

«Chieda pure, Sperelli, farò del mio meglio.»

«La signora Galignani sapeva?»

«Tutto qui?»

«Sì, tutto qui, von Flussenberg. Sul resto credo di sapere ormai quasi tutto quello che sa anche lei.»

«La povera signora ha saputo con grande ritardo. È una donna coraggiosa e molto fiera. La faccia tenere d'occhio.»

«E che cosa le ha consigliato ieri sera quando ha conversato con lei al Grand Hotel?»

«Non si possono dare consigli su questioni del genere. Le ho solo detto che suo marito è un ottimo diplomatico e un suddito leale.»

«E come marito?»

«Di questo non abbiamo parlato.»

«Sulla lealtà i nostri punti di vista divergono, come può immaginare.»

«Non dovrebbero divergere, Sperelli, se lei ritiene, come me, che i nostri due paesi devono restare amici.»

«Lei lo crede?»

«Io lo spero.»

Erano di nuovo alla porta del vagone di von Flussenberg. L'anziana signora era affacciata al finestrino; si poteva scorgere sul suo volto una certa severità. Il conte salì un attimo prima che il capostazione agitasse una luce verde.

Arrivò fin lì l'ansito poderoso della macchina, il gemito dei perni e delle pulegge sottoposte all'immane sforzo di trazione, il sibilo del vapore.

«Spero che ci incontreremo, Sperelli» disse il diplomatico dal finestrino.

«Ho l'impressione che sarà così.»

Il treno prendeva lentamente velocità. Giovanni si sentì obbligato a togliere il fazzoletto dal taschino della giacca. Lo sventolò alcune volte. Dal finestrino della vettura ormai lontana, von Flussenberg agitò in risposta la mano che stringeva il volumetto di Hofmannsthal.

Venne sfiorato dal capostazione che rientrava nel suo ufficio. Gli chiese:

«Quando sarà a Vienna?»

«Domani pomeriggio alle sedici e venti via Bologna, Fortezza, Innsbruck.»

Giovanni aveva mentito. Non era vero che tutto aveva saputo e tutto ricostruito. Ignorava ancora chi si fosse intromesso tra Galignani e gli austriaci, anche se poteva intuirne il motivo. Ma di questo aspetto sarebbe stato inutile parlare con von Flussenberg.

Il delitto aveva aperto un varco attraverso il quale ognuna delle parti in gioco aveva cercato di passare per prima. Ma all'apparenza nessuno vi era riuscito. La tranquilla partenza di von Flussenberg non significava forse che quell'apertura s'era già saldata?

Giovanni capì d'essere ancora una volta di fronte a un bivio dal quale si diramavano due opposte possibilità. Era ancora in tempo a ritirarsi, e tutti si sarebbero comportati come se niente fosse mai accaduto. Poteva invece proseguire e tentare di costringere la vicenda nella morsa d'uno scioglimento: la Bosnia-Erzegovina? I Balcani? Tripoli?

Era come avere tra le mani la leva d'uno scambio, e d'altronde ne poteva vedere una in solida ghisa giusto davanti ai suoi occhi.

Tornò verso l'atrio e dette al vetturino d'una carrozza l'indirizzo del ristorante Apollo in via Nazionale.

Sentiva che ritirandosi avrebbe patito una delusione ma questo faceva parte del suo mestiere. Il maresciallo, l'anziano galantuomo, avrebbe visto saltare un'altra scheggia dalla statua della giustizia, ma di questo non era lui il responsabile. Per seguire quel caso, d'altra parte, aveva logorato il suo rapporto con Paolina. Ritirandosi avrebbe meglio potuto cercare di recuperarlo.

Tutte le ragioni che era in grado d'analizzare, mentre la carrozza scendeva per la via Nazionale, lo lasciavano esattamente al punto in cui era, tirandolo con forza eguale dalle due parti. Lo avrebbe aiutato richiamarsi a un motivo che trascendesse la vicenda, ma non ne disponeva; avanzando negli anni se li era lasciati tutti alle spalle.

Che cos'era dunque che gli faceva sentire, al di sotto di quell'equilibrio empirico, il desiderio imprecisato d'andare avanti?

Quella che lui chiamava, deridendosi, la sua anima di carta? L'obbedienza all'ordine narrativo del quale sentiva intrisa la sua esistenza?

Pagò il prezzo della corsa. Ma un istante prima di spingere la grande porta vetrata del ristorante Apollo gli balenò nell'oscurità della mente l'immagine del commendator Achille Galignani. Quell'individuo forte e sicuro, con un sorriso capace di scaldare il cuore di colui al quale era diretto, era la vera ragione.

Aveva solo incrociato una o due volte il suo sguardo, ma si sentiva attratto da quell'uomo che avrebbe voluto disprezzare; voleva sospingerlo all'aperto per vedere come la sua fisionomia si sarebbe trasformata. Credeva d'avere già individuato il suo strumento.

Quando vide entrare Sperelli, il maresciallo Marchisio gli fece cenno dal tavolo al quale l'attendeva.

«Von Flussenberg è partito» disse Giovanni sedendosi. Marchisio guardò la grande pendola a muro.

«Sì, a quest'ora è già in viaggio.»

«Volevo dire che l'ho visto partire.»

«È andato alla stazione?»

«Ho ritenuto opportuno salutarlo.»

Il maresciallo parve non capire.

«Ho pensato che era meglio accertarsi di persona. Che cosa può dirmi del Curci?»

Il ristorante era quasi deserto a quell'ora precoce per Roma; questo li costringeva a parlare a voce bassissima. Marchisio sussurrò:

«È schedato.»

«Mi racconti tutto.»

Senza consultare appunti, il maresciallo gli riferì come il cronista del «Secolo» fosse noto alla polizia in quanto anarchico e sovversivo. Era stato fermato due volte, una a Roma e una a Forlì, dove s'era trovato coinvolto nei tumulti seguiti a una manifestazione di braccianti.

Al processo aveva sostenuto d'essersi trovato sul luogo per un servizio del suo giornale. Era stato assolto per insufficienza di prove. Viveva, separato dalla moglie, in una pensione di via Merulana. Non era dedito al bere.

«Frequenta gente d'ogni tipo,» concluse il maresciallo «e non sempre si capisce perché.»

«Che cosa vuole dire?»

«Che non è per lavoro che ha rapporti con molte persone incensurate e anche delle più alte classi borghesi.»

«E che cosa c'è di male?»

«Di male forse niente. Ma non capisco perché uno con le sue idee ci tenga a frequentare certe persone. Insomma, è strano.»

«Non è così strano, maresciallo. Molti uomini in gioventù sognano la rivoluzione, ma i più accorti mettono intanto qualcosa da parte per la vecchiaia.»

«Fa il doppio gioco?»

«Si tiene pronto. Partecipa ai disordini di Forlì, ma in tribunale sostiene d'essere stato lì per il servizio della cronaca.

Capisce il tipo? S'è appiattito sul suo tempo, spera che un giorno o l'altro qualche avvenimento eccezionale lo trascini con sé.»

«Insomma, un mascalzone.»

«Non esageri. Lo chiamerei un giovanotto avveduto che mira in alto e ha scelto il mestiere adatto per arrivarci.»

Un cameriere servì la leggera colazione che avevano ordinato.

«Scusi, commissario, ma non lo capisco lo stesso» riprese Marchisio.

«È un uomo malcontento e ambizioso, maresciallo, che ha capito come va il mondo.»

Aveva elaborato la definizione che del Curci aveva dato Isabella De Ambrosis, ma senza avvedersene. Proseguì:

«Ora mi ascolti. La meccanica dell'omicidio sul quale stiamo indagando è ormai completamente chiarita e per la gran parte anche le sue motivazioni.»

«Ma commissario...»

«Mi lasci finire, Marchisio, e la prego di credermi sulla parola. Il solo dato essenziale che ci manca è la fisionomia dell'assassino. Dico la sua fisionomia e potrei anche dire la sua nazionalità, invece del suo nome, perché ci troviamo di fronte a un tipo di delitto molto anomalo. È stata questa eccentricità a tenerci completamente fuori strada per alcuni giorni. Scoperta questa figura, penso che il nome avrà quasi importanza secondaria.»

Il maresciallo non riusciva a dissimulare la sua perplessità.

«A questo punto,» continuò Giovanni «devo però fare un certo passo. Sa chi m'aiuterà a compierlo?»

«Non saprei proprio che cosa rispondere.»

«M'aiuterà il suo giornalista anarchico, Roberto Curci. Naturalmente in modo inconsapevole.»

«E perché?»

«Perché rendendosene conto o non farebbe quello che gli chiederò oppure, al contrario, tenterebbe di mandare avanti la cosa oltre i limiti che a me paiono convenienti.»

«Ho fiducia in lei, commissario» disse Marchisio con la voce appena velata da una punta di scetticismo.

«Devo incontrarlo al più presto, meglio se sembrerà un caso. Mi dovrebbe cercare lui per certe informazioni che m'ha chiesto, ma chissà se e quando lo farà. Non possiamo più aspettare. Sappiamo quali ambienti frequenta?»

Il maresciallo parve riordinare le sue idee:

«Il giornale, ovviamente, e la pensione» disse con lentezza. «Poi certe osterie di Testaccio; di tanto in tanto si reca al bordello di via Capocci. La maîtresse è una nostra confidente.»

Giovanni non dette segno d'apprezzare.

«Mi pare che altri punti di riferimento fissi nel rapporto non ce ne siano. Da ieri sta seguendo la manifestazione aviatoria alle Capannelle.»

«Cioè?» chiese Giovanni.

«Il suo giornale l'ha mandato a fare la cronaca di quell'avvenimento. Ieri pomeriggio era lì, è stato notato. Con ogni probabilità ci sarà anche oggi, è la giornata conclusiva.»

«A che ora comincia la manifestazione?»

«Mi pare alle due.»

«Cioè» Giovanni guardò il suo orologio «tra mezz'ora. Marchisio, vado subito lì. Eccola l'occasione, non possiamo perderla.»

«L'accompagno.»

«Non è assolutamente necessario. Lei paghi piuttosto il conto anche per me.»

S'alzò senza neanche aver terminato il suo piatto, e uscì in fretta. Voleva chiamare una vettura sulla via Nazionale, ma dall'altra parte della strada c'era un uomo immobile all'interno d'un portone con entrambe le mani affondate nelle tasche. Pensò che era inutile dargli l'informazione supplementare che s'era allontanato in carrozza.

S'avviò a piedi al luogo di sosta delle vetture pubbliche di piazza dell'Esedra.

15

Buona parte delle automobili che circolavano a Roma dovevano essersi radunate davanti all'ippodromo delle Capannelle a sud della città, quasi ai piedi dei colli Albani folti di castagni. Giovanni, che aveva promesso tariffa doppia al cocchiere, vi giunse in meno di tre quarti d'ora di buon trotto, avendo lasciato l'abitato a porta San Giovanni.

Non concesse nulla al paesaggio. Non vide gli acquedotti, le torri, le tombe, le greggi di cui la piana era cosparsa. Sentiva che la sua risoluzione improvvisa stava per infrangere l'equilibrio che per dieci giorni aveva tenuto in bilico la soluzione dell'enigma di via Varese.

Adesso aveva di fronte un piano inclinato lungo il quale sarebbero state scandite con moto naturalmente accelerato le cadenze finali degli avvenimenti. L'esito del colloquio con il cronista sarebbe stato decisivo.

Quando partecipava a un'indagine, ma anche in ogni altra circostanza complessa, Sperelli riteneva inutile tentare di opporsi radicalmente al corso degli eventi. Pensava di doversi comportare come il rematore che, discendendo il corso d'un fiume, immerge di tanto in tanto il remo per tenere lo scafo sul filo della corrente più favorevole, poiché non potrebbe né arrestare la corsa né invertirne la direzione.

Era distacco o tolleranza. Come aveva detto a Paolina, doveva trattarsi della sua incapacità di prendere troppo sul serio l'esistenza. Ovvero, come aveva sentito dire una volta da un suo amico, era la consapevolezza che, volendo passare attraverso una porta, bisogna considerare che gli stipiti sono duri.

Così s'era comportato anche in quell'indagine, mantenendo tra sé e le cose un elastico cuscino, anche per non spingersi troppo oltre in quel mestiere di cui intimamente avvertiva il disagio come per un pensiero indesiderato.

Questo fardello di convinzioni e di sentimenti non impediva che, correndo sul legno leggero verso le Capannelle, avvertisse uno stato d'animo inconsueto, insieme al consueto latente mal di capo. Non si trattava più di osservare, dedurre, ricostruire. Nelle prossime ore avrebbe dovuto dar prova di fervore e avviare un pesante volano badando bene che non gli sfuggisse dalle mani.

Arrivò quasi in tempo. La manifestazione non era ancora iniziata e gli stessi sovrani erano appena giunti, su due diverse automobili, accompagnati da un ristrettissimo seguito. Quando Sperelli s'affacciò sulle tribune, la folla elegante si stava sedendo sulle poltroncine e sulle gradinate dopo essersi levata per ricevere, con un breve applauso, i reali.

Riconobbe molti volti noti. Strinse qualche mano, sorrise, commentò anche lui la piacevolezza del tempo. Ma badò bene a non farsi coinvolgere in un gruppo dal quale avrebbe potuto esser difficile allontanarsi, quando fosse stato necessario.

Scorse la marchesa De Ambrosis e sua figlia Isabella che in piedi conversavano con altre signore tutte vestite di chiaro e le salutò da lontano. Riconobbe perfino il barone Tasca di Corbò, che un giorno Paolina gli aveva indicato. Era in compagnia d'una donna bruna e mansueta dalle labbra spalmate di vermiglio. Non vide invece il cronista Roberto Curci.

Sul prato, sotto le tribune, i meno fortunati attendevano che l'esibizione cominciasse, premuti in gran numero entro uno spazio non grande. I padri tenevano i figli più piccoli a cavalcioni, molte signore erano audacemente arrampicate su sedie di legno per arrivare almeno a intravvedere le sagome degli aerei che, con i motori ancora spenti, ondeggiavano appena sotto qualche raffica lieve di vento.

I fischi della folla nei posti popolari sottolineavano l'impazienza per il ritardo sul programma.

Il pilota francese Martinet uscì per primo dal paddock. Traversò in diagonale la pista e s'inerpicò sul suo biplano Farman. Una squadra di meccanici avviò l'elica con frenetici strattoni circolari.

La sagoma dell'aereo scomparve con un boato dietro una cortina di fumo che la stessa rotazione delle pale dissipò all'istante. Martinet abbassò gli occhialoni, salutò con la mano e avviò la macchina, fremente sul fondo irregolare del prato, mentre l'aria s'impregnava dell'odore di olio bruciato.

Ogni conversazione era cessata; il francese aveva tutti gli occhi e decine di binocoli addosso. A mano a mano che s'allontanava, il velivolo prendeva velocità. La rotellina di coda si sollevò, ricadde, si sollevò più alta e dopo forse un centinaio di metri si vide che anche le due ruote anteriori s'erano staccate dal suolo. Un urlo partì dalla folla e poi uno spontaneo applauso.

Le ali dell'aereo batterono alcune volte recalcitrando all'enorme peso che dovevano trascinare. Parve che il velivolo dovesse urtare contro qualche staccionata, ma alla fine riuscì ad alzarsi, oltrepassò la ferrovia, superò un alto filare d'alberi, scomparve dietro di essi.

Ora tutti commentavano il formidabile decollo. Giovanni colse con un'occhiata che anche Isabella parlava con insolita animazione. Indossava un abito a tailleur con giacca di panno *bleu-foncé* molto attillato e sembrava bella.

Riconobbe con sorpresa, non lontano da lei, l'ambasciatore di Turchia. L'uomo sedeva accigliato intento ad annotare concitatamente qualcosa su un taccuino. Levò un istante gli occhi, scrutò le sagome degli aerei, riprese a scrivere.

C'erano tutti in quella tribuna, eccetto la persona che desiderava vedere. Decise di cercarla altrove.

I decolli si stavano susseguendo adesso. Era partito Fischer, anch'egli su biplano Farman, si stava preparando il tedesco Weiss su monoplano Koechling. S'udiva chiaramente che il motore tossiva, ansimava come un uomo nel sonno, aveva dei *ratés*. Ma la folla non perdeva una mossa. Il tedesco era noto come pilota imprevedibile, capace di trascinare tutti a grandi entusiasmi.

Giovanni, giunto sul prato, dette inizio alla sua ricerca. Percorse due volte la distesa davanti alle tribune, poi si diresse verso il paddock. Alle spalle del recinto c'erano gli spogliatoi dove i piloti indossavano la tuta di volo.

"Se dovessi occuparmi della cronaca" pensò "andrei lì." Doveva essere un'illazione ovvia, perché infatti vide di lontano la capigliatura fiammeggiante del Curci e improvvisamente sentì una fredda calma.

Un rombo che s'avvicinava costrinse tutti a levare gli occhi. Era Martinet che stava puntando dritto sulla folla.

Picchia verso il basso, mette il timone sull'esatta direttrice del palco reale e quando vi è quasi sopra porta la mano sinistra al casco in segno di saluto. Passa pochi metri al di sopra della tettoia delle tribune e scompare in direzione del sole.

S'era vista la folla agitare frenetica fazzoletti e cappelli, ma solo quando il tremendo strepito del motore si fu allontanato, s'udì lo scroscio dell'applauso che aveva accompagnato l'ardimento della manovra.

Curci non aveva ancora abbassato lo sguardo che Sperelli gli era già al fianco.

«Splendido pilota» disse a voce abbastanza alta.

Il Curci si volse, lo riconobbe:

«La credevo interessato soltanto ai cavalli.»

Lo salutò con cordialità. Poteva Giovanni azzardare una battuta vergognosa? Fissò per un istante il giornalista negli occhi, sorridendo a sua volta, e decise di sì.

«Gli aerei sono i cavalli del cielo, cavalli-vapore.»

Curci rise con quel riso acuto, che Giovanni aveva già notato in casa De Ambrosis, ritraendo le labbra dai denti malsani. Era un singulto che gli rendeva trasparenti le narici già pallide e che conteneva una nota vibrata e sospesa. Avrebbe potuto concludersi con un singhiozzo. Ma non fu così, il riso si spense improvviso com'era cominciato.

«Deve sempre farlo il suo articolo sul concorso ippico?»

«Devo, certamente. Intanto però mi occupo di questa manifestazione.»

«Che cosa ne pensa?»

«Mi sembrano un po' le solite cose.»

Era bastato poco, dunque, perché il Curci si abituasse a veder volare oggetti più pesanti dell'aria. Doveva aspettarselo. Era la messa in pratica della versatilità giornalistica che si alimenta di rimbombi sempre nuovi. Gli stessi che chiunque può produrre da sé marciando autorevolmente su una superficie vuota. Ne aveva forse visti tre o cinque di aeroplani il cronista, ma quel tipo di rombo l'aveva già saziato per la vita.

Parlava volentieri, però. Trascorreva condiscendente e nervoso da un argomento all'altro come se l'amministrazione del mondo fosse in certo modo cosa di sua competenza.

Tra coloro che lamentavano nei giovani la mancanza d'ideali e quelli che al contrario ne temevano l'eccesso, Giovanni non aveva mai avuto occasione né tempo di prendere veramente partito. Per pure ragioni pratiche, si stava solo augurando di non avere a che fare con qualcuno che s'atteggiasse a irriducibile fanatico.

Riferendosi ai piloti di acreo, Curci disse:

«Si può rischiare la propria vita in molti modi, questo francamente non m'interessa.»

Suonò come una professione di disarmato buon senso, invece alludeva ad ardimenti d'ordine ancora maggiore. Lo si capì quando aggiunse:

«Vale la pena di partecipare a ciò che si può condurre con la forza delle ideologie, non dei cavalli vapore.»

Proprio davanti a loro, incollato al muro posteriore delle tribune, si poteva vedere il violento manifesto d'una delle ultime gare automobilistiche... Una vettura ruggente che sembrava davvero correre su una rossa mitraglia. Sperelli ritenne che quel richiamo venisse in suo aiuto. Indicandolo disse al cronista:

«Non pensa che l'efficacia di queste innovazioni tecniche darà comunque un connotato ai nostri tempi?»

«La tecnica» replicò pronto Curci «è un paravento dietro il quale si nasconde ogni sorta di mascalzonate.»

Quell'impeccabile ortodossia progressiva aveva un suo fascino. Giovanni sentì che doveva comportarsi ancora peggio. Si schermì:

«Mi occupo così poco di politica. Le circostanze m'hanno imposto di fare soltanto quello che faccio. Il suo invece dev'essere un mestiere strabiliante, un continuo allarme.»

Curci, evidentemente soddisfatto del suo ruolo in quella conversazione, abbassò con compunzione le palpebre. E ancora una volta s'ancorò solidamente al suo credo:

«La stampa d'opposizione lo sta suonando sì l'allarme, ma al bordello del parlamentarismo.»

C'era nelle parole di quel giovanotto, una rabbiosa prontezza contro pericoli noti e oscuri che, impaziente di se stessa, afferrava qualunque cosa gli venisse messa davanti. Sperelli volle sondare fino a che punto questa elastica irritabilità potesse distendersi.

«Così esasperato alla sua età» disse. «Certo, lei deve avere molto sofferto.»

«La posta in palio è altissima, giocheremo d'azzardo con la storia.»

«E nell'attesa?»

«Metteremo in piedi dei comitati.»

«Mi sembra sensazionale» esclamò Giovanni. E aggiunse: «Mi dica, però, nel presente non vede alcuna salvezza?».

Curci ebbe un sorriso enigmatico che gli scoprì solo gli incisivi superiori:

«Conosce i proverbi cinesi, Sperelli?»

«Poco, se devo essere franco.»

«Ce n'è uno che dice: bisogna bastonare il cane che affoga.»

Giovanni si rese definitivamente conto d'avere di fronte non tanto un fanatico quanto il fragrante bocciolo d'un capopopolo. Ne profittò per sapere la sua opinione sul nuovo gabinetto, sulla costruzione da parte dell'Austria di altre quattro *dreadnoughts*, solo alla fine gli chiese:

«In confidenza, lei che cosa pensa veramente della morte di Amelia Battiferri?»

«Sta parlando di quella modella di via Varese?»

«Proprio di lei.»

«Non ne penso niente. So solo che è morta. Perché me lo chiede?»

«Mi aveva incuriosito il comunicato della polizia che i giornali, credo anche il suo, hanno riportato senza commenti. Ricorda che cosa diceva?»

«Per la verità, no.»

«Diceva "trovata morta".»

«E che cosa l'ha incuriosito?»

«L'ambiguità della frase. Mi sono detto che se la Battiferri fosse morta di morte naturale intanto non ci sarebbe stato un comunicato della polizia, poi si sarebbe scritto "è improvvisamente deceduta", o qualcosa del genere.»

Curci lo guardava incerto, gli occhi velati da una certa aria di tolleranza che forse era solo miopia, in dubbio se valesse o no la pena di spendere il suo tempo su quell'argomento.

«Può darsi benissimo. Ma lei che cosa ne ha concluso?»

«Io non ho concluso niente, ma ho sentito bisbigliare che si tratterebbe d'assassinio. Mi hanno anche detto che il comunicato della polizia era stato studiato per congelare la notizia per due o tre giorni. Passati quelli, con la crisi di gabinetto in corso e le feste del giubileo, i giornali avrebbero avuto ben altro di cui occuparsi. Infatti della cosa non ha più parlato nessuno.»

L'aveva colpito. S'avvide chiaramente che Curci aveva deciso che valeva la pena di dar peso alla questione. Ora doveva attirarlo con dolcezza, sospingendolo nella direzione opposta a quella che in realtà desiderava.

«Lei queste cose da chi le ha sapute, Sperelli?»

«In giro, da amici, e poi da alcune confidenze del maresciallo Marchisio della questura.»

«È certo che si tratti d'assassinio?»

«Sono anche venuto a sapere che la Battiferri era l'amante di un alto funzionario, forse addirittura di un deputato. Pensi un po' lei. M'è tornata alla mente questa storia quando lei ha affermato che il parlamento dovrebbe essere abolito. Tra voi giornalisti che se ne pensa?»

«Non se ne pensa niente. Perché dove ci sono due occhi ce ne vorrebbero cento.»

«Allora crede che il caso possa considerarsi chiuso? Pensi quale imbarazzo per Giolitti se scoppiasse uno scandalo proprio adesso. Guai se una notizia del genere cadesse nelle mani di giornalisti male intenzionati.»

«Giornalisti non asserviti, dovrebbe dire.»

Sempre parlando avevano preso a dirigersi di nuovo verso il recinto delle tribune. Un'agitazione insolita lo animava. Inservienti, meccanici, alcuni signori in giacchetta nera correvano confusamente avanti e indietro. Si videro uscire due automobili che erano rimaste nascoste dietro l'edificio dei box.

«Che cosa sta succedendo laggiù?» chiese Sperelli. Anche Curci aveva colto il convulso andirivieni.

«Aspetti qui, vado a informarmi.»

Corse, parlò con due o tre persone, tornò presso Giovanni che lo stava aspettando.

«Pare che Weiss sia precipitato con il suo aereo. S'era allontanato in direzione della via Casilina e non è più tornato. Stanno organizzando una spedizione di soccorso. Vado con loro. Arrivederci, Sperelli.»

Fece per lanciarsi in avanti ma arrestò il suo slancio.

«Come ha detto che si chiama quel maresciallo?»

«Vittorio Marchisio, lavora in questura. Curci, mi raccomando.»

«Stia tranquillo, Sperelli.»

Giovanni lo vide avvicinarsi a una delle due vetture gremite di meccanici e introdursi a forza sul sedile posteriore. L'auto partì in una scia di polvere; lo sportello dalla parte di Curci ancora aperto.

Venne investito in pieno dalla nube, ma quello che doveva fare l'aveva fatto.

La notizia dell'infortunio occorso a Weiss aveva raggiunto anche il pubblico delle tribune. Ovunque lo si commentava. La contessa Kutuzov, nobildonna russa da molto tempo residente a Roma, nota per il suo ardimento durante le battute alla volpe, era tra le più animate, voleva che tutti si levassero in volo. Giovanni la vide parlottare con Martinet. Dov'era Isabella? La cercò a lungo con gli occhi senza riuscire a scorgerla.

Doveva avvertire Marchisio prima che Curci tornasse in città. Bisognava studiare con attenzione ciò che il maresciallo avrebbe potuto dire e ciò che invece avrebbe dovuto tacere, se il giornalista lo avesse cercato.

Bisognava dunque rientrare rapidamente, e non era facile. Non la curiosità, ma una vaga sensazione d'esaurimento teneva anche lui seduto sulle gradinate intento, per chi l'avesse osservato, alla lettura del programma, in realtà profondamente perplesso sulle conseguenze della mossa che aveva appena compiuto.

«Un falco, un falco.»

Non capì bene ciò che gli spettatori andavano ripetendosi, ma guardò anche lui verso il punto che tutti fissavano.

Lontano, in direzione di Roma, si scorgeva una macchiolina nera nel cielo. Due opinioni dividevano la folla: che si trattasse d'un falco o del pilota tedesco che, riparati i danni, faceva ritorno.

Entrambe erano errate. Quando il minuscolo punto s'ingrandì, si distinse chiaramente la sagoma d'un Blériot. Era il tenente Ginocchio che arrivava dalla scuola di pilotaggio militare di Centocelle per salutare il sovrano.

Giunse sull'aerodromo a circa quattrocento metri di quota mentre la folla applaudiva, entusiasmata dalla sicurezza del volo. Dietro, già s'annunciava un altro biplano. Gli ufficiali di cavalleria diffusero in un baleno anche il nome di quel secondo pilota, il tenente Gavotti.

Mentre l'aereo di Ginocchio si teneva alto compiendo belle evoluzioni lentissime, Gavotti s'abbassò con un volo planato sensazionale e compì la stessa figura con la quale Martinet aveva aperto la manifestazione. Ma nel sorvolare la tribuna reale, così basso che le strutture in ferro ne tremarono, fu addirittura con la mano destra che salutò la coppia reale. Sotto, aveva un mare di fazzoletti.

I due aerei si ricongiunsero e s'allontanarono in direzione di Centocelle salendo continuamente. Il piccolo Blériot di Ginocchio, arrivato a oltre mille metri, divenne ben presto invisibile. Forse ancora più in alto doveva essere salito il tenente Gavotti.

«Bravi aviatori» disse Isabella che gli era giunta accanto.

«Bravi davvero» rispose Sperelli con naturalezza, come fosse inteso che si sarebbero incontrati in quel modo, per parlare di aeroplani.

«Ha un mezzo per rientrare in città?» chiese la donna. «Altrimenti potrebbe venire con noi.»

Oltre le spalle d'Isabella, Giovanni colse l'espressione intenta della marchesa De Ambrosis che li stava osservando e pareva non voler perdere un gesto di quel casuale incontro. Avrebbe dovuto dire di sì, ma sentì che non poteva. Con molta cortesia rispose:

«La ringrazio molto, Isabella, ma avevo promesso al tenente Monticiani che saremmo rientrati insieme.»

16

La notizia uscì mercoledì 5 aprile. Un piede di pagina, ma il titolo era su due colonne: *Come è morta Amelia Battiferri?* Il cronista Curci non aveva avvicinato nessuno e il breve articolo non citava alcuna fonte, si limitava a insinuare dei dubbi. Non ci sono limiti alla prontezza giornalistica.

Le incognite di quella morte, si stabiliva, giungevano a lambire lo stesso governo, forse a pregiudicarne l'esistenza. La stampa esigeva chiarezza e giustizia.

Giovanni sfogliò il quotidiano passeggiando, ancora in veste da camera, sulla sua terrazza. Avvertiva qualcosa di molto simile allo sconforto. Il cielo era coperto e minacciava pioggia. La cupola di piombo sembrava opprimere con il suo peso immane i tetti dai coppi fradici, le altane solo in parte fiorite, i comignoli.

La sera precedente Paolina era salita improvvisamente da lui. S'era data con un ardore che Giovanni non le conosceva, quasi che volesse tenere lontano il suo giudizio.

«Non so se potrò ancora vederti prima della partenza» aveva detto. «Devo preparare due bauli di costumi, tutti nuovi.»

Non c'era gelosia in lei, al contrario, una muta cedevolezza che egli non riusciva a decifrare. S'era trattenuta l'intera serata ma senza mai realmente avvicinarsi, eccetto quando gli aveva chiesto:

«Perché ti penti così spesso di ciò che fai?»

Perché non so ancora bene che cosa voglio, avrebbe dovuto rispondere Giovanni. Invece aveva detto:

«Perché faccio troppo di frequente le cose più ovvie.»

Così aveva aggiunto equivoco a equivoco rendendo definitivamente impossibile che potessero parlare come era accaduto in passato. Nonostante la solitudine, il silenzio, la nudità, era rimasta tra loro quella tensione che per la prima volta aveva avvertito in casa De Ambrosis. Con la differenza che in quell'occasione aveva pensato d'avere una spiegazione a portata di mano.

Paolina invece credeva di poter abbracciare con una sola occhiata l'intero retroscena che l'aveva condotta in quella casa, in quella camera, nello stato d'animo di turbata insofferenza che da qualche tempo avvertiva. Aveva l'impressione che un sentimento grandioso l'avesse richiamata ai suoi doveri verso se stessa e che di questo non fosse possibile né consentito parlare, nonostante Giovanni la stesse osservando, dolorosamente irrigidito.

L'aveva baciato un'ultima volta, uscendo, senza sollevare la veletta. Quell'impaccio aveva tenuto separate le loro labbra con la sua pungente inconsistenza. Più che d'un bacio s'era trattato della sua rappresentazione.

Parve a entrambi, ma per ragioni diverse, un adeguato suggello.

Alle otto e trenta il portinaio Antonio recapitò a Giovanni il biglietto con cui il vicecapo della polizia Salvatore Carramelo lo chiamava d'urgenza nel suo ufficio. Una reazione che s'era aspettato, il primo dei contraccolpi provocati da quelle poche righe di piombo.

In quel momento però, la concitazione del messaggio, che traspariva sotto lo scheletrito linguaggio convenzionale, il pensiero che all'invito avrebbe dovuto ottemperare gli provocarono una reazione di grande fastidio.

Avviandosi, si chiese se al ministero degli Interni avrebbe notato subito qualche segno particolare di nervosismo. Non ne vide. Salì in ascensore, percorse come ogni volta gli sterminati corridoi che in quella mattina temporalesca esalavano un umido sentore umano, bussò alla porta di Carramelo.

Il cavaliere non s'alzò. La pelle del volto era meno fanciullesca, gli occhi scomparivano dietro la fessura oblunga delle palpebre pesanti. Gettandogli attraverso la scrivania una copia del giornale «Il Secolo», sussurrò:

«Legga qua.»

L'articolo era stato premurosamente avvolto da un fregio di matita rossa.

«L'ho già letto» rispose Giovanni uniformando la sua voce a quella del funzionario.

«Mascalzoni.»

L'ingiuria venne pronunciata senza risentimento, con la voce calma e bianca di chi si limita alla constatazione d'un fatto.

«Lei intende il vero bersaglio di questa indiscrezione?» chiese il cavaliere.

«Posso tentare d'immaginarlo.»

«Quei due sono voluti tornare al governo senza consultare il proprio partito, e questi si vendicano cercando una nuova crisi.»

Un'infinita stanchezza, una millenaria abitudine alle contorsioni e agli espedienti accompagnava quei sorprendenti bisbiglii.

Giovanni era andato all'appuntamento preparato alla collera, e doveva constatare che un eccesso d'esperienza e d'astuzia aveva invece trascinato Carramelo fuori strada, risparmiandogliela.

Reclino sui cuscini, con le guance esangui e le dita molli abbandonate sul ventre, don Salvatore aveva immaginato che i due ministri radicali, che avevano trascinato il precedente gabinetto Luzzatti alla crisi con le loro dimissioni, venissero indirettamente minacciati con quel trafiletto per essere voluti tornare al governo senza consultare il loro gruppo.

Sperelli pensò a com'era facile smarrirsi nelle gallerie di specchi di quei palazzi. Il cronista aveva pubblicato una notizia che avrebbe potuto essere falsa e invece era vera. Il cavaliere gli aveva dato un'interpretazione che avrebbe potuto esser vera e invece era falsa.

Adesso pareva dormire sulla vasta poltrona, solo la sua lievissima voce smentiva quell'impressione:

«Quei due hanno fatto cadere un governo sostenendo che era per coerenza con l'atteggiamento del loro gruppo. Ora che si tratta di tornarci, ai loro colleghi non hanno detto una parola. Cominciano le fucilate.»

«Ma noi sappiamo che la Battiferri è stata assassinata, commendatore.»

«E allora?»

«Era inevitabile che prima o poi qualcuno lo scrivesse.»

«Ma lì non c'è scritto, Sperelli. Lì si minaccia di far sapere una notizia, non la si dice.»

Ebbe un impercettibile soprassalto, contrasse le labbra:

«E se anche ci fosse scritto? Cambierebbe qualcosa? Vede questi?»

Puntò il dito medio su un mazzetto di fogli premuti da una lente d'ingrandimento:

«Sono gli omicidi commessi in Italia nell'ultima settimana. Se i giornali dovessero occuparsi di tutti, non avrebbero spazio per altro. La chiama obiettività, questa?»

Sembrava assai soddisfatto del suo cinismo. Si sollevò a sedere dischiudendo un poco le palpebre. Giovanni intuì il lampo delle pupille.

«Lei non l'aveva calcolata questa conseguenza, vero?»

«Non capisco» rispose Sperelli.

«Quando ha convinto quel Curci a interessarsi del caso Battiferri, non ha pensato che sarebbe stato utilizzato per tutt'altri fini.»

S'udiva nella stanza il battito lento e sonoro d'una pendola, più lontano, il fruscio delle fontane sulla piazza Navona. Giovanni si sentì colpito dall'idea tardiva che non poteva consentirsi alcun orgoglio.

Neanche la sua decisione repentina e casuale di correre alle Capannelle era bastata a depistare la sua ombra. Adesso il cavaliere gli stava ricordando che vivevano entrambi in un paese dove quasi nulla è mai ciò che sembra. Ma dove ciò che sembra è comunque molto più importante di ciò che è.

La notizia, o l'insinuazione, era stata contenuta nei termini esatti che lui aveva suggerito, ma gli scopi per i quali era stata pubblicata erano affatto diversi e l'interpretazione che ora se ne dava non aveva più niente a che vedere con la morte della modella.

Aveva avuto torto a credere fuori strada don Salvatore Carramelo. Fuori strada era soltanto lui. Guardò il cavaliere. Il suo volto di nuovo reclino non esprimeva nulla, perché nulla sembrava poter turbare la sua rassegnazione.

Aveva davanti una sola possibile conseguenza da trarre: non era più possibile esaudire i suoi desideri, si poteva proseguire, ammesso che gli venisse consentito, solo rispettando ogni regola. Disse con un certo sostenuto contegno:

«Se la sua ipotesi è corretta, i radicali avrebbero attaccato comunque. La Battiferri non è che un pretesto. Togliamo di mezzo quel pretesto e saranno costretti a inventarne un altro, ma ci vorrà del tempo.»

«Come?» chiese Carramelo in un sospiro.

«La perizia definitiva di assassinio ha impiegato alcuni giorni ad arrivare, se sono bene informato. Niente di strano che la questura emetta ora un comunicato ufficiale in quel senso precisando che le indagini proseguono, anzi, che sono già a buon punto.»

«Ma lei sa come si concluderanno le indagini?»

«Per la gran parte sì, con certezza ormai.»

«E a chi le faccio fare, al maresciallo Marchisio?»

Pronunciò quel nome venandolo si sarebbe detto d'inadeguatezza, quasi volesse far intendere che se qualcuno doveva bruciarsi in quell'incarico, la carne che Vittorio Marchisio poteva offrire non era sufficiente ad alimentare il rogo.

Carramelo non proseguì perché era squillato, debolmente, il telefono sul suo tavolo. Portò il ricevitore all'orecchio bisbigliando "Carramelo" e rimase immobile in silenzio fino a quando sussurrò un pacato "grazie". Si volse in direzione di Giovanni:

«Galignani è morto.»

Il secondo contraccolpo era dunque arrivato, eccessivo, imprevisto, quella stanza ovattata non riuscì ad attutirne il riverbero.

«Come è morto?» chiese Giovanni.

«Gli hanno sparato. Bisogna andare.»

Il cavaliere doveva aver premuto un segnale dissimulato. Nel momento stesso in cui levava con solennità quel corpo a suo modo così diplomatico, un addetto faceva il suo ingresso. Sorreggeva sulle braccia zelanti un lungo soprabito nero, cappello, bastone, sciarpa, guanti.

Aiutò il cavaliere a indossarli uno dopo l'altro, quasi glieli drappeggiò addosso spianando col palmo della mano le pieghe del tessuto, carezzando con l'avambraccio la tesa del copricapo, porgendo il bastone in modo che la mano di Carramelo incontrasse senza difficoltà il bel manico d'osso.

«C'è la carrozza?» chiese il cavaliere.

«Aspetta giù.»

«Sperelli, venga con me.»

Il temporale che s'annunciava al mattino s'era allontanato senza conseguenze con uno di quei bruschi cambiamenti frequenti a Roma. La vecchia città risplendeva in quella luce che frugava le segrete sfumature del suo colore. Il tragitto fu breve.

Achille Galignani aveva abitato in un bel palazzo antico dietro piazza Paganica. Perfino l'intonaco qua e là cadente si giovava dell'improvvisa trasparenza dell'aria, così le finestre ornate e il vasto portale che immetteva in una corte oscura circondata da portici maestosi nella successione degli archi romani a tutto sesto.

Carramelo scese per primo facendo ondeggiare le molle della vettura, Giovanni seguì dalla stessa parte. Ad attenderli c'era un piccolo drappello d'uomini.

Il cavaliere indicò col bastone verso l'androne buio. Era l'equivalente d'una domanda. Qualcuno rispose che da quella parte si doveva salire. La scala era fredda, semibuia, vi aleggiava un tanfo di legno vecchio, di cera e di gatti. Ma i gradini erano bassi e agevoli, fatti per il passo disinvolto dei signori.

Sperelli seguì il gruppo. Aveva stretto alcune mani, riconosciuto qualche volto. Entrarono nello studio, scoprendosi.

Il cadavere di Achille Galignani di San Cenobio giaceva di sghimbescio in parte dietro, in parte sotto la scrivania dove era scivolato nelle ultime convulsioni. La palla gli aveva trapassato lo zigomo destro provocando una contenuta emorragia esterna e una morte quasi istantanea. L'occhio sinistro li fissava, si sarebbe detto con rammarico:

«Quando è successo?» chiese cupamente Carramelo.
«Alle undici circa.»
«La signora dov'è?»
«Nella camera da letto.»
«Chi la sorveglia?»
«Il vicequestore Marchetti.»
Solo in quel momento Giovanni seppe, poiché nessuno glielo aveva ancora detto, che la sua intuizione e il suo timore erano giusti: era stata la signora Elvira a sparare.
Rimanevano tutti immobili, in semicerchio, fissando il cadavere come per una messa o per una funebre udienza. La morte e quella posizione scomposta non avevano tolto a Galignani tutte le sue prerogative. La bella testa, i capelli arditamente bianchi potevano far pensare a un uomo energicamente concentrato su qualche pensiero non banale, forse prossimo a un'intuizione che lo avrebbe d'improvviso rianimato.
Quella testa, separata dall'atteggiamento prostrato del corpo, ricordava molto da vicino Galignani vivo.
«Fatemi parlare con la signora» ordinò Carramelo.
Uscì dalla stanza preceduto da un funzionario. Come se quel circospetto silenzio fosse stato dettato da lui più che dal morto, tutti presero a parlare con voce quasi normale.
«Raccontami com'è andata» chiese Giovanni all'ex collega Ignazio Stacchini, straordinariamente invecchiato in quegli ultimi anni.
«Verso le dieci e mezzo, mentre il commendatore stava lavorando a quel tavolo, la moglie è entrata. I camerieri dicono che era calma. Hanno parlato per circa mezz'ora sottovoce. Solo alla fine, poco prima di sparare, s'è udita donna Elvira gridare: no, no, non dovevi!»
«Ed è seguito lo sparo?» chiese Giovanni.
«Non subito. Dopo il grido sono trascorsi cinque o dieci minuti durante i quali la conversazione è ancora continuata con voce normale. Poi la signora è uscita dalla stanza, si è recata nella sua camera, è tornata nello studio senza neanche chiudere la porta e giunta più o meno dove sei tu adesso, ha tirato.»
Giovanni si volse a guardare verso la scrivania. Da quella distanza era difficile sbagliare.

«Omicidio premeditato» concluse Stacchini.

«Tecnicamente hai forse ragione» commentò Giovanni. «Ma se la logica degli affetti e delle decisioni private avesse lo stesso peso delle leggi, questo omicidio meriterebbe una diversa definizione.»

«Perché dici questo?» gli chiese stupito il collega.

«Perché durante quella conversazione che nessuno ha udito, donna Elvira si è dolorosamente ribellata a qualcosa che non poteva più accettare. È uscita dalla stanza, s'è armata, ha sparato. Ma se invece di recarsi nella sua stanza senza correre, senza concitazione, avesse cominciato a dimenarsi e a urlare, se in quella furia un colpo fosse partito, lo definiresti ancora un assassinio premeditato? O non colposo? O preterintenzionale?»

«Sperelli, ma tu chi sei, l'avvocato?»

La domanda quasi divertita di Stacchini rese Giovanni consapevole che nel parlare s'era troppo scaldato.

«No» rispose con tranquillità. «E non mi piacerebbe esserlo. Mi chiedevo soltanto se una certa freddezza composta che si riesca a mantenere anche mentre si spara al proprio marito, debba di necessità diventare un'aggravante.»

«E perché ce l'aveva tanto con lui, secondo te?»

«Per una quantità di ragioni private, di donne, di denari, e anche pubbliche. Tutte mescolate insieme, per chissà quanto tempo.»

Era sopraggiunto un magistrato e si faceva spiegare dal commissario capo Rolandi le modalità del delitto, come poco prima aveva fatto Sperelli.

Fuori della stanza si poteva udire un pesante andirivieni, qualche porta sbattuta, voci soffocate, tutta una misteriosa attività rivolta a un fine che non si poteva capire. Dalla finestra si vedeva nella corte una lettiga pronta che Carramelo, prudente, aveva preferito far venire al posto del carro funebre.

Il cavaliere rientrò nello studio, sedette. Ai due o tre che gli si fecero intorno sussurrò:

«Chiede di essere arrestata.»

Quindi rivolto al commissario capo soggiunse:

«Rolandi, esegua lei la traduzione.»

Subito il commissario si guardò attorno e fece per uscire; sulla porta però dovette cedere il passo ai barellieri. Non ebbero difficoltà. Il corpo conservava una sua pesante scioltezza.

Sperelli notò che inspiegabilmente Galignani aveva perduto una scarpa. Il calzino scuro di seta lasciava trasparire il colore di vecchia cera del piede. S'avvicinò al commendatore.

«Posso chiederle che cosa ha detto la signora?»

Carramelo guardava davanti a sé. Rispose:

«Non ha detto niente. Ha ammesso d'aver sparato e ha chiesto d'essere arrestata.»

«Crede che le due morti siano collegate?»

«Questo non lo deve chiedere a me, Sperelli.»

Alcuni funzionari stavano per lasciare l'abitazione. Restava Carramelo, rigidamente seduto, avvolto nell'enorme pastrano nero; restavano Ignazio Stacchini e un agente.

Sperelli si rivolse al suo vecchio collega:

«Stacchini, m'hai detto che Galignani stava lavorando quando sua moglie è entrata qui?»

«Così hanno riferito i domestici.»

Giovanni girò dietro la scrivania e levò lo sguardo. La stanza, vista da lì, sembrava buia e pomposa, così vistosamente ricercata nei dettagli da rasentare la caricatura. Scorse il dorso dei volumi allineati lungo i pesanti scaffali intagliati. C'erano titoli in francese e in tedesco, trattati, storia militare, saggistica politica.

Sul piano del tavolo erano rimasti alcuni fascicoli intestati al ministero degli Esteri. Un espresso datato da Aden riferiva, in inglese, che il Mad Mullah aveva attaccato alcune tribù amiche dell'Inghilterra in località El Ain. Erano stati razziati ottocento capi di bestiame e uccisi nove uomini. Un altro, da Vienna, scritto in italiano, dava notizia delle proteste dei socialisti austriaci per le spese stanziate in bilancio in vista del riarmo della flotta. Un'annotazione a margine diceva "In visione al ministro".

Giovanni cautamente sfogliava quelle carte cercandovi qualcosa che non avrebbe saputo dire. Lo interruppe Carramelo:

«Sperelli, raccolga quella corrispondenza e la metta in

una cartella. Sta per arrivare un funzionario del ministero a ritirarla.»

Dunque il commendatore era rimasto in quella stanza a garantire la riservatezza di un eventuale segreto di Stato. Stacchini venne in suo aiuto. Sotto quel pacco di corrispondenza altra ne comparve.

Fatture, lettere private, la foto di due bambini in costume da bagno al lido di Venezia, un cartoncino pubblicitario sul quale, in caratteri esageratamente moreschi, si poteva leggere BAZAR TURCO e più sotto: *Gestore signor Nakim Talat – piazza di Spagna, Roma*.

Giovanni conosceva il negozio. Importava tappeti dal Vicino Oriente e quei minuti oggetti, soprammobili, dubbie antichità che saziano ogni più esotico bisogno.

Trattenne il cartoncino tra le dita. Dalla parte opposta c'era un'annotazione a matita. Con grafia irregolare, come di chi scriva scomodamente, qualcuno aveva appuntato "4.6-h24" e poi una parola come "Shaba". Lo mostrò a Stacchini, che vi gettò un'occhiata distratta.

«È quel venditore di cianfrusaglie in piazza di Spagna» disse.

«Dietro c'è una nota» fece osservare Sperelli.

Stacchini impiegò poco tempo a decifrarla: «Sono le misure di un tappeto Shaba, sei per quattro cioè ventiquattro».

Il cavaliere li stava osservando o quanto meno aveva il volto girato dalla loro parte. S'udì un tramestio nel corridoio, Giovanni si fece sulla porta.

Donna Elvira avanzava scortata da Rolandi e seguita da Marchetti che sorreggeva una piccola valigia. La donna sembrava spaventosamente alterata, il profilo affilato, soffuso d'un pallore uniforme. Giunta all'altezza dello studio non volse il capo.

Fu Sperelli a fermarla, inaspettatamente, trattenendola per un braccio. Più tardi, chiedendosi perché l'avesse fatto, si dette una spiegazione ragionevole: voleva ritardarne l'uscita temendo che la signora Galignani potesse raggiungere lungo le scale la barella con il cadavere del marito.

«Lei che cosa vuole?» gli chiese donna Elvira con irritazione.

«Esprimerle il mio rammarico.»

La Galignani si girò verso di lui, e fissandolo con astio disse, con voce alta e quasi teatrale:

«A lei, poi, non dovrebbe dispiacere tanto.»

Riprese il suo passo costringendo gli altri due a seguirla.

Un addetto al gabinetto del ministro si presentò a Carramelo. Un uomo minuscolo, calvo, dagli occhiali cerchiati di metallo, la voce affettata e nasale, un'autentica curiosità, ci fosse stato il tempo di curarne la conoscenza. Purtroppo non c'era.

Raccolse dalle mani di Stacchini la cartella gonfia di fascicoli, l'esile braccio vibrò sotto il peso. Con un'occhiata s'accertò che non ci fossero in giro altre carte, squisitamente ringraziò, scomparve; e Stacchini dietro di lui.

Giovanni Sperelli e il cavaliere adesso erano soli in quella stanza eccezionalmente ordinata. Gli oggetti occupavano il posto nel quale ognuno si sarebbe aspettato di vederli e nulla testimoniava della tragedia. Fu Sperelli a parlare:

«Cavaliere, lei sa che questa storia sarà più difficile di quella di via Varese.»

Carramelo, che s'era alzato, s'arrestò sotto il pesante lampadario centrale in ferro ritorto, ma senza voltarsi. Dandogli le spalle chiese:

«Che altro c'è, Sperelli?»

«I due delitti sono collegati, e tutti vorranno scriverlo.»

Solo a quel punto don Salvatore si decise a volgere il viso in direzione di Giovanni. Con tono sordo domandò:

«Come fa a dirlo?»

«La vera incognita, l'unica rimasta fino a poco fa, era chi fosse la controparte, il terzo lato del triangolo. Adesso credo di saperlo.»

Sperelli sfilò lentamente di tasca il cartoncino del bazar che aveva trattenuto. Ne volse il dorso verso Carramelo:

«Quest'annotazione non si riferisce alla misura d'un tappeto come ha detto Stacchini. L'avevo pensato anch'io per un momento, ma non è così.»

S'interruppe desiderando che Carramelo gli chiedesse di che altro allora poteva trattarsi.

C'era della vanità in questa sua pausa, ma anche il bisogno di quella cadenza teatrale che vuole le battute più drammatiche precedute da una domanda adeguata che per così dire ne scorti l'ingresso.

Carramelo non amava il teatro o voleva deludere la sua vanità. Tacque.

«Su questo biglietto» proseguì Sperelli «ci sono la data e il luogo d'un appuntamento. 4.6 sta per sei aprile, h24 per mezzanotte. Cioè, la mezzanotte di domani.»

Questa volta il cavaliere parlò, ma fu sferzante:

«Chi le dà questa sicurezza? Ammesso che sia così, chi le dice che l'appuntamento abbia qualche cosa a che fare con il caso? Lo conoscevamo, l'uomo.»

«Un solo elemento per ora. Non esistono tappeti Shaba. Esiste invece appena fuori dell'abitato, in direzione di porta San Paolo, la chiesa di San Saba. La può vedere raffigurata in questa stampa.»

Così dicendo Giovanni indicò una piccola acquaforte alla parete che mostrava una composta facciata romanica affondata in una folta e quasi selvaggia vegetazione.

«E se fosse davvero un appuntamento, avrebbe intenzione di onorarlo?»

«Se lei mi consente.»

Parlò senza impazienza perché voleva che Carramelo intendesse bene a quale diversa realtà la morte di Galignani lo poneva ora di fronte, e che lui si sarebbe comportato di conseguenza. Ma il commendatore aveva il gusto del silenzio, sapeva padroneggiarlo come pochi e usarlo come un'arma.

Quel volto muto era lì per esortarlo a scoprirsi ancora di più, reclamava una dipendenza totale.

«Questo delitto viene incontro ai suoi timori» disse ancora Sperelli.

Carramelo non sembrava ancora rassicurato.

«La stampa ha attaccato la reticenza della polizia, ma ora che Galignani è stato ucciso l'indagine può andare avanti senza più timori. *Parce sepultos*.»

«Andrebbe lei personalmente?»

«Devo farmi accompagnare da Marchisio.»

Carramelo lo fissò con astuzia, gli parve. Ma Sperelli sentiva che la cosa cominciava ad avere un senso anche per lui. Sulla persona immobile di Galignani morto si poteva osare ciò che fino a quel momento non era stato neanche tentato.

La situazione di colpo s'era capovolta. Elvira Galignani non solo aveva posto Sperelli di fronte a se stesso, ma aveva anche spianato la strada della giustizia e lenito le inquietudini politiche di don Salvatore.

«L'autorizzo» disse Carramelo. Parlò con indulgenza, come se fosse stato d'improvviso vinto dalla propria condiscendenza, e nel dirlo dischiuse quasi interamente le palpebre per la prima volta. I suoi occhi sembravano immensamente tristi.

Che cosa pesava di più? Il fatto che potesse proseguire e verosimilmente concludere il caso, o il modo col quale aveva ottenuto di poterlo fare? E perché sentiva di dover andare avanti se Galignani era morto? Giovanni diffidava di se stesso, della stanchezza provata all'inizio di quell'interminabile mattinata, del suo stesso desiderio d'aprire con le proprie mani l'ultimo doppiofondo di quel dedalo.

Tuttavia si costrinse alla richiesta ineluttabile:

«Devo supporre che la sua autorizzazione comprenda il compenso relativo all'azione.»

Don Salvatore sembrava assorto in una tranquilla meditazione mentre rispondeva:

«Naturalmente.»

17

Né Sperelli né Marchisio avevano desiderio di parlare. Sedevano in silenzio l'uno di fronte all'altro, nel buio della carrozza, sussultando simultaneamente alle scosse che la strada malconcia imprimeva al veicolo. A ogni sobbalzo, Giovanni avvertiva con fastidio il calcio della Glisenti calibro nove urtargli contro le costole.

Guardavano ciascuno fuori del proprio finestrino. La notte aveva portato un limpido cielo nero decorato dalle luci smaglianti delle stelle. Verso sudovest, dove si stavano dirigendo, la città abitata s'interrompeva bruscamente subito dopo le ultime case basse, d'aspetto già contadino, intorno al Foro romano.

Tra i due colli del Celio e dell'Aventino, quasi interamente deserti, penetrava fino al Colosseo un ampio cuneo di campagna disseminata di tragiche rovine: le Terme di Caracalla, le Terme di Claudio, il palazzo dei Cesari sul Palatino, la pianura vasta del Circo Massimo.

Le poche strade correvano lungo pareti ininterrotte di arbusti, di boscaglia rada. Qualche fioca luce isolata dava di tanto in tanto la misura della distanza coperta. Avevano attraversato il fiume a ponte Vittorio Emanuele discendendo per il lungotevere di sinistra fino all'Isola Tiberina. Da qui, per la via dei Cerchi, stavano ora raggiungendo la lunga strada che lievemente discendendo conduce alla basilica di San Paolo fuori le mura.

Paolina era partita non lasciando che un affettuoso biglietto, e Sperelli non avrebbe ancora saputo dire quale sentimento li avesse costretti a quello strappo repentino di cui la tournée a Vienna non era che il segnale.

Non accade spesso che due si amino profondamente, forse non era accaduto neanche a loro. Tuttavia Giovanni aveva l'impressione che spesso un soffio li avesse lambiti in qualche modo esalando per loro l'indefinibile profumo dell'amore.

"Non avrei dovuto lasciarla partire senza rimettere le cose a posto" pensò. Ma subito pensò anche che l'evento doveva comunque compiersi, perché così la vicenda avrebbe potuto essere scritta.

Una sera che erano stati assai teneramente insieme, Paolina gli aveva chiesto: succede talvolta che un romanzo assomigli alla vita? Giovanni aveva risposto: in genere, quando si dice che qualcuno ha avuto una vita romanzesca, ci si riferisce ad avventure molto triviali.

Avrebbe potuto aggiungere, e se ne rendeva conto solo adesso, che le opere che evitano d'avvicinarsi troppo alle avventure della vita consentono di sognare un passato che è molto improbabile sia davvero esistito. Allo stesso modo in cui è difficile che una vera tempesta sia bella come il temporale della *Sesta sinfonia*, o che possa incontrarsi, fuori del palcoscenico, un vero Cavaliere della rosa.

Gli venne in mente un aforisma di Oscar Wilde che sarebbe piaciuto anche a Isabella: dare un'accurata descrizione di ciò che non è mai avvenuto è la specifica attività dello storico...

Questo era ciò che aveva immaginato per lei. La realtà erano i bruschi sobbalzi di quella carrozza che puzzava di cuoio marcio, a bordo della quale si stava dirigendo verso un avvenimento certamente romanzesco.

Morto Galignani, aveva sentito il bisogno di concludere comunque l'inchiesta perché Paolina era partita. O forse Paolina era partita perché sapeva che in ogni caso sarebbe arrivato in fondo all'inchiesta?

Non si stupiva più di nulla. Andava verso l'oscurità di quell'appuntamento così diviso tra il mondo nebuloso della sua immaginazione e una fredda determinazione pratica.

Credeva di non aver lasciato quasi nulla al caso. Quella stessa mattina s'era recato da solo alla chiesa di San Saba. Sul viale di porta San Paolo uno stretto sentiero campestre saliva sulla sinistra, delimitato da una doppia siepe di acacie e di sambuchi selvatici. La breve altura era disseminata di poche isolate case coloniche. Più indietro, quasi a ridosso delle mura romane, s'affacciava la mole dolorosa dell'Ospizio dei cronici.

Secondo la leggenda, la chiesa era stata costruita dove sorgeva una volta la casa di santa Silvia, madre di san Gregorio Magno, ed era stata dedicata a Saba di Cappadocia, organizzatore del monachesimo orientale.

"Ecco un altro piccolo segnale che punta verso il Levante" aveva pensato Giovanni apprendendo dal suo Baedeker quelle notizie. "In questa vicenda di tanto in tanto ci si imbatte in qualche incidente che invita con discrezione a guardare verso est."

Preceduta da un portico a grezzi pilastri, la minuscola basilica era circondata da uno spiazzo di quasi dieci metri privo di ostacoli naturali. Istallandosi per primi sotto il porticato, si sarebbe potuto controllare, avendo le spalle coperte, il numero delle persone che fossero sopraggiunte.

Un altro sentiero, sulla sinistra, conduceva verso i resti delle Terme di Caracalla, quelli apostrofati dal Carducci: "Vecchi giganti, a che toccate il cielo?". Guardando quel cielo, cercando di spingere lo sguardo verso Roma, Giovanni aveva sostato sul piazzale deserto.

A folate giungevano fin davanti la chiesa i profumi della salvia, lo spigo, la menta, il finocchio selvatico. Il volo sbilenco delle rondini s'alternava a quello diritto e consapevole dei merli. Il muro di cotto alle sue spalle riverberava il tranquillo calore del sole. "Che capitale sarà mai questa" aveva pensato "che ha profumi così forti e che così fortemente è intrisa della sua campagna?"

Tuttavia nessuno poteva garantire che, scesa la notte, quelle rovine avrebbero conservato la loro romantica pace.

In serpa sedeva un agente in borghese dal volto brutale che né lui né Marchisio conoscevano. Sapevano entrambi che doveva trattarsi di uno degli uomini di mano di Carramelo.

Dissimulando il movimento con qualche scossa più violenta delle altre, Giovanni s'era volto all'indietro per controllare se altri fanali li seguissero. Gli era parso di non vederne, ma la circostanza restava secondaria. Ammesso che Carramelo li volesse far sorvegliare da altri che non il cocchiere, certo aveva predisposto degli appostamenti sul luogo.

Restavano altre domande. La morte di Galignani non era ancora stata divulgata, ma le poche e potenti persone interessate a conoscerla certamente ne avevano già avuto notizia. Come avrebbero reagito? Non presentandosi all'appuntamento? Oppure rifacendosi sull'impostore che stava per arrivare al posto del direttore generale?

Giovanni strinse il manico della mazza piombata che pure aveva portato con sé. Era un pomolo in forma d'uovo, una levigata convessità, fusa in acciaio temperato.

Alla sua mente s'affacciò un'ipotesi ancora più temibile. Volendo, Carramelo avrebbe potuto trasformare quell'appuntamento in una trappola micidiale. Don Salvatore era il solo a sapere di quella spedizione, chi ve li stava conducendo era un suo uomo di fiducia. La sua morte, Giovanni ne era certo, avrebbe dato agio al cavaliere di seppellire per sempre una quantità di aspetti imbarazzanti evitandosi molti fastidi.

Si volse verso il maresciallo Marchisio che continuava a fissare tenacemente l'oscurità. Pareva infreddolito, sedeva appoggiandosi con pesantezza allo schienale, il capo scosso dal movimento. Si chiese se avrebbe dovuto scuoterne anche l'anima, rivelandogli i suoi timori. Si limitò a dire:

«Siamo quasi arrivati, maresciallo.»

Vittorio Marchisio si volse verso di lui:

«Io sono pronto.»

«Non si stupisca di quello che sto per fare» sussurrò ancora Giovanni.

Si sporse dal finestrino e gridò al cocchiere di fermare i cavalli.

Il veicolo s'era già inoltrato per il viale di porta San Paolo, sulla destra si potevano indovinare, dalla posizione di alcune luci, le balze dell'Aventino.

«Agente,» ordinò all'uomo che sedeva in serpa «volti a destra per via di porta San Sebastiano. Quando ci saremo inoltrati le dirò che cosa fare.»

«Ma siamo quasi sul posto» obiettò con irritazione il conducente. «Non so se posso...»

«Faccia come le ho detto.»

Così dicendo ritirò il capo e si girò sorridendo verso il maresciallo che lo guardava stupito.

«I cavalli non sono certo stanchi e abbiamo tutto il tempo» disse, come se si trattasse d'una spiegazione.

«Può darsi,» obiettò cautamente Marchisio «ma quale ragione c'era?»

«Ci sono due ragioni. La prima è di far capire a quell'uomo che chi comanda qui sono io. La seconda è che a un appuntamento di questo tipo non è male arrivare da una direzione diversa da quella dove si può essere attesi.»

«Crede che ci sarà un passaggio da quella parte?»

«Non è comodissimo, ma c'è.»

«E lei come lo sa, commissario?»

«Lo so perché sono già stato sul posto questa mattina.»

Mentre parlavano il veicolo era stato lentamente girato e procedeva ora al piccolo trotto nella nuova direzione. Marchisio aveva apprezzato.

«Mi ascolti, adesso» disse Sperelli. «Se le persone che aspettiamo hanno già saputo della morte di Galignani, possiamo attenderci il peggio. In questo caso cercheremo di uscirne meglio che potremo. Tenga conto che la porta della chiesa è malandata, dentro potremmo essere al riparo.»

«Ho la mia pistola.»

«Dobbiamo sperare che basti. Se invece il trucco reggerà, allora lei dovrà in ogni caso coprirmi le spalle. Ho già visto dove potrà appostarsi.»

Sperelli s'interruppe perché doveva affrontare l'aspetto più allarmante dell'azione e voleva farlo in modo che Marchisio non ne fosse troppo turbato. Riprese:

«Lasceremo questo legno nei pressi delle Terme e proseguiremo a piedi. Circa trecento metri di leggera salita. Sul posto lei avrà me e la persona che aspettiamo di fronte, la carrozza con questo agente... sa come si chiama?»

«Ignazio Musumeci.»

«Molto bene, la carrozza con Musumeci alle spalle. Se l'agente dovesse per una qualunque ragione perdere la testa, lei badi a se stesso, io penserò a me.»

«Scusi, commissario, in che senso potrebbe perdere la testa?»

La voce di Marchisio suonava più sorpresa che allarmata.

«Per esempio, mettersi a sparare» rispose Giovanni in tono ovvio. «Con questo buio non sappiamo chi potrebbe colpire.»

Il maresciallo scoppiò a ridere:

«Ma Musumeci non sparerebbe mai alla cieca.»

«Noi comunque gli daremo ordine di restare accanto ai cavalli e di non muoversi. Quindi se sente del trambusto alle sue spalle, sappia che sta accadendo qualcosa che non dovrebbe accadere. Lasci perdere tutto e badi a se stesso.»

«E lei?»

«Io ho già visto una possibile via di fuga.»

L'agente bussò sul legno della cabina per far intendere che attendeva istruzioni. Giovanni disse rapido:

«Salgo a cassetta con il conducente per quest'ultimo tratto, lei stia qui, saremo sul posto tra cinque minuti.»

La carrozza adesso procedeva lentissima a fanali spenti tra continui sobbalzi che facevano gemere le parti metalliche. Finalmente s'arrestò. Giovanni era già allo sportello e faceva cenno di scendere. Restarono un attimo vicini, tutti e tre, mentre Sperelli sussurrava al Musumeci le ultime semplicissime istruzioni. Poi, facendogli cenno con la mano, invitò il maresciallo a seguirlo.

Le campane della chiesa solitaria di San Gregorio, poco lontana, batterono le undici e trenta. Sperelli e Marchisio erano giunti al riparo d'un folto d'allori. Rimasero immobili per alcuni lunghi minuti, entrambi lievemente ansanti per la salita. Poi, sempre senza parlare, Giovanni indicò a Marchisio la sagoma della chiesa, lo spiazzo antistante, il riparo che aveva scelto per lui. Si chinò al suo orecchio, e con voce appena udibile bisbigliò:

«Io vado, se c'è bisogno mi copra. E badi a lei.»

Calcò il cappello sugli occhi e s'avviò con lenta disinvoltura tentando il terreno con la sua terribile canna da passeggio. A pochi passi era già un'ombra indistinguibile.

Giunto davanti al minuscolo pronao, si guardò attorno, entrò sotto il porticato, lo percorse due volte tentandone gli angoli con l'estremità del bastone. Era deserto.

Allora uscì di nuovo allo scoperto, accese una delle sue rarissime sigarette nascondendo la fiammella nel cavo delle mani. Constatò con sollievo che l'ombra di mal di capo che l'aveva assillato durante il tragitto era scomparsa forse per la pungente aria della notte.

L'uomo gli sbucò sul fianco prima ancora che avesse portato la sigaretta alle labbra per la terza volta.

«Siete venuto, finalmente» disse con pessimo accento. Sperelli si tenne immobile lasciando appena scivolare la mano lungo l'impugnatura del bastone in modo da scoprirne la testa d'acciaio.

«Volete concludere questo contratto? Abbiamo aspettato troppo. Tutti sono molto scontenti di voi.»

Sperelli non ebbe incertezze. Si volse calmo verso l'ombra, s'avvicinò d'un passo e chiese, arrochendo volutamente la voce:

«Ripeta quali sarebbero le condizioni.»

«La Sublime Porta è generosa.»

«Ma io costo caro. Devo capire se vale o no la pena.»

Lo sconosciuto era più basso di lui di quasi tutta la testa ma assai più robusto. Da quella distanza, nonostante l'oscurità, Giovanni poteva intuire un collo brevissimo e poderoso. Sia la carotide sia la giugulare erano fuori della sua portata perché il personaggio era troppo accosto.

Sentì la mano dell'uomo che s'avvicinava alla sua, gli stava insinuando un piccolo rettangolo di cartone tra le dita; intuì un sorriso sulle labbra dell'altro, forse un balenio dei denti.

«Ecco per voi. La Sublime Porta è generosa» ripeté nel suo corrotto italiano.

«Che cosa volete esattamente da me?»

«Notizie di aerei con bombe e poi quantità di uomini, date, tutto.»

«Aerei con bombe?»
«Sì, forse Blériot, forse anche altri. Voi dovete dire.»
«Quando aspettate l'inizio?»
«Forse nell'estate, forse in autunno. Prima della fine dell'anno. Voi direte.»
«Perché dite aerei con bombe?»
Senza volere, o forse nel tentativo disperato di non fraintendere, prima che qualcosa venisse a interrompere quel dialogo, Giovanni stava mimando senza accorgersene la povertà di linguaggio del misterioso interlocutore.
«Perché sappiamo di esercitazioni a Centokelle» disse così, indurendo impropriamente la seconda "c". Quell'errore ridicolo gli dette insieme un senso di ripugnanza e di calma. Sentì che voleva accelerare la conclusione.
«E se rifiuto?» chiese.
«Avete già preso il denaro.»
Lo sconosciuto gli toccò familiarmente la mano nella quale aveva insinuato il cartoncino.
«Lo posso restituire.»
Sperelli tese il tagliando offrendolo, ma l'altro gli serrò il polso in una stretta da lottatore.
«Non potete più farlo, adesso. Lo sapete.»
Tutto fu chiaro d'improvviso. Un energico assestamento interiore gli aveva combinato tutti gli indizi che per più di dieci giorni aveva intravisti, in un solo grande disegno completamente decifrabile e non più difficile da leggere d'una pagina stampata.
Capì anche che l'altro in quel momento stava aspettando con timore una possibile reazione, non meno di quanto lui aveva temuto, prima del colloquio, la sua.
Solo un gioco speculare di menzogne reciproche gli aveva impedito d'arrivare prima alla vera soluzione. Aveva dato per scontato un elemento logico trascurando di considerare che nelle vicende di spionaggio ogni frammento può significare indifferentemente se stesso o il suo contrario, a seconda del punto di vista dal quale viene valutato.
«Amelia è morta. L'ha uccisa lei, vero?»
Aveva messo il dito esattamente sul punto più pericoloso,

ma era quello che andava toccato. L'uomo si irrigidì. Giovanni ebbe la sensazione che gli puntasse contro un'arma.

«Io no, ora basta parlare.»

«Non basta, signore. Di quel delitto voglio spiegazioni. Ne parlerò al signor Talat.»

Azzardò il nome del gestore di piazza di Spagna e probabilmente commise un errore, perché l'altro scartò di un passo all'indietro e alzando un poco la voce chiese con ansia improvvisa:

«Ma voi chi siete?» E quindi incalzò: «Ora basta, basta, andatevene, avremo un nuovo appuntamento con il solito metodo».

Fece per allontanarsi ma Sperelli non gliene diede il tempo. L'ombra non poteva sapere che indietreggiando d'un passo era andata a collocarsi esattamente alla giusta distanza. La mazza piombata gli arrivò fulminea due centimetri sotto la tesa del cappello, sull'orecchio sinistro.

L'uomo emise un rantolo, barcollò, si riprese, cominciò a correre chino in avanti mentre Sperelli gridava:

«Maresciallo arriva, lo fermi!»

Gli parve d'udire rumore di fronde scosse violentemente e di scorgere il lampo di uno sparo di cui non lo raggiunse il fragore. Non ebbe modo di saperne di più.

Dovettero lottare in due per assicurargli le mani dietro la schiena mentre quello scalciando li malediceva nella sua lingua così mollemente gutturale.

18

La lettera gli venne recapitata, insieme ad altre, dal portinaio Antonio. Immediatamente Giovanni riconobbe la grafia tondeggiante e infantile di Paolina. Notò l'affrancatura austriaca, il timbro postale con la dicitura "Wien-Hauptbahnhof", la data di quattro giorni prima. Sul verso, la busta recava l'intestazione dell'hotel Bristol e un fregio allegro di bambini intrecciati.

Questo attento esame dell'involucro smorzò il suo interesse perché accrebbe la sua inquietudine. Soppesò la busta sulla mano e la depose sulla scrivania senza neanche tentare d'aprirla. Ora che tutto era finito, Giovanni sentiva rifluire i suoi sentimenti come una viva forza disorientata.

Per dodici giorni aveva rimestato a fondo, ma lo sforzo più grande era consistito nel tentativo di far procedere insieme l'intelaiatura di espedienti pratici che gli aveva consentito di agire e lo stato d'animo nebuloso e assorto che li aveva accompagnati.

In questa scissione profonda tra le cose che riusciva a fare e l'interna svalutazione cui le sottoponeva, si poteva ritrovare, volendo, l'ambiguità della sua figura.

Un generale che comanda l'attacco d'una posizione imprendibile viene considerato un macellaio o uno stratega, a seconda dell'esito dell'azione. In questa possibile diversità di giudizi egli dispone tuttavia d'un criterio sicuro, almeno con se stesso, rappresentato dalla necessità militare di fare ciò che ha fatto. Gli uomini come Giovanni invece non hanno criteri perché riducono tutto alla dimensione della loro disastrosa incertezza. Per questo Paolina se n'era andata?

Era ancora in veste da camera e aveva la tentazione di uscire sulla terrazza a controllare i suoi gerani. Invece si volse verso la scrivania e vide che la lettera appena giunta formava un luminoso rettangolo bianco al centro del piano di legno levigato. Non sentì alcun impulso a leggerla tuttavia, e s'irritò con se stesso.

Un uomo di quarant'anni è in genere solidamente piantato su quel reticolo di esperienze, carattere, ambiente, abitudini e piaceri che ne fanno ciò che sarà per il resto dei giorni. Giovanni Sperelli e i suoi simili vivono invece una perenne vigilia, il continuo assaggio d'una vita che in qualche modo si svolgerà dopo o altrove. Una segreta provvisorietà li rende cedevoli e sfuggenti come allievi di ginnasio.

"E tuttavia" pensò Giovanni "non sono stato capace di cambiare tanto da convincere Paolina a restare. Non sono neanche in grado di mettere a frutto i miei difetti, e le mie virtù, purtroppo, mi servono soltanto per continuare a vivere."

Quando sentì suonare alla porta, ebbe per un istante il pensiero che non dovesse aprire. Invece andò. Era Vittorio Marchisio, raggiante. Lo fece accomodare, si scusò per la sua tenuta, si chiuse nello spogliatoio uscendone poco dopo vestito d'un abito sportivo.

«A che ora è la sua gara?» chiese il maresciallo.

«Alle due e trenta, abbiamo tutto il tempo. Mi dica le ultime novità, mentre le preparo una tazza di caffè.»

«Il caso, anzi i due casi, sono stati passati al magistrato» esordì il maresciallo. «La Battiferri come omicidio a opera d'ignoti, il che è in certo senso la verità. Il caso Galignani invece sarà rubricato come omicidio colposo. Il vicecapo della polizia è riuscito a convincere la vedova a adeguarsi a questa versione. La cosa potrebbe concludersi con una sospensione condizionale della condanna.»

«E il nostro amico turco?»

«È stato medicato ed espulso in gran fretta. Lo hanno accompagnato ieri a Taranto, doveva imbarcarsi stamani su un piroscafo diretto a Istanbul.»

«Che cosa gliene pare di questa conclusione?» chiese Giovanni dalla cucina dove stava preparando la bevanda.

«Sembra che mi trasferiranno a Torino.»

Sperelli s'affacciò sulla porta:

«Ma è questa la vera notizia» esclamò sinceramente rallegrato. Sapeva benissimo che questo era l'avvenimento decisivo che il maresciallo aveva lungamente atteso, poiché l'Italia che riusciva a concepire era poco più grande d'una marca baronale, andava dalle Alpi al Ticino.

«Le dirò quello che penso» aggiunse. «Valeva la pena di affrontare l'intera storia solo per arrivare a questo risultato.»

Uscì con la caffettiera fumante e le tazzine bianche disposte su un vassoio. Ciò che aveva detto non era esattamente quel che pensava.

Il trasferimento a Torino era in realtà una di quelle decisioni magistralmente ambigue nelle quali il premio e la punizione sono così strettamente intrecciate che si finisce per non sapere più a quale logica corrispondano.

Marchisio non ne sembrava tuttavia molto impensierito. Queste sopraffine contorsioni nuocciono solo a chi è disposto a occuparsene. Aveva accavallato le gambe incrociando le mani sopra le ginocchia e diceva:

«E adesso finalmente possiamo sciogliere gli ultimi nodi.»

«Quelli che sarà possibile sciogliere,» ribatté Giovanni «e che non sono tutti quelli che possiamo immaginare.»

«Ma che sono in ogni caso più di quelli che abbiamo sciolto finora.» Marchisio sembrava straordinariamente a proprio agio. Gli chiese:

«Quando esattamente ha capito che eravamo di fronte non a un semplice delitto ma a un caso di spionaggio?»

Giovanni si fece serio. La richiesta, così diretta, lo costringeva a tagliare netto gli sfumati confini tra il suo essere pratico e l'altra metà di sé; non gli era sempre facile.

«Le confiderò un segreto» disse. «Fin dall'inizio ho intuito, più che capire: troppi diplomatici! Anzi, per parecchi giorni questo è stato il solo elemento che ha tenuto insieme i protagonisti della vicenda. Poi ho trovato il libretto del *Cavaliere della rosa* nella libreria di Amelia Battiferri. Già la presenza di quel testo era allarmante...»

«In che senso allarmante?» lo interruppe Marchisio.

«Volevo dire strana. Tutti gli altri autori stavano benissimo insieme, davano l'idea di un cattivo gusto coerente. Ma come combinare Hofmannsthal con Giuseppe Petrai? Mi sono dato una risposta provvisoria. Poteva darsi che, trascinata alla Scala, la povera Amelia avesse poi conservato il libretto dell'opera in memoria di quella serata. Ma il testo era in tedesco e l'opera a Milano è stata data in italiano. Quando è entrato in azione il ladro sconosciuto, la prospettiva è cambiata. Quel pugilatore è stato il mio colpo di fortuna. Si violano i sigilli del giudice per rubare un libretto d'opera? Generalmente no. Quel libretto doveva avere un valore, un significato particolari. Guardandolo con più attenzione ho visto che c'era una battuta sottolineata. Lei sa già quale. In una parola, avevo messo le mani su un codice di comunicazione. Certo non della Battiferri, ma esclusa lei chi restava?»

«Il commendator Galignani.»

«Appunto. Se vogliamo fare un'ipotesi brutale, Achille Galignani, direttore generale del ministero degli Esteri, faceva la spia per il governo di Vienna. Se invece vogliamo essere più cauti, e il cavalier Carramelo ce ne sarebbe grato, diciamo che il Galignani passava alcune notizie per orientare l'atteggiamento degli austriaci su questioni di reciproco interesse.»

«Io non avrei queste cautele, commissario. Un ladro è un ladro, una spia è una spia. E quando un direttore generale arriva a questo...»

Giovanni lo interruppe a sua volta:

«Si è mai chiesto in questi giorni, maresciallo, perché mai Galignani l'abbia fatto?»

«No, mai, non m'interessa neanche molto saperlo, cioè tentare d'indovinare.»

«Ma la ragione ha la sua importanza. Perché si fa la spia? Per amore del denaro, perché si è ricattati, per desiderio d'avventura, per stima politica verso un altro paese e un altro re, per leggerezza, per vanità, per influire direttamente sulla storia. Ma anche per giovare segretamente al proprio paese, a qualunque costo. O magari per tutte queste ragioni insieme.»

«E come spiega allora l'intervento dei turchi?»

«A questa domanda credo di poter rispondere» disse con sollievo Giovanni. «All'interno dei vari servizi di spionaggio i nomi delle persone coinvolte lentamente circolano. I turchi hanno pensato di girare la fonte, come si dice in gergo, a loro favore. Hanno cioè ritenuto che se Galignani faceva la spia per gli austriaci, l'avrebbe fatta anche per loro, purché adeguatamente compensato. Sono stati loro, i turchi, a metterla sulle tracce di von Flussenberg, la prima volta con il biglietto lasciato tra le dita della vittima, la seconda, più scopertamente, con il falso invito al Grand Hotel. Volevano che l'austriaco capisse e lasciasse libero il campo.»

Marchisio guardava assorto davanti a sé. Quando Giovanni s'interruppe, disse lentamente:

«Ma almeno alle richieste dei turchi Galignani non ha ceduto.»

Sperelli credette di cogliere un filo di speranza in quella frase esclamativa. Ignorando l'ordine meticoloso con il quale il maresciallo aveva organizzato il suo mondo, era anche all'oscuro degli sconvolgimenti che la ricostruzione dei fatti vi stava apportando.

«Infatti» rispose. «O non ha ceduto o ha preso tempo. Ma può anche darsi che volesse far salire il prezzo, oppure attirarli in un tranello. Anche questo non lo sapremo mai.»

«Un prezzo ha finito per pagarlo lui, perché i turchi hanno ucciso la sua amante per affrettarne la decisione.»

«Gli agenti della Sublime Porta di Istanbul impiegano mezzi brutali di convincimento. L'uomo che abbiamo fatto espellere dal paese è probabilmente colui che ha commesso il delitto. Ma in storie come queste, quelli che cadono sono sempre coloro che contano meno. Si può tagliare qualche mano, ma le teste restano irraggiungibili. E tutto è destinato a ricominciare...»

«Vorrei fare un passo indietro» aggiunse Marchisio. «Quali deduzioni possiamo trarre da quella battuta sottolineata sul libretto?»

«Ho pensato che von Flussenberg, venuto a conoscenza delle pressioni esercitate su Galignani, gli può aver chiesto delle assicurazioni. Lui, di rimando, ha segnalato quella battuta per tranquillizzarlo sul fatto che non aveva intenzione di cambiare bandiera.»

Giovanni prese la copia italiana del libretto di Hofmannsthal che Isabella gli aveva dato.

«Ricorda le parole?» chiese. «"Io son di guardia e disertar non vo'. Dove sto, resto!"»

Sorrise pensando che non era necessario dire a Marchisio in che modo il traduttore era arrivato all'idea della diserzione partendo da un originale che parlava di generali napoletani; ne avrebbe rafforzato i pregiudizi.

«Von Flussenberg però non s'è tranquillizzato affatto.»

«Non solo, ma è partito subito per Roma a controllare di persona. Arrivato lui, però, i turchi sono subito passati all'azione. Anzi, credo che se von Flussenberg non fosse venuto qui, se quel treno da Vienna non fosse mai arrivato, la povera Battiferri sarebbe con ogni probabilità ancora viva.»

«Infatti la vittima venne uccisa nella notte tra venerdì 24 e sabato 25 marzo; il conte era arrivato a Roma proprio il pomeriggio di quello stesso venerdì... Chi mai avrebbe detto, vedendo entrare quel treno nella stazione Termini, che tanti sanguinosi avvenimenti...»

Vittorio Marchisio cambiò improvvisamente tono:

«I turchi volevano solo delle informazioni militari da Galignani. È questo che può avere reso più difficile la sua posizione.»

«Lo credo anch'io, maresciallo. L'invasione della Libia è questione di settimane. Personalmente ritengo che prima della fine dell'estate i bersaglieri sbarcheranno sulle coste di quel dominio ottomano. Ma se la guerra è certa, incerto è il tipo di armi con le quali verrà combattuta. C'è chi dice che, per la prima volta nella storia militare, si cercherà di utilizzare gli aeroplani come strumento offensivo. Un bombardamento dall'aria. I turchi volevano soprattutto una conferma a queste voci. Chiunque al loro posto sarebbe ugualmente curioso.»

Rimasero tutti e due in silenzio per qualche istante. Giovanni ne approfittò per finire di bere ciò che restava del suo caffè. Fu Marchisio a riprendere la parola:

«Lei mi sembra scontento del fatto di non conoscere i motivi per cui tutto questo è avvenuto. Le confesso che a me invece dispiace una sola cosa, ignorare le ragioni per le quali Galignani è stato ucciso.»

«Anche lì possiamo fare solo delle ipotesi. La signora Elvira era al corrente della relazione del marito e forse anche della sua attività. Può anche aver pensato che la cosa fosse in qualche modo autorizzata; comunque ha riposto questi due gravi segreti dentro di sé, assicurandoli alla sua dedizione verso quell'uomo. Quando però ha temuto che la storia del legame con la Battiferri diventasse uno scandalo, quell'equilibrio è saltato. Oppure può essere stato un particolare che von Flussenberg le ha rivelato, magari senza volere, durante il loro colloquio. Forse solo in quell'occasione ha scoperto che suo marito era una spia. Non lo so.»

Per la prima volta da quando quella conversazione era cominciata, il volto di Giovanni rispecchiò un'ombra di amarezza, e di nuovo egli s'alzò impaziente. Andò vicino alla finestra guardò un attimo fuori, poi si volse verso il maresciallo che era rimasto muto a osservare i suoi movimenti inattesi.

«Non so, caro Marchisio, perché questo o quel fatto è accaduto. So che d'improvviso Galignani s'è trovato immerso in una partita talmente grande che la rovina finanziaria, dalla quale forse tutto è cominciato, diventava un nulla al paragone. E da quando sospetto questo, non ho cessato d'apprezzare il suo consumato cinismo d'attore. La verità è che rimpiango quell'uomo.»

Vittorio Marchisio guardò senza capire, ma Giovanni non credette né di doversi pentire di quell'improvvisa confidenza, né di doverla precisare.

Che cos'altro non poteva dire al maresciallo? Non poteva accennare alla sua umiliazione per il fatto che il cronista Curci fosse riuscito a sostituire le sue intenzioni con altre, fingendo di stare al gioco. Avevano detto che se quel treno da Vienna non fosse arrivato, o fosse arrivato senza von Flussenberg a bordo, la Battiferri sarebbe stata probabilmente ancora viva. Ma era quasi altrettanto certo che se quell'articolo sul «Secolo» non fosse stato pubblicato, Achille Galignani non sarebbe morto. E sua era la mano che aveva predisposto l'evento.

Un ultimo pensiero Sperelli non poteva confidare; era una riflessione che faceva parte del suo più intimo essere e che perciò andava in una direzione diversa dalle precedenti. Non poteva dirgli che non basta un morto a fare una tragedia perché a volte anche le operette si chiudono nel sangue.

Marchisio s'alzò a sua volta dal divanetto dov'era seduto, lo raggiunse accanto all'ampia finestra della terrazza.

«Non credo» disse «che tutto questo ci riguardi. Noi abbiamo scoperto i fatti, evitato un complotto, abbiamo ottenuto dei risultati. Penso che sia tutto ciò che ci si attendeva da noi, non è d'accordo?»

«Può darsi, maresciallo. Ma seguiteremo a ignorare i motivi veri per cui Galignani s'è comportato così.»

«Non m'interessa, commissario» rispose Marchisio con tono inaspettatamente brusco. «Non m'interessa perché non mi sono mai chiesto per quale motivo qualcuno abbia rubato o ucciso. Se cominciassi a chiedermelo, come potrei domani mattina rinchiudere in prigione il primo furfante che la Giustizia vorrà affidarmi?»

Uscirono direttamente all'esterno nella luce bianca della mattina.

«Lei non tiene conto» diceva Giovanni «che nelle questioni di spionaggio non c'è quasi mai una morale da reintegrare, un risarcimento da offrire alla società. Insomma che la distinzione tra bene e male non è né così netta né così facile. Il gesto di uccidere si giudica da solo, ma in una congiura di spie i gesti contano poco. Valgono le intenzioni. Ignorando quelle non è mai possibile dire che cosa un'azione abbia veramente voluto dire.»

«Ha voluto dire tradimento, commissario.»

«E se fosse un tradimento calcolato in vista di futuri vantaggi per il proprio paese? Perfino delle vite possono essere messe freddamente a repentaglio per salvarne, domani, molte di più.»

Giovanni non s'aspettava una risposta, incerto com'era se

stesse difendendo l'immagine e la memoria di quell'uomo, il ruolo che egli stesso avrebbe potuto giocare in una futura partita o l'idea in sé che le azioni d'una spia sono comunque l'enigma di un'esistenza misteriosamente votata alla menzogna.

Infatti Marchisio non rispose perché restava della sua idea; né Giovanni poteva offrirgli alcuna concreta considerazione che lo aiutasse a cambiarla.

«Dimenticavo!» esclamò Marchisio a voce piuttosto alta. «Abbiamo anche controllato lo scontrino del deposito bagagli che il turco le aveva offerto.»

«Nella valigia c'era del denaro, suppongo.»

«Infatti. Duecentomila lire per l'esattezza.»

«Il nostro uomo non aveva mentito, dunque, affermando che la Sublime Porta è generosa.»

«Sono state sequestrate.»

Così dicendo il maresciallo s'avviò verso la porta. A quel gesto repentino lo aveva spinto l'aver notato che Giovanni, di sotterfugio, aveva controllato l'ora sul proprio orologio. Precisò:

«Devo rientrare, adesso. Grazie di tutto.»

Erano entrambi consapevoli che per un lungo, imprecisato periodo, non si sarebbero più incontrati e sentivano di dover dare una certa solennità al distacco. Ma non sapevano bene in che modo avrebbero dovuto farlo. Fu Giovanni a rompere per primo quel lieve imbarazzo:

«So di averlo deluso» disse. «Ma io non posso fare a meno di pensare che, in un caso come il nostro, ogni singola azione può assumere significati molto diversi.»

«È più che giusto,» rispose Marchisio «ma io continuo a credere che se Galignani non avesse avuto veramente nulla da rimproverarsi, non ci avrebbe dato alcun motivo di porci un dubbio del genere. E tutto sarebbe chiaro.»

Sorrisero entrambi. Il maresciallo per scusarsi di quell'insistente franchezza, Giovanni per semplice cortesia.

Lievemente arrossendo, quando era già arrivato sulla soglia, Marchisio ebbe un sussulto:

«Dimenticavo, c'è un ultimo aspetto che volevo chiarire con lei. Perché alla vittima è stato inflitto quel genere di violenza?»

«È ciò che il diritto canonico prudentemente definisce *coitus in vase indebito*. Possiamo pensare a un affronto deliberato, oppure a un'improvvisa variazione a soggetto dell'assassino.»

«Non sapremo mai neanche questo, vero?»

«Caro maresciallo, su questo punto ho elaborato una mia personale supposizione. Non so se sia vera, però mi ha aiutato a capire.»

«E di che cosa si tratta?»

«Io credo che sia stato un gesto imprevisto, un raptus dell'agente incaricato del crimine, e sa perché?»

«No davvero.»

«Perché è un errore credere che tutto sia sempre completamente preordinato da una mente superiore. A volte le cose accadono solo per accidente. E aprono spiragli preziosi per chi vuol capire. Almeno se si sono lette le storie dell'harem di Costantinopoli di cui, devo confessare, sono un appassionato.»

Il maresciallo annuì due volte, e disse:

«Ora devo proprio andare.»

«Sono certo che a Torino tutto sarà più facile» commentò Giovanni con tono quasi affettuoso. «Qui a Roma pareva che lei dovesse lottare da solo con l'intera città.»

Su quella frase poterono congedarsi.

Dalle parole di Giovanni, il maresciallo temeva d'aver ricavato un insegnamento che non avrebbe molto migliorato la sua tecnica poliziesca. Credeva infatti che Sperelli gli avesse suggerito che è necessario scrutare l'anima di ogni furfante nel tentativo di capire che cosa lo ha spinto al delitto. E questo non era disposto a farlo nemmeno a Torino.

Una delle due tazzine di caffè aveva lasciato sulla busta di Paolina un perfetto cerchio color giallo paglierino. Sperelli la prese con sé e uscì di nuovo sulla terrazza.

Il cielo s'andava coprendo di vapore. Prometteva una di quelle celebri giornate di snervata e maligna primavera e di caldo precoce. Anche i fiori in vaso avevano il capo reclinato, come se le loro povere fibre risentissero della capricciosa spossatezza dell'aria.

"Non era un incoraggiamento alla lettura ma forse" pensò Giovanni "era l'atmosfera più adatta."

Caro Giovanni,

ti scrivo per darti notizie di me e della tournée che va molto bene. Le tre recite a Venezia sono state molto applaudite e quelle che ho dato finora a Vienna sono sempre gremite. Mi esibisco in un piccolo caffè-concerto in pieno centro, non lontano dalla cattedrale di Santo Stefano. In sala ci sono circa cento posti.

Il mio impresario dice però che si potrebbe tentare d'organizzare un recital addirittura al teatro An der Wien che è una vera grande sala dove si dà l'operetta e si eseguono concerti.

Ho dovuto dare fondo all'intero repertorio anche per accontentare tutte le richieste di bis. Faccio soprattutto numeri di *chansons animées* e canto i motivi che vanno di più, soprattutto melodie napoletane che qui, mi hanno spiegato, sembrano più italiane delle altre: *Spingole frangese, A' pacchianella, Carulì* eccetera.

L'impresario è un piccolo ebreo molto simpatico e abile che si chiama Leibowitz. Vienna è una città piena di ebrei e anche di slavi, di croati, di italiani oltre che di ungheresi. Sentendo tutte queste lingue si capisce subito che ci si trova nella capitale d'un impero.

Qualche sera fa l'impresario è venuto in camerino dopo lo spettacolo insieme a un signore che voleva conoscermi e che ha detto d'essere tuo amico. Si chiama Anton von Flussenberg ed è conte.

Anton si è rivelato una conoscenza preziosa. È stato lui che mi ha trovato il nuovo alloggio nel quale adesso abito, molto più bello e comodo dell'albergo che Anne Marie m'aveva fatto prenotare.

Il giorno in cui ho cambiato residenza, Anton mi ha fatto trovare in camera un gran fascio di fiori di campo. Pare vengano da un posto che si chiama Wienerwald. Nei giorni successivi mi ha fatto conoscere la città e i suoi dintorni.

Siamo stati in un quartiere di cui non ricordo bene il nome dove c'è una delle tante case di Beethoven e delle simpatiche piccole trattorie. Si beve vino o birra e si può mangiare all'aria aperta adesso che non è più tanto freddo. Siamo anche stati a visitare la scuola di alta equitazione e a ballare.

Contavo di tornare a Roma per la fine del mese, ma l'impresario e Anton dicono che se facessi una tournée in provincia potrebbe andare anche molto bene. Il signor Leibowitz sta vedendo se si possono combinare le date di alcuni teatri.

Ti farò sapere non appena avremo preso una decisione. Per intanto ti faccio i migliori auguri e ti abbraccio

Paolina

Giovanni lasciò cadere lungo il fianco la mano che sorreggeva la lettera. Dunque così stavano le cose. Non fece alcuno sforzo per immaginare il sorriso con cui von Flussenberg lo avrebbe guardato se fosse stato lì.

Quella lettera poteva essere solo la rappresentazione un po' goffa d'un desiderio? Tornò a fissare la calligrafia da collegiale. Doveva trattarsi proprio della verità perché mai aveva detto a Paolina il nome del misterioso diplomatico austriaco e quindi da sola non poteva saperlo.

S'avvide in quel momento che dopo la firma, sul retro del foglio, compariva un breve poscritto:

Anton mi prega di riferirti che un certo Hugo von Hofmannsthal ha già pronto un altro libretto. Ho il sospetto che sia tutto uno scherzo, ma Anton dice che tu capirai benissimo di che si tratta.

Giovanni gettò il foglio sul pavimento della terrazza. Per un istante la certezza che almeno una metà del suo essere potesse vivere in un mondo chiuso e lontano gli parve ridicola presunzione. In quel momento la torre che aveva edificato gli sembrò di carta, perché era bastata la lama di carta di quella lettera a espugnarla.

Doveva partire subito per Vienna? Oppure scriverle a sua volta? E quanto tempo gli sarebbe occorso per far retrocedere i suoi pensieri fino alla giusta distanza delle cose?

Com'era stato più facile prendere la corretta misura per assestare un preciso colpo di mazza sulla tempia dello spione ottomano!

Giovanni Sperelli si sentì tradito, più ancora che da Paolina, dalla storia che avrebbero dovuto condividere. Quell'ultimo risvolto era dozzinale e beffardo: così gli appariva, e sentiva di non meritarlo.

Ebbe molti altri pensieri agitati mentre andava su e giù per la terrazza sotto la lattea caligine di quel cielo.

Una sola cosa non pensò, e non sarebbe stato difficile farlo. A volte anche una storia come la sua può finire per assomigliare disastrosamente alle avventure della vita.

Rientrò nella stanza, incerto sul da farsi. Avrebbe dovuto cominciare a prepararsi per la gara del pomeriggio e non ne aveva gran voglia. Sullo scrittoio, dove prima era stata la lettera di Paolina, era rimasto il libretto del *Cavaliere della rosa* che Isabella gli aveva dato.

Lo afferrò sovrappensiero, le pagine gli si aprirono a caso tra le dita. Cadendogli l'occhio sulla pagina, gli capitò di leggere questa battuta che la marescialla, precisa la didascalia, deve pronunciare "sospirando":

> Capitan tante mai cose al mondo,
> che non si credono neppure
> quando si sentono narrare.
> Solo chi le ha vissute, quegli ci crede,
> e non sa come...